利比達寓言

島田莊司

詹慕如—譯

【總導讀】

新本格推理小說之先驅功臣島田莊司（三次增補版）

推理評論家◎傅博

●《占星術殺人魔法》是新本格推理小說的先驅作品

說到日本之新本格推理小說的發軔時，誰都知道其原點是一九八七年，綾辻行人所發表的《殺人十角館》。但是少有人知道黎明前的那段暗夜的故事。凡是一個事件或是現象的發生，都有原因的，不是平空而來的。新本格推理小說的誕生也不例外，現在分為近、遠兩因來說。

一九五七年，松本清張發表《點與線》和《眼之壁》，確立社會派推理小說的創作路線，之後，新進作家都跟進。之前以橫溝正史為首的浪漫派（又稱為虛構派）推理小說（當時稱為偵探小說），隨之衰微，最後剩下鮎川哲也一人孤軍奮鬥。

但是稱為社會派推理作家的作品，大多是以寫實手法所撰寫之缺乏社會批評精神，甚至不少作品變質為風俗推理小說，到了一九六〇年代後半就開始式微，於是第一波反動勢力抬頭，就是幾家出版社之浪漫派推理小說的重估出版。

最初是一九六八年十二月，桃源社創刊「大浪漫之復活」叢書，收集了清張以前，被稱為偵探作家之國枝史郎、小栗虫太郎、海野十三、橫溝正史、久生十蘭、橘外男、蘭郁二郎、香山滋等代表作，獲得部分推理小說迷的支持。之後由幾家出版社分別出版了「江戶川亂步全集」、「夢野久作全集」、「橫溝正史全集」、「木木高太郎全集」、「濱尾四郎全集」、「山田風太郎全集」、「大坪砂男全集」、「高木彬光長篇推理小說全集」等精裝版不下十種。

另外，於一九七一年四月由角川文庫開始出版的橫溝正史作品（實質上是文庫版全集，達一百卷），與角川電影公司的橫溝作品的電影化之相乘效果，引起橫溝正史大熱潮，合計銷售一千萬本。象徵了偵探小說的復興，但是沒有出現繼承撰寫偵探小說的新作家。此為遠因之一。

遠因之二是，一九七五年二月，稱為「偵探小說專門誌」以重估偵探小說、發掘偵探小說之新人作家、推動推理小說評論為三大編輯方針的《幻影城》創刊。

《幻影城》於一九七九年七月停刊，在不滿五年期間，以特輯方式，有系統地重估了偵探小說，確立了從前不被重視的推理小說評論方向，並舉辦「幻影城新人獎」，培養出一批具「新偵探小說觀」的新進作家，如泡坂妻夫、竹本健治、連城三紀彥、栗本薰、田中芳樹、筑波孔一郎、田中文雄、友成純一等。

《幻影城》停刊後，浪漫派推理小說復興運動也告一段落，只泡坂妻夫等幾位幻影城出身的作家，以及《野性時代》出身的笠井潔陸續發表偵探小說而已。代之而興起的，就是被歸類於推理小說的冒險小說。一九八〇年代，日本推理小說的第一主流就是冒險小說。

近因是帶著《占星術殺人魔法》登龍推理文壇的島田莊司的影響。

《占星術殺人魔法》原來是於一九八〇年，以《占星術之魔法》應徵第二十六屆江戶川亂步獎的作品，雖然入圍，卻沒得獎。改稿後，於八一年十二月以《占星術殺人魔法》，由講談社出版。

占星術是把人體擬作宇宙，分為六部分，即頭部、胸部、腹部、腰部、大腿和小腿。各由不同行星守護。又每人依其誕生日分屬不同星座，特別由星座守護星祝福其所支配部位。

一九三六年幻想派畫家梅澤平吉，根據上述占星術思想，留下一篇瘋狂的手記，被殺害陳屍於密室。手記內容寫道，自己有六名未出嫁女兒，其守護星都不同，如果各取被守護部位，合為一個完美的處女的話，生命實質上生命已終結，其肉體被精練，昇華成具絕對美之永遠女神，變為「哲學者之后（阿索德）」，保佑日本，挽救神國日本之危機。

之後，六名女兒相繼被殺害分屍，屍體分散日本各地，好像有人具意識地在繼承梅澤的遺志。但是梅澤的手記沒人看過，何來有遺囑殺人呢？兇手的目的是什麼？四十年來血案未破，成為無頭公案。

四十三年後春天，事件關係者寄來一包未公開過的證據資料給占星術師兼偵探的御手洗潔，請他解決這一連串的獵奇殺人事件。名探御手洗潔如何推理、解謎、破案之經過，請讀者直接閱讀本書，這裡不饒舌，只說本書是一部蒐集古典解謎推理小說的精華於一書的傑作。

故事記述者石岡和己是名探的親友，完全承襲柯南道爾的福爾摩斯探案；御手洗潔根據四十年前的資料做桌上推理，是沿襲奧希茲女男爵的安樂椅偵探；書中兩次插入作者向讀者的挑戰信，是踏襲艾勒里・昆恩的「國名系列」作品；炫耀占星術、分屍的獵奇殺人，是繼承約翰・狄克森・卡爾的浪漫性和怪奇趣味。

本書出版後毀譽褒貶參半，否定者認為這種古色古香的作品，不適合社會派（實際上是寫實派）的推理小說時代，卻不從作品的優劣作評價。肯定者即認為是一部罕見的本格推理傑作。這些肯定者大多是年輕讀者。

處女作是作家的原點，至今已具三十年作家歷的島田莊司，其作品量驚人，已達七十部以上，非小說類之外，都是本格推理小說，而大多作品都具處女作的痕跡。

●島田莊司的推理小說觀

在日本，小說家寫小說，評論家寫評論，各守自己崗位，工作分得很清楚；不像台灣的作家，人人都是天才，詩、散文、小說、評論樣樣寫，產品卻都是垃圾一大堆，但是有例外。現在日本推理文壇，也有例外，二位作家——島田莊司和笠井潔，卻是雙方兼顧的作家。

笠井潔的評論注重於理論與作家論（有機會另詳說），島田莊司的評論大都是宣揚自己的「本格mystery」理念。

那麼島田莊司的本格推理小說觀是怎樣的呢？我們可從一九八九年十二月，島田莊司所發表的長篇論文〈本格ミステリー論〉（收錄於講談社版《本格ミステリー宣言》一書裡）可獲得解答。

島田莊司的推理小說觀很獨自，把八十多年來的日本推理小說，大概按時代分為三種類，以不同名稱稱呼，意欲表達其內容的不同：清張（一九五七年）以前的作品群稱為「探偵小說」，即偵探小說也。清張為首的社會派作品稱為推理小說。自己發表《占星術殺人魔法》以後之推理小說稱為「ミステリー」，即mystery的日文書寫。以下引用文，一律按其分類名稱書寫，筆者的文章原則上統一為「推理小說」。

島田莊司對「本格」的功用定義如下：

——「本格」並非為作品的優劣之基準而發明的日本語。同時也非要衡量作品的社會性價值的尺子，只是要說明作品風格，並與其他小說群做區別分類之方便性而登場的稱呼而已。

繼之說明本格的構造說：

——「本格」就是稱為推理小說這門特殊文學發生的原點。並且具有正確地繼承這種精神的作家，在歷史上各地區連綿不斷地生產本格作品，而且從這些本格作品所發散出來的精神，也不斷地引起本格以外之「應用性推理小說」的構造。

島田莊司認為推理小說的原點是「本格」，由本格派生出來的作品就是「應用性推理小說」，他故意不使用「變格」字樣，他說：

——在前文使用過的「應用性推理小說」，就是指具有愛倫・坡式的精神，屬於幻想小說系統以外之作家，運用自己獨特的方式撰寫的犯罪小說。

島田莊司一面承認二次大戰前，被稱為「本格探偵小說」的作品就是「本格」，而另一面卻認為部分作品是非本格作品，但是沒有具體舉出作品名說明。

而二次大戰後，部分人士所提倡的「推理小說」名稱，他認為是「本格探偵小說」的同義語，在「推理小說」上不必冠上「本格」兩字。至於清張以後的「推理小說」，是從「本格」派生的，屬於「應用性推理小說」，所以「推理小說」群裡沒有「本格」作品。

——現在因這些理由，「本格推理小說」這名稱，在出版界廣泛使用。可是，現在所使用的這語言，是否對上述的歷史，以及各種事項具正確的理解，然後才合理的使用，這就很難說了。

島田莊司認為清張以後的冒險小說、冷硬推理小說、風俗推理小說、社會派犯罪小說都是從「推理小說」派生出來的。（前段引文的「這些理由」、「上述的歷史」、「各種事項」就是指推理小說的派生問題）。因此「推理小說」本身要與這些派生作品劃清界線，方便上稱為「本格推理小說」而已，實質上並不具「本格」涵義。由此，島田的結論是「本格推理小說」原來就不存在，名稱是誤用的。

——那麼，「本格」或是「本格ミステリー」是什麼？

——已經理解了吧。「本格mystery」不是「應用性推理小說」，是指極少數的純粹作品。從愛倫・坡的〈莫爾格街之殺人〉的創作精神誕生，而具同樣創作精神的mystery就是。

最後，島田莊司認為愛倫・坡執筆〈莫爾格街之殺人〉的理念是「幻想氣氛」與「論理性」。所以島田的結論是，「本格ミステリー」須具全「幻想氣氛」與「論理性」的條件。

島田莊司的這篇論文，饒舌難解，為了傳真，引文是直譯，不加補語。

●島田莊司的作品系列

話說回來，島田莊司，一九四八年十月十二日出生於廣島縣福山市，武藏野美術大學商業設計科畢業後，當過翻斗卡車司機，寫過插圖與雜文，做過占星術師。一九七六年製作自己作詞作曲的ＬＰ

唱片〈LONELY MEN〉，一九七九年開始撰寫小說，處女作《占星術殺人魔法》就是根據自己的占星術學識撰寫的作品，出版時是三十三歲。一九九三年移居美國洛杉磯。

以《占星術殺人魔法》登龍文壇之後，島田莊司陸續發表本格推理小說已達七十部以上，非小說約二十部。以偵探分類，可分為三大系列，第一是「御手洗潔系列」，第二是「吉敷竹史系列」，第三是「犬坊里美系列」與一群非系列化作品。這是方便上的分類。島田所塑造的配角，如牛越佐武郎刑事、中村吉藏刑事，在各系列露面。現在依系列，簡介島田莊司的重要作品，書名下之括弧內的「傑作選X」為皇冠版島田莊司推理傑作選號碼。

一、御手洗潔系列

御手洗潔，這姓名很奇怪。「御手洗」在日本是實有的姓名，但是很少。當一般名詞使用時，是「廁所」之意。「御手洗潔」即具清潔廁所之意。作家往往把自己投影在作品的登場人物，不一定是主角，有時候是旁觀者。日本的「私小說」主角，大多是作者的分身。在島田作品裡，這種現象很明顯，不只是御手洗潔，記述者石岡和己也是島田莊司的分身。

據島田的回憶，小學生的時候被同學叫為「掃除大王」，甚至譏為「掃除廁所」，理由是「莊司」的日語發音souji與「掃除」同音。所以把少年時的綽號，做為名探的姓名。御手洗潔的本行是占星術師，島田曾經也是占星術師。石岡和己是御手洗潔的親友，並非作家，記述御手洗潔破案經過的《占星術殺人魔法》以後，改業做作家。島田也是發表《占星術殺人魔法》後成為作家的。

御手洗潔也是一九四八年出生。勇敢、大膽不認輸、具正義感、唯我獨尊、旁若無人的言動等性格，也是與島田莊司共有的。

01《占星術殺人魔法》（傑作選1）：

一九八一年二月初版、一九八五年二月出版第二次改稿版。「御手洗潔系列」第一集。長篇。初版時的偵探名為御手洗清志，記述者是石岡一美。不可能犯罪型本格小說的傑作。

02《斜屋犯罪》（傑作選15）：

一九八二年十一月初版。「御手洗潔系列」第二集。長篇。北海道宗谷岬有一座傾斜的房屋流冰館，連續發生密室殺人事件，辦案的是札幌警察局的牛越刑事，他不能破案，向東京救援，被派來的是御手洗潔。島田莊司的早期代表作，發表時也只獲得部分推理小說迷肯定而已，但是對之後的新本格派的創作具深大影響，就是「變型公館」的殺人。如綾辻行人之《殺人十角館》等「館系列」，歌野晶午之《長形房屋之殺人》等信濃讓二的房屋三部曲，我孫子武丸之《8之殺人》等速水三兄妹推理三部曲都是也。

03《御手洗潔的問候》（傑作選12）：

一九八七年十月初版。「御手洗潔系列」第三集，收錄密室殺人之〈數字鎖〉、具向讀者的挑戰信之〈狂奔的死人〉、寫一名上班族的奇妙工作之〈紫電改研究保存會〉、綁架事件、密碼為主題之〈希臘之犬〉等四短篇的第一短篇集。

04《異邦騎士》（傑作選2）：

一九八八年四月初版。一九九七年十月出版改訂版。「御手洗潔系列」第四集。長篇。以御手洗潔探案順序來說，是最初探案。一名失去記憶的「我」，尋找自己的故事。屬於懸疑推理小說。《占星術殺人魔法》之前的習作《良子的回憶》之改稿版。

05《黑暗坡的食人樹》（傑作選5）：

一九九〇年十月初版。「御手洗潔系列」第六集。長篇。江戶時代，橫濱黑暗坡是刑場，有很多陰慘的傳說。樹齡二千年的大樟樹是食人樹，至今仍然有悲慘事件發生，與黑暗坡的藤並一族的連續命案是否有關？本書最大的特色是全篇充滿怪奇趣味。四十萬字巨篇第一部。

06《水晶金字塔》（傑作選18）：

一九九一年九月初版。「御手洗潔系列」第七集。長篇。一九八四年在澳洲的沙漠，發現一具被燒死的屍體，從其駕照得知，他是美國軍火財團一族的保羅・艾力克森。他是美國紐奧良南端的埃及島上的巨大玻璃金字塔的建造者。建造這座金字塔的目的是什麼？與他之死有關係嗎？一九八六年來到這座金字塔拍外景的松崎玲王奈，首日看到狼頭人身的怪物，牠與傳說中之埃及的「冥府使者」很相似。之後不久，保羅之弟李察・艾力克森，陳屍在金字塔旁的高塔之密室內，死因是溺斃。兄弟之不尋常死亡意味什麼？四十萬字巨篇第二部。

07《眩暈》（傑作選9）：

一九九二年九月初版。「御手洗潔系列」第八集。長篇。故事架構與處女作有點類似，一名《占星術殺人魔法》的讀者，留下一篇描寫恐怖的世界末日之手記：古都鎌倉一夜之間變成廢墟，出現恐龍，死人遺骸都呈被核能燒死的現象，而由一對被切斷的男女屍體合成的置錯體復醒。「幻想氣氛」十足的四十萬巨篇第三部。

08《異位》（傑作選19）：

一九九三年十月初版。「御手洗潔系列」第九集。長篇。在《黑暗坡的食人樹》與《水晶金字塔》登場過的好萊塢日籍女明星松崎玲王奈，於本書成為綁架、殺人嫌疑犯。玲王奈最近時常夢見自己的臉噴出血的惡夢。有一天有名的女明星失蹤，當局懷疑是玲王奈的作為。不久，被綁架的幼兒都被殺，全身的血液被抽盡，恰如傳說上的吸血鬼之作為。難道玲王奈是吸血鬼的後裔嗎？御手洗潔會如何推理，為玲王奈解圍呢？四十萬字巨篇第四部。

09《龍臥亭殺人事件》（傑作選10、11）：

一九九六年一月初版。「御手洗潔系列」第十集。長篇。御手洗潔一年前到歐洲遊學，岡山縣貝繁村之龍臥亭旅館發生連續殺人事件時，他不在日本，探案的主角是石岡和己。岡山縣在日本是比較保守的地區，橫溝正史之《獄門島》的連續殺人事件舞台，就是岡山縣的離島，一九三八年日本最大量（三十人）的殺人事件舞台也是岡山縣。本書是目前島田莊司的最長作品，他花了八十萬字欲證明其「多目的型本格mystery」（多目的型是指在一個故事裡有複數的主題或作者的主張）。如在下冊插入四萬字以上的「都井睦雄之三十人殺人事件」，原來這事件與故事是沒關係的。「多目的型本格mystery」的贊同者不多。

10《俄羅斯軍艦幽靈之謎》（傑作選23）：

二〇〇一年十月初版。「御手洗潔系列」第十四集。長篇。一九九三年八月，即御手洗潔赴歐洲一年前，他收到松崎玲王奈從美國轉來一封她首次到美國拍「花魁」電影時，影迷倉持百合寄給她的舊信，內容說，前個月九十二歲的祖父倉持平八的遺言，希望在美國的玲王奈向住在維吉尼亞州之安娜‧安德森‧馬納漢轉達：「他對不起她，在柏林，實在對不起。」但是他卻不透露對不起的理由。他又希望她能夠到箱根之富士屋飯店，看到掛在一樓魔術大廳暖爐上的那一張相片。

於是御手洗帶石岡來到富士屋。此相片攝於一九一九年，箱根蘆湖為背景，一夜之間湖上出現一艘俄羅斯軍艦時的幽靈相片。直接關係者都已死亡的歷史懸案，御手洗如何解決？

11《魔神的遊戲》（傑作選6）：

二〇〇二年八月初版。「御手洗潔系列」第十五集。長篇。五、六十歲的女人連續被殺分屍事件，在御手洗潔遊學英國蘇格蘭尼斯湖畔發生，掛在刺葉桂花樹上的「人頭狗身」的怪物意味些什麼？

12《螺絲人》（傑作選20）：

二〇〇三年一月初版。「御手洗潔系列」第十六集。長篇。本書採取橫排與直排交互排版的特殊方式，可說是作者之新嘗試，是否成功讓讀者判斷。故事發生於瑞典與菲律賓兩地，發生的時間相差也有一段距離。全書分四大章，第一、第三章橫排，是御手洗的手記，寫他在瑞典的醫學研究所接見一位年齡與自己差不多的失去部分記憶的中年人馬卡特的經過。

第二章直排，馬卡特撰寫的幻想童話〈重返橘子共和國〉全文，主角艾吉少年出遊，來到巨大橘子樹上的鄉村，博學、長壽的老村長，有翼精靈……第四章橫直排交互出現，御手洗根據這本童話，推裡馬卡特失去部分記憶的原因，因此發現在菲律賓發生的事件。

13《龍臥亭幻想》（傑作選13、14）：

二〇〇四年十月初版。「御手洗潔系列」第二十集。長篇。龍臥亭事件八年後，當時的本事件關係者在龍臥亭集會。在眾人監視的神社內，業餘的年輕巫女突然消失，三個月後，從地震後的地裂出現其屍體。之後，發生分屍殺人事件。這樁連續殺人事件與明治時代的森孝魔王傳說有何關係？吉敷竹史在本書登場，與御手洗潔聯手解決事件。

14《摩天樓的怪人》（傑作選21）：

二〇〇五年十月初版。「御手洗潔系列」第二十一集。長篇。一九六九年御手洗潔在紐約哥倫比亞大學任教（助理教授）。住在曼哈頓摩天大樓三十四樓的舞台劇大明星，因患癌症，臨死前向他告白，於一九二一年紐約大停電時，她在一樓射殺了自己的老闆。這棟大樓曾經發生過複數的女明星在房間內自殺，劇團關係者被大時鐘塔的時針切斷頭，又某天突然吹起大風，整棟大樓的窗玻璃都破碎，本大樓的設計者死亡等事件，都與住在這棟大樓的「幽靈（怪人）」有關。她要御手洗推理，告白後即去世。幽靈的真相是什麼？

15《利比達寓言》（傑作選25）：

二〇〇七年十月初版。「御手洗潔系列」第二十三集。收錄兩篇十萬字長篇。表題作《利比達寓言》寫二〇〇六年四月，在波士尼亞赫塞哥維納共和國莫斯塔爾，四名男人同時被殺害，其中三名是塞爾維亞人，三人之中兩名的頭被切斷，另一名是波士尼亞人，頭同樣被切斷之外，胸腔至腹部被切開，心臟以外的內臟全部被拿走。此外四名的男性器都被切斷拿走。

北大西洋條約機構（NATO）之犯罪搜查課之吉卜林少尉來電，要「我」（克羅地亞人。御手洗潔的朋友，本事件紀錄者）連絡在瑞典的御手洗潔，請他到莫斯塔爾來解決這次獵奇殺人事件。

另一長篇是《克羅埃西亞人的手》，同樣是蘇聯崩壞後，獲得獨立的小獨國內的民族糾紛為題材的本格推理小說。

二、吉敷竹史系列

島田莊司發表第二長篇《斜屋犯罪》後，風評與處女作一樣，毀譽褒貶參半。島田認為「本格mystery」尚未能被一般推理小說讀者接受，須擬出一套戰略計畫，推擴「本格mystery」。島田的策略之一，就是撰寫擁有廣大讀者的旅情推理小說，先打響自己的知名度，然後再回來撰寫「本格mystery」；另一策略就是到全國各所大學的推理文學社團宣揚「本格mystery」。島田的兩個策略，算是都成功了。他在京都大學認識了綾辻行人、法月綸太郎、我孫子武丸等人，鼓勵他們寫作，並把他們的作品推薦給讀者，而確立了新本格推理小說。

另一面，島田莊司從一九八三年開始，以短篇寫御手洗潔系列作品，長篇寫旅情推理小說，而塑造了離過婚的刑事吉敷竹史。其離婚妻加納通子偶爾會在「吉敷竹史系列作品」露面，是一位重要配角。他們離婚前的感情生活，作者跟著故事的進展，借吉敷的回憶，片段的告訴讀者。

所謂的「旅情推理小說」大多具有解謎要素，但是它與解謎要素並重的是，描述地方都市的人情、風光。故事架構有一定形式，住在東京的人，往往死在往地方都市的列車內或地方都市。辦案的大多是東京的刑事。

吉敷竹史是東京警視廳搜查一課殺人班刑事，一九四八年出生，與島田莊司、御手洗潔同年，只從年齡來說，就可看出吉敷竹史也是作者的分身，所以其造型與寫實派的平凡型刑事不同。長髮、雙眼皮、大眼睛、高鼻梁、厚嘴唇、高身材，一見如混血的模特兒。這種素描就是島田莊司的自畫像。

01《寢台特急1／60秒障礙》（傑作選7）：

一九八四年十二月初版。「吉敷竹史系列」第一集。長篇。被殺害剝臉皮陳屍在浴缸裡的女人，在其推定的死亡時刻後，卻在從東京開往西鹿兒島的寢台特別快車隼號上被目擊。是一人扮二人？抑或是二人扮一人的詭計嗎？

02《出雲傳說7／8殺人》（傑作選8）：

一九八四年六月初版。「吉敷竹史系列」第二集。長篇。被分屍成八件肉塊的女性，其胴體、兩腕、兩大腿、兩小腿分別放在大阪車站與山陰地區的六個地方鐵路終站，找不到頭部而且其指紋全部被燒燬。兇手的目的是什麼？

03《北方夕鶴2／3殺人》（傑作選3）：

一九八五年一月初版。「吉敷竹史系列」第三集。長篇。事件是五年前的離婚妻加納通子打來的電話為開端，東京的刑事吉敷竹史，被捲入北海道的連續殺人事件。通子最初被誤認為從東京開往北海道的「夕鶴九號」列車殺人事件的被害者，其次成為釧路的公寓殺人事件的加害者。吉敷竹史在查案過程中，發現兩人結婚前之通子的重大秘密。吉敷獲得札幌警察署刑事牛越佐武郎的協助，終可破案。是一部社會派氣氛濃厚的旅情推理小說之傑作。

04《奇想、天慟》（傑作選17）：

一九八九年九月初版。「吉敷竹史系列」第八集。長篇。行川郁夫只為了十二圓的消費稅，刺殺了雜貨店女老闆，行川被捕後一直閉嘴不說出殺人的真正動機。吉敷竹史深入調查後，發現行川三十年前曾經出版過一本推理小說集《小丑之謎》，是寫一名矮瘦小丑，在北海道的夜行列車廁所開槍自殺，被發現後，廁所門再次被打開時，屍體消失無蹤……吉敷又由札幌警察局刑事牛越佐武郎告知，三十多年前北海道發生過類似事件，吉敷於是重新調查此事件。是一部本格推理融合社會派推理的傑作。

05《羽衣傳說之記憶》：

一九九〇年二月初版。「吉敷竹史系列」第九集。長篇。吉敷竹史偶然在東京銀座的畫廊看到叫為「羽衣傳說」的雕金。他懷疑是離婚妻加納通子的作品。他回憶一九五八年，初次遇到她時的情景：她為了搶救一隻將被車撞死的小狗，反而自己受傷，吉敷把她帶到醫院治療，之後兩人開始交往，翌年結婚。結婚當天通子向吉敷說：「如果結婚的話，我將會死掉」。結婚後通子的行動漸漸不正常，六四年兩人離婚。吉敷至今一直不能忘記與通子相處的這六年。在「吉敷竹史系列」加納通子繼《北方夕鶴2／3殺人》登場的作品。

之後，吉敷到羽衣傳說之地，靜岡縣清水市辦案時，偶然遇到通子，吉敷又被捲入與通子母親有關的離奇死亡事件。

06《飛鳥的玻璃鞋》：

一九九一年十二月初版。「吉敷竹史系列」第十一集。長篇。住在京都的電影明星大和剛太失蹤第四天，被切斷的右手腕寄到他家裡。十個月後事件尚未解決，吉敷對這件管區外的事件發生興趣，向上司要求，讓自己去京都辦案，上司不允許，討價還價的結果，上司開出一個條件，限定一個星期的期間，要他解決事件，不然的話要辭職。

吉敷如何對付這事件？一篇具限時型懸疑小說的本格推理小說。日本的警察制度，不允許越境辦案，吉敷為何賭職辦案呢？這與離婚妻加納通子來電有關嗎？

三、犬坊里美系列

二〇〇六年島田莊司新創造之第三系列。主角犬坊里美對讀者並不陌生，在《龍臥亭殺人事件》首次登場後，當時她還是一名青春活潑的高中生。之後在御手洗潔探案中出現過，甚至御手洗出國時，在《御手洗詣模園地》裡，與石岡和己合作解決過事件，可見她稍早就具有推理眼。跟著時光的推移，里美高中畢業後，在橫濱之塞利托斯女子大學法學部學習法律，畢業後在光未來法律事務所上班，並準備司法考試，考試及格後到司法研修所受訓，研修後被派到岡山地方法院實修。

01《犬坊里美的冒險》（傑作選22）：

二〇〇六年十月初版。「犬坊里美系列」第一集。長篇。故事從二〇〇四年夏天，二十七歲的犬坊里美為司法修習，來到岡山地方法院報到寫起。被派到這裡的修習生有六位，實修第一階段是律師事務，於是她與五十一歲的芹澤良，被派到丘隣之倉敷市的山田法律事務所實習。

他們兩人到山田法律事務所上班第一天，就碰到一個之前被殺、屍體消失，而前幾天腐爛屍體突然出現五分鐘，然後又消失的怪事件，而當局當場逮捕一名屍體出現時，在屍體旁邊的流浪漢藤井寅泰，他對殺人經過、動機一句不說，里美認為必有驚人的內幕，她開始調查。

四、非系列化作品

島田莊司的非系列化作品，佔小說作品之三分之一以上，與其他本格派推理作家比較，其比率為高，作品領域也廣泛，有解謎推理、有社會派推理，也有諧模（戲作）作品。

01《被詛咒的木乃伊》（傑作選4）：

一九八四年九月初版。長篇。原書名是《漱石與倫敦木乃伊殺人事件》。明治大正時代的文豪夏目漱石為主角之福爾摩斯探案的諧模作品。夏目漱石留學英國時，每晚被幽靈聲音騷擾，他去找名探福爾摩斯，由此被捲入一樁木乃伊焦屍案。全書分別以福爾摩斯助理華生與夏目漱石兩人之不同視點交互記載事件經緯。夏目漱石眼中的英國首屈一指的名探是怪人。諧模推理小說的傑作。

02《火刑都市》：

一九八六年四月初版。長篇。連續縱火殺人事件為主題的社會派本格推理小說之傑作。中村吉藏刑事唯一為主角的作品。都市論——東京，與推理小說的「多目的型本格mystery」。

03《高山殺人行1／2之女》（傑作選16）：

一九八五年三月初版。長篇。旅情推理小說第四長篇，但是與上述三作品不同的是非吉敷竹史系列作品。一般旅情推理小說不能或缺的是列車、飛機、船舶等交通工具與其時間表。日本特有之旅情推理能夠成立的最大因素是，這些交通工具之運行時間的正確性。但是本書並不使用這些工具與時間表。所使用的是島田平時喜愛的轎車。上班族齋藤真理與外資公司的上級幹部川北留次有染。

某天，川北從高山別墅來電說，殺死妻子初子，要她替他偽造不在犯罪現場證明，要她打扮成初子，駕車來高山，途中到處留下初子的印象。「兩人扮演一人」的詭計是否成功？故事意外展開，讓讀者意想不到的收場。

04《開膛手傑克的百年孤寂》（傑作選24）：

一九八八年八月初版，二〇〇六年十月出版改訂版。長篇。一八八八年，英國倫敦發生令人心寒的連續獵奇殺人事件。五名被害者都是娼妓，她們被殺後都被剖腹拿出內臟。事件發生至今已一百多年，倫敦警察當局尚未破案。島田莊司不但取材自這件世界十大犯罪事之一的「開膛手傑克事件」，並加以推理、解謎（紙上作業）。

開膛手傑克事件的百周年之一九八八年，東德首都東柏林也發生模仿開膛手傑克的連續娼妓獵奇殺人事件。名探克林・密斯特利（Clean Mystery，島田莊司迷不陌生吧！）如何解釋相隔百年的兩大獵奇事件呢！

05《伊甸的命題》：

二〇〇五年十一月初版。收錄兩篇十萬字左右的長篇。表題作《伊甸的命題》所指的是：「由男性的細胞核所創造的複製人，是否能夠具備卵巢這種臟器」的疑問。由此可知本篇乃以懸疑小說形式討論複製人的小說。

另一篇《瘋狂滑梯》（ヘルター・ケルター）是，島田莊司於二〇〇一年發表論文〈21世紀本格宣言〉，重新宣揚自己的本格理念。然後請幾位作家撰寫符合其本格理念的推理小說，而本人也寫了一篇示範作品，分發給每位參與的作家做參考。這篇作品就是《瘋狂滑梯》，本文不提示其內容，讓讀者去欣賞島田莊司的二十一世紀推理小說。（其實二〇〇一年以後的島田作品，很多是這類小說。）

【導讀】

島田莊司的戰爭進行式

推理作家、評論家◎既晴

I

在出版社近年來對島田莊司作品的努力追譯下，御手洗潔系列的中譯作品終於來到了最新的一作，也就是發表於二〇〇七年的中篇集《利比達寓言》。本書收錄了曾經刊載於雜誌《小說現代》增刊號《梅菲斯特》的兩篇作品，分別是〈利比達寓言〉（九月號）與〈克羅埃西亞人之手〉（五月號）。

若是從已經中譯的作品時序來觀察，現今島田莊司筆下的御手洗潔探案，已經鮮明地劃分為兩條路線，或可稱之為日本的「私家偵探御手洗」及西洋的「大學教授御手洗」。

「私家偵探御手洗」將時間點拉回《龍臥亭殺人事件》（一九九六）以前，敘述御手洗潔離開日本之前的案件，固定搭檔的華生角色是作家石岡和己。這段時間的御手洗，除了占星術師的最早期設定以外，並沒有固定的正職，偶爾挑揀有興趣的事件來偵查，對委託人也沒談過費用，而石岡則將御手洗解決的事件寫成小說，兩人應是靠這些作品的版稅生活。

這條路線延續前期的御手洗系列，包含既有的一切特徵，也涵蓋傳統本格推理的所有元素，尤其是御手洗與石岡之間的趣味互動，更是最引人注目的焦點。

此路線有《俄羅斯幽靈軍艦之謎》（二〇〇一）、《聖尼可拉斯的鑽石鞋》（二〇〇二）、《上高地的開膛手傑克》（二〇〇三）、《幽浮大道》（二〇〇六）與《最後的一球》（二〇〇六）等作，島田莊司力求在固定的框架裡設計新謎團，讓御手洗的老書迷能夠不斷重溫舊日時光。

而「大學教授御手洗」則是將重心放在御手洗旅居海外的期間，一邊進行腦科學方面的研究工作，一面解決發生在世界各地的離奇命案。這條路線還分為前後兩階段，其一是御手洗尚在美國哥倫比亞大學擔任助理教授的青年學者時期，目前有《摩天樓的怪人》（二〇〇五）一作，另一段則是御手洗結束了與石岡的同居生活，前往瑞典的烏普薩拉大學任職時期。

撰寫御手洗的青年學者時期，主要是為了補足他的早年際遇，說明後來他前往瑞典重新投身學術界的設定，至於成為大學教授的御手洗，則是現今島田進行「二十一世紀本格推理」實驗的重心，島田對謎團的試驗探索、對詭計的發明領悟，都會放在這個區間。

「大學教授御手洗」的作品，目前已有《最後的晚餐》（一九九九）、《魔神的遊戲》（二〇〇二）、《螺絲人》（二〇〇三）、《龍臥亭幻想》（二〇〇四）、《溺水的人魚》（二〇〇六）與本書《利比達寓言》等。此外，如果對照「私家偵探御手洗」的發表狀況，其實也不難發現這兩個系列都定期有新作品，既持續進行探索，也沒有忘懷固守原有的傳統。

無論是「私家偵探御手洗」或「大學教授御手洗」，其實都具備島田的一貫文風——不可思議的怪異謎團、對人類的歷史或文明的廣泛議論，不過，兩者除了案件發生的舞台區分為日本與海外，在創作的理念上也有相當的差異。

其中最明顯的是，御手洗與石岡之間的互動方式截然不同。在「私家偵探御手洗」裡，兩人晨昏相處，一有新想法就會立即討論，甚至必須遠渡重洋進行偵查之際，也是買好機票就立刻啟程了，關係十分密切；但在「大學教授御手洗」裡，兩人分隔異地，必須依靠電話、傳真、電子郵件來交換意見，藉由網路的搜尋引擎、資料庫來滙集線索。

另外，石岡在御手洗出國以後，開始逐漸褪去原有的華生角色，變成擁有另類特徵的偵探，搭配「吾家有女初長成」的犬坊里美，慢慢建立起屬於自己的子系列。而，御手洗在旅居海外之際，也有幾位類似華生角色的協助、敘述者，不過，這些角色僅僅扮演了替御手洗潔牽線以介入離奇怪案的友人，再也不像石岡與御手洗之間那麼親暱，在讀者的心裡只留下淡薄的印象。

因為，島田在「大學教授御手洗」的這個階段，創作概念已經擺脫了傳統偵探／華生的搭配型態，在他的認知中，名偵探愈是絕頂聰明，所面對的謎團就愈深奧，甚至，名偵探在追查案件的過程中，推理的飛躍速度也變得愈來愈快，導致再也沒有任何一位華生角色有能力跟隨，因此，御手洗只能單槍匹馬地獨力挑戰世界上最龐大、最複雜的案件。

經過了這些作品的探索，在《利比達寓言》中，我們可以看到「大學教授御手洗」的定型模式已經建構完成。以下，就讓我們來分析這個新模式的各項要素。

Ⅱ

首先，「大學教授御手洗」系列中最重要的特徵，就是無國界的案件。當然，我們曾經在九〇年代的「新．御手洗」系列中，多次見識到在不同國家裡發生的謎團，實際上互有牽連，而這也是後來御手洗踏出日本國境的濫觴。不過，新模式裡的「沒有國界」，更包括了偵查手段，此時的御手洗潔，藉著大學教授的身分之便，不但利用最新科技立即取得各種線索，隨時掌握命案最新進度，再也不必像過去那樣跋山涉水、千里迢迢地趕到現場實地調查，運籌帷幄就能決勝千里，坐實了二十一世紀的安樂椅神探的位子。

其次，御手洗既是腦科學研究者，他所接觸到的怪案委託人，自然也就以腦傷患者為多數。這些委託人因為捲入案件而造成腦部受傷，導致他們所能回憶得出來的往事扭曲得有如天方夜譚，讓人分不清楚究竟是現實還是夢境，偏偏他們又是掌握破案關鍵的重要人物，因此御手洗得從他們荒誕無稽的談話中，拼湊、還原出事件的真相，再進一步加以解決。由於腦科學依然是現今科學家仍在持續研究中的學科，所以在此系列的作品中，經常可以見識到腦科學研究的最新進展。

第三，為了完整描述愈來愈複雜的謎團，此系列的書寫軸心是御手洗接觸事件並且加以解決的過程，因此更為側重於謎團的佈局、御手洗的推理邏輯，以及島田自己所關切的主題議論，至於與事件相關的人物塑造，則僅用於鋪陳劇情及提供情報，趨簡地設計成較為平板的棋型人物。

第四，除了外國友人帶來的案件外，石岡也會請御手洗解決在日本發生的事件——亦即，對御手洗而言，石岡是來自世界各地的案件請託者之一。但，御手洗本身非常忙碌，能提供協助的時間有限，石岡必須負責蒐集線索，並從御手洗百忙之中留下的隻字片語裡，找到更明確的偵查方向。

在《利比達寓言》裡，剛好可以見到上述幾項特色具體而微的展現。〈利比達寓言〉由瑞典作家亨利希的角度來敘述御手洗的辦案過程，格式同於《螺絲人》；〈克羅埃西亞人之手〉則以石岡為敘述者，格式同於《龍臥亭幻想》。再者，兩篇作品又同時觸及前南斯拉夫分裂後長達十多年的內戰導致的種族敵視衝突，闡析了島田所關心的社會議題。

最後，簡述前「南斯拉夫」盤根錯節的種族歧視問題，讓讀者更能理解故事背景。前南斯拉夫的全名為「南斯拉夫社會主義聯邦共和國」（Socialist Federal Republic of Yugoslavia），位於東歐巴爾幹半島，是一個多民族國家，由六個共和國——塞爾維亞（Serbia）、克羅埃西亞（Croatia）、斯洛維尼亞（Slovenia）、波士尼亞－赫塞哥維納（Bosnia and Herzegovina）、蒙特內哥羅（Montenegro）與馬其頓（Macedonia），及兩個自治省——科索沃（Kosovo）和伏伊伏丁那（Vojvodina）所組成，成立於第二次世界大戰後，至一九九一年解體。

前南斯拉夫由強人領袖狄托（Josip Tito，克羅埃西亞人）的控制下，互有矛盾的各民族之間還能保持恐怖平衡，維持統一狀態，但直到狄托去世後，各民族開始爭奪主導權，繼任者米洛塞維奇（Slobodan Milosevic，塞爾維亞人）更強行取消自治省的自治權力，引起科索沃境內的阿爾巴尼亞人（Albanians）的抗爭，米洛塞維奇則出兵鎮壓。

此一事件，也使斯洛維尼亞、馬其頓、克羅埃西亞、波士尼亞－赫塞哥維納、科索沃接連意欲脫離南斯拉夫框架尋求獨立，與南斯拉夫的主導國塞爾維亞之間爆發了長達十年的內戰。其中，由於歷史上長期對立的種族情結，尤以塞爾維亞與克羅埃西亞的戰爭特別激烈、血腥，造成龐大慘重的死傷與難民逃亡潮。故事中名為「民族淨化」的種族屠殺行為，正是在兩個民族仇恨下的極端產物。

在北大西洋公約組織與聯合國不斷介入調停的影響下，如今戰事已逐漸平息，尋求獨立的共和國也漸獲國際承認，但是，各民族間的矛盾仍然無法解決。

而在《利比達寓言》裡提及的自治都市杜布羅夫尼克（Dubrovnik），現在是克羅埃西亞南部的海港，中世紀屬拉古薩共和國（Ragusa），是一座經濟富裕、法制完整、思想進步的都市。由於比鄰亞德里亞海，是風景優美的度假勝地，更有「亞德里亞海的珍珠」（Pearl of the Adriatic）之美稱。在南斯拉夫內戰期間，杜布羅夫尼克也在克羅埃西亞宣布獨立後遭到戰事波及。

事實上，對台灣讀者甚至日本讀者來說，南斯拉夫內戰也許有些遙遠，不過，若參照島田的創作理念，則不難看出在他的作品中，自始至終都關心著人類敵意的發生根源。這個世界，戰爭從來沒有停止的一刻，而因為這些戰爭，世界上也不斷上演著無可挽回的悲劇——從《奇想、天慟》（一九八九）以來，島田的初衷未曾改變。

Contents

利比達寓言

序言

在下海利西・藍道夫・修坦因席爾多在二〇〇六年五月時接到了一通北約，也就是北大西洋公約組織❶犯罪搜查課打來的越洋電話。電話裡說，在波士尼亞赫塞哥維納共和國❷的莫斯塔爾❸，發生了一起超乎常人想像，詭異奇怪的重大案件。

前南斯拉夫❹分裂出六個共和國，而莫斯塔爾這個小鎮便位其中波士尼亞赫塞哥維納的首都塞拉耶佛（Sarajevo）往西約七十公里處。

我萬萬沒想到駐守在莫斯塔爾的北約幹部竟然會直接指名來電，在極度驚訝之餘，也問了對方原因，原來這個鎮上的維和部隊❺犯罪搜查課中，竟然有我的仰慕者。

我雖然深感光榮，但也不免半信半疑，繼續聽下去之後才明白，對方說是我的仰慕者，其實只是客套話，不過是曾經讀過一、兩篇我在坊間雜誌上發表過的短文或科學報導罷了。正確來說，應該是搜查員中有御手洗潔的仰慕者。

在莫斯塔爾發生了一樁犯罪史上空前絕後的怪異事件，而事件的細節更包含了許多不可思議的現象，既找不到理由來說明這些奇怪行徑，也完全不知道誰是兇手。可以說陷入了一籌莫展的窘境。

在這次的事件中，屍體並沒有掉落在撒哈拉荒漠正中央之類的離奇地點，也並非找不到對被害人具有強烈怨恨或動機的人。可是，這些人各個都具有明確的證據和不在場證明。面對這讓人束手無策的狀況，北約認為，如果是御手洗潔，說不定能說明、或者解決這奇怪的事件，所以才聯絡上和御手洗私交甚篤的我。

搜查課的喬治・吉卜林少尉表示，如果御手洗潔願意前來，他可以向瑞典空軍交涉，派遣軍機去迎接。不巧的是，當我們打電話到烏普薩拉大學❻詢問潔的狀況，他表示現在手邊還有工作在忙，無法馬上動身，所以決定先透過網路和電話，從吉卜林少尉口中了解事件的概要。

即使御手洗可以馬上動身到波士尼亞赫塞哥維納，最好還是使用民航機，如果使用軍機，之後可能會引起瑞典國會的不滿。從姓名和英文的流暢程度看來，吉卜林應該是美國

譯註❶：North Atlantic Treaty Organization，北約，簡稱北約組織或北約，成立於一九四九年，是一個為實現防衛協作而建立的國際組織。

譯註❷：Bosna i Hercegovina，位於巴爾幹半島西部，其為組成前南斯拉夫的六個聯邦單位之一，首都為塞拉耶佛。獨立於一九九〇年代南斯拉夫戰爭期間，根據《岱頓協定》，目前是國際社會的受保護地區，由歐洲議會所選出的高級代表所管理。現今的波士尼亞和赫塞哥維納為歷史學上的兩個地理區域，並無政治實體。

譯註❸：Mostar，波士尼亞赫塞哥維納南部的都市，同時也是赫塞哥維納地方的中心都市。

譯註❹：Former Yugoslavia，全名為『南斯拉夫社會主義聯邦共和國』（Socialist Federal Republic of Yugoslavia），由六個『共和國』：塞爾維亞（Serbia）、克羅埃西亞（Croatia）、斯洛文尼亞（Slovenia）、波士尼亞赫塞哥維納（Bosna i Hercegovina）、黑山國（Montenegro）、馬其頓（Macedonia），和兩個『自治省』：伏伊伏迪那（Vojvodina）、科索夫（Kosovo）共同組成。

譯註❺：Stabilisation FORce, SFOR，始自一九九六年一月，於二〇〇五年十二月結束。

譯註❻：Uppsala University，坐落於瑞典第四大城烏普薩拉市內，創立於一四七七年，為瑞典歷史最悠久的大學，也是北歐斯堪地那維亞地區第一所大學。在自然科學領域居領先地位，培育過包含數位諾貝爾得主的許多優秀科學家。

人。看來這就是美國人的壞習慣，他們總輕率地以為，與北約相關的軍機全都直屬於美軍，而歐洲只不過等於美國的一州。

姑且不管這些，透過網路傳送過來的現場影像，還有少尉在電話裡的說明，都讓人相當怵目驚心。的確，像這樣的事件，正需要他們口中的「東洋福爾摩斯」出場。

我會用「怵目驚心」這種形容，有許多理由。首先，是現場的慘狀。莫斯塔爾的怪異事件，幾乎可以稱為「二十一世紀的開膛手傑克事件」，給人鮮血淋淋、解剖般的印象，但是又比正宗英國的開膛事件來得更詭譎、也更慘烈。

兇殺案現場位於陳舊大樓中的一室，裡面躺了四具男屍，其中三具頭部都被砍斷了。因此，現場被斷面流出的血染成了一片紅黑色汪洋，這樣的描述一點也不誇張，實際上，這間兇案現場的房間地板，已經形成一片深一、兩公分的血泊。而三顆人頭便滾落在這池中。

血池中除了人頭，不知為什麼，還有散落著無數紅、白、黃色的糖果，和綠色的豌豆。另外，也不曉得什麼原因，血池裡還浮著幾個色彩鮮豔的陶器。

從莫斯塔爾的北約辦公室，將這現場陰森悽慘的情景傳到我既和平又清潔的北歐公寓，的確讓我看了悚然心驚，可是真正讓我驚訝的要素並不在此。

那就是我會使用「怵目驚心」這種形容的第二個理由。除了現場的慘狀，擾亂我思路的最大的原因，就在於種種無法理解的行為。兇手做出這些行為的理由，讓我無法洞察，也無從猜測，我的大腦只能發出狂吼，卻難以理解，只剩眼睛還怔怔望著從未見過的異次元般光景，盯著這張現場影像。那光景，已經非關是否引人不快，純粹吸引著我的視線。

被切下頭部的三具遺體中，有一具尤其讓人驚訝。那悽慘的形貌最是讓人望之愕然，不忍直視。

這具遺體身上雖然穿著衣服，但衣服從前方被拉開，剪碎了內衣，長褲則褪到最下方。從喉嚨正下方到下腹部為止的身體被縱向切開，包覆肋骨的肉還有下方腹部，都全部往左右方向大大地敞開。

也就是說，身體的左右方向也被小刀從頭到尾劃下無數道的刀痕，因此皮膚和肉就好像打開一道對開的門一樣，粗暴地敞開著。這道作業需要不小的力氣，少尉表示，從這一點可以判斷犯行並非出自女性之手。這道門呈現上下兩道重疊的樣子，上面那道開啟的門，正好完全露出了肋骨。

最詭異的是完全將身體內部暴露在外的腹腔中，一個內臟都看不見。應該說，看不見被害人本人原本應有的內臟。如果只是沒有內臟，或許我還不會這麼驚訝。在內臟被徹底取出之後，腹腔裡被放進了其他形狀類似的東西。

原應在肋骨下方左右的兩片肺葉消失了，面對屍體的左邊肋骨下方，塞進了一片金屬製的便當蓋來取代。由上方看下去這便當蓋稍微有點彎曲，所以形狀的確有點像單邊肺葉。而另一側，也就是右邊則插入了一個類似蟲籠的東西。根據少尉的解說，這東西好像是以細竹編成、用來裝豌豆用的容器。將削成細條的竹條排列起來，交叉形成弧面，外觀的形狀很像蟲籠。籠子由上方看去時，因為是圓弧的一部分，再加上中空的構造，也的確有點像半邊的肺。

肝臟是一個苔綠色的大型手電筒。該有肝臟的位置上，放上了一個手電筒。

代替胰臟的是行動電話；左右應各有一個的腎臟，則變成兩個電腦用的滑鼠。腎臟連接位於下方膀胱的尿道，用的是連接滑鼠的電線，膀胱的位置塞著白色大型燈泡。這兩者之間並沒有互相連接。電線前端連接著一個USB端子。

在實際人體上，兩個胰臟和腎臟都藏在巨大的肝臟後方，而且又被後腹膜遮蓋住，所以正常情況下即使打開了腹部，也無法從人體前方看到這些器官，但是這具屍體以大型手電筒取代了肝臟，從旁邊和下方，可以看見代替腎臟用的兩個滑鼠。也可以隱約看到一點行動電話。正中央的心臟下方，放著一個上方附有下壓式氣壓蓋的透明玻璃瓶，這應該是取代胃吧。

旁邊的小燈可能是膽囊。下面塞入了一團捲起的軟管，應該是腸子。

這些玻璃瓶、燈泡、塑膠滑鼠、軟管或金屬、竹編製品等等，都是聽了吉卜林少尉的說明我才知道是什麼東西，如果沒有任何說明，直接看圖片，一定看不出什麼名堂。我可能會覺得這是某個骯髒老舊的機械內部，或者廢電器製品垃圾場的照片。

這是因為所有機材上已經被乾燥的血水染成一片紅黑色，又沾上人肉的碎屑和乾掉的黏液，而有些東西被埋在體內深處，頂多勉強能辨識出原本的形狀，但至於原本是什麼東西，很難馬上分辨。產品表面寫著廠商名稱等資料，都已經無法讀取，勉強能看得出來的，也只不過一、兩個文字。

這樣的遺體，簡直像獻給惡魔的供品。加上種種奇怪又異樣的裝飾，宛如一具被棄置在地獄入口的活祭品一般，做出這等惡魔般作為的狂人，似乎期待能因此取悅地獄守門人。如果不這麼想，實在無法理解這種行為的用意。

這一刻，自己所在的這個地球上，竟然會發生這樣的事，就已經相當難以想像，而和自己一樣正在呼吸著空氣的人類，竟會出現這種念頭，甚至去執行，這個事實更是遠遠超乎我所能想像的範圍。

看著這幕宛如惡夢般的光景，我只能說，這讓人不忍卒睹的地獄般污穢不潔，不可能存在現實世界中。它徹底地違逆、破壞了觀者的情感，帶來一股令人難以持續直視的不快。

更奇怪的是，屍體體內只留有一個真正的內臟。在肋骨下方塞著一個圓筒形的金屬罐，其中放著一團紅黑色令人作嘔的東西。

因為已經半乾，乍看之下完全辨別不出到底是什麼。我問了吉卜林少尉，才知道原來這是心臟。而且，還是被害人本人的心臟。

這又是一件打亂我思考的詭異行徑，再次超出我的想像。兇手為什麼要這麼做？如果不打算取走心臟，打從一開始別切下來不就得了？

難道是中途改變主意了嗎？所以雖然塞進了罐子裡，還是決定把心臟放回身體裡……？其他的內臟都用別的東西來代替，唯獨心臟還留在體內。可是，留下來的方式又如此異樣，先切割下來，在體外置入金屬容器後，再將整個容器放回身體裡。

這麼做到底有什麼意義？又或者，沒有任何意義，單純是殺人狂在享受其中的樂趣？難道是竄入他扭曲腦中的濃重猙獰影像，刺激了這個狂人，促使他把影像具體化，而成了眼前看到的鬼畜惡行？

「不過，藍道夫先生。」吉卜林少尉說。

「這還沒有結束呢。請看這個。」

我帶著已經有點吃不消的心情等待，看到他冷靜地傳來下一張照片，讓我半晌說不出話來。

那是被害人下腹部的照片，那裡看不到應有的男性器官。已經被割掉了。

「這……這真是太慘了吧。」我在此時終於吐出這句話。其實目前為止心裡都一直這麼想，但現在看到犯人這種野蠻行為，這句話才第一次化為話語從我口中發出。

「還有喔。」少尉說道。

「啊？」我說著，接著少尉沉默地傳送最後三張照片過來。照片上看到的是還未經解剖，但頸部都被割斷的兩個男人，和一個還保留著頭部的男屍。

「呃……」我忍不住發出了驚嘆聲。

這三個男人的男性器官，都被割斷了。

「他們也都被割斷了。也就是說，兇手把這四個人的男性性器官，和內臟一起帶走了。」吉卜林少尉冷靜地說明著。

而最後，出現了「令人驚訝」的第三個理由。

「一定是民族主義者下的手。這一點我們很有把握。」少尉說道。

「但是這可惡的傢伙卻沒有現身。不，應該說，我已經知道是誰幹的了。這個事件一定有兇手，我連那傢伙的名字都知道。可是，這該死的克羅埃西亞傢伙是個透明人。他明明來到現場，幹了這麼多可惡的事，卻沒有留下一點痕跡。啊！不對！不只是這樣，他甚至還有沒來過的證據，而且竟然還能用科學來證明。真是讓人不敢相信！」他忿忿地吐出這番話。

克羅埃西亞共和國的原點，是建立於亞德里亞海濱的小型自治都市國家，杜布羅夫尼克。根據一二七二年所頒定的〈杜布羅夫尼克都市法〉，這裡公開主張人種平等、民主獨立精神，並且禁止買賣奴隸，每個市民的自由獲得實質上的保障，可說是歐洲最早的政府，同時也是最先進的都市國家。

杜布羅夫尼克創設了歐洲第一座孤兒院、醫院、藥房，以及養老院。關於收容孤兒方面，還立法禁止臆測他們身世的謠言，違者依法處罰。藉此可以避免成人後的孤兒們受到差別待遇，保護他們的人權，這種制度化的福祉精神，跟現代的福祉制度也有相通之處。除了醫生之外，也允許理髮師治療疾病，但法律禁止他們向患者收取治療費用，報酬由國家來支付。

這種理想主義型的民主自治體制得以實現，都要歸功於活用亞德里亞海推動廣域型的交易活動後，所建構的穩定財政。同樣面對亞德里亞海的都市國家威尼斯，也是以相同結構而興起。

當時的威尼斯精心挑選了有識之士作為大使，派遣他們到周邊國家，敏銳地收集各國情報，特別是有無準備戰爭的跡象，然後回報母國。因此，母國得以詳細地預測受到侵略的可能性，以及母國貿易上可能受到的打擊，並且因應事態儘可能擬定對策，維持長久和平的歷史。

杜布羅夫尼克在這方面的狀況跟威尼斯極其相似，但又有更迫切的必要，因為自從十四世紀以來，這裡東有塞爾維亞王國，西接匈牙利王國，在這兩大強國貼身夾擊之下，經常有被侵略或干涉的危險。

進入十六世紀之後，又被日益茁壯的西鄰威尼斯共和國和強大的東方軍事國家鄂圖曼帝國包挾，在杜布羅夫尼克的歷史上，儘管國境周邊經常受到外鄰的控制，還是勉強保持著自治獨立。處境雖然有如走鋼索般驚險，但都市國家杜布羅夫尼克所揭櫫的理想，卻被部分知識分子暗自讚頌為「亞德里亞海的寶石」。

面對外侮時，杜布羅夫尼克巧妙地避開受到侵略和支配的危險；另一方面，杜布羅夫尼克也和威尼斯一樣，從未出現國王或統治者，也不允許市民中出現獨裁者。杜布羅夫尼克的制度，可以說是克羅埃西亞人的智慧結晶。

其中的秘密就在於挑選指導者的方法。杜布羅夫尼克也需要有人在國政上做出各種決定，並且司掌舵之職，雖然這些決定是根據國民代表之間的協議，但還是需要有人做出最後決定，因此需要有一位稱為「總督」的指導者。但是他們運用了各種方法，避免財富與權力集中在總督的身上。其手段之徹底，從現在的眼光看來，也依然令人咋舌。

其中的巧妙，在於總督選舉精湛的機關設計中展現得最為透徹。總督如果受到市民中特定民族，或者特定集團想法的牽引，期待能為該團體帶來某種利益，而登上握權力寶座，就會造成權力集中，給特定富商或族群帶來利益，產生不平等；接著，為了排除企圖抵抗不平等的勢力，便會進一步掌握軍隊、發動強權；這就會演變成獨裁。

都市國家杜布羅夫尼克就像其他許多自由自治都市一樣，有無數民族湧入，在此共存共榮。在十六世紀時，除了克羅埃西亞人以外，還有屬斯拉夫人的斯洛維尼亞人；雖為同樣民族，卻因為鄂圖曼帝國的影響而信奉不同宗教的回教徒波士尼亞人；和克羅埃西亞人使用相同語言，但書寫文字及宗教不同的塞爾維亞人、匈牙利人、馬其頓人、蒙特內哥羅人、捷克人、吉普賽人等等，這個國家的繁榮，正是歸功於這種種民族基於不同理念的努力，以及各自擁有熟悉的遠地貿易對象。

杜布羅夫尼克的政治並不因複雜多樣的民族而有所區別，為了不產生差別歧視與管理者、被管理者的階級高低，除了政治經濟機構，也相當注重教育層面。

他們認為貿易所獲得的利益屬於國家利益，因此這些獲利會公平地分配給各個商人。當然，除此之外市民的醫療費、藥品費用、教育費、孤兒院的經營費用，以及其他維持市民生活所需最低限度的費用，都從這筆獲益中提供。

將這些不同民族統一視為「杜布羅夫尼克人」的基礎思想，就是「自由」，這是一種其他地區的人民意識中還未曾萌芽的高深概念。這種思想的精神在於不將自己的想法強加給周圍，永遠勇於面對自己、創造未來的平等，唯有這種想法，才是戰勝民族榮光的真理。

可是，如此一個由眾多人種、不同宗教、不同思想、不同神話子民匯集的集合體，要選出杜布羅夫尼克總督，難度之高幾乎要讓人絕望。假設是斯洛維尼亞人當上總督，可能馬上會以斯洛維尼亞人的利益為優先，剛剛提到的理想頓時會崩潰瓦解。

為了避免這種情形，就必須選出一個不代表特定人民或勢力利益的人物來當總督，可是從市民的結構看來，這似乎並不可能，因此，就必須以短期的輪替來更換總督。

另外，也必須藉由徹底宣揚這種思想，連根剷除企圖將總督權威用於提升自身利益的想法。在一個民族國家中，這就是最重要的政治課題。

杜布羅夫尼克是一個因通商而繁榮的都市國家，所以左右國政的人們多半是有力商人。無可避免的，一定會以選舉方法從這些商人中挑選出總督，在一定期間中掌理國政。因為上述種種因素，杜布羅夫尼克人選舉總督的方法，形成一種相當奇特的方式。

先從一千名主要候選市民中以抽籤方式選出三十位市民，再從這三十人中抽籤選出九人，這九個人必須投票選出四十位候選人。四十人中再用抽籤方式選出十二人，由這十二個人投票挑選出二十五位候選人。這二十五人又再次抽籤減少到九個人，這九個人再次投票，挑選出四十一位候選人。

以上這些步驟都在官邸前的市民廣場舉行，但是最後這四十一人選出來之後，這四十一人就必須進入總督官邸的一樓大廳。

總督官邸的一樓大廳是總督選舉經常會使用的地方，在這裡備齊了一切所需要的設備。首先，從這四十一個人中徵求總督的自願候選人，出現四位候選人之後，就會分給其他三十七人各四顆不同顏色的大理石球，四位候選人各有一個代表顏色。

分配好顏色之後，候選人們就會在脖子圍上代表自己顏色的領巾站在大廳壇上，讓投票者能清楚看見領巾的顏色。投票者辨別出候選人之後，記住自己認為適任候選人的顏色，從手中的石球挑選出代表該人物的顏色，藏在袖中走到投票箱，在眾人環視下投入投票箱。

所有人都完成投票後，選務委員也一樣在眾人環視中，從剛剛那三十七人中挑選一人，拉開投票箱旁的蓋子。這時候箱底就會傾斜，裡面的石珠自然滾出，沿著導水槽般的通路，落入前方的大盤中。

等到所有石珠都落盡，就是名喚「利比達」的小金屬人出場的時候。利比達是一種從頭到腳都由銀色馬口鐵製成的小人，頭上戴著金屬製的尖帽，不但手和指尖也都是金屬，整條手臂也都是金屬，因為沒有穿衣服，所以也沒有袖子或其他可隱匿的地方，因此不可能耍把戲、偷偷放入其他顏色的石珠，或者拿走任何石珠。

馬口鐵人「利比達」伸出金屬手臂，用雙手抓住大理石珠，一個一個移到大盤周圍塗成四色的小盤台座上。所有過程都結束後，利比達便會機械性地指向和石珠最多的小盤顏色相同的領巾，然後退場。

機器人「利比達」，可說是杜布羅夫尼克人智慧的結晶，裡面其實藏著小孩子。之所以想到由小孩子來執行，是因為他們還沒有出社會，所以既不會意識到人種的不同，也不會受複雜人際關係影響，跟生意上的利害更沒有關係，所以孩子們不會考慮任何候選人的利益。

雖是經過這麼繁雜手續辛苦選出的總督，杜布羅夫尼克人也只給他短短一個月的任期。任期到了之後一定要輪替，不允許任何例外。所以說，剛剛說到的嚴謹總督選舉儀式，在杜布羅夫尼克每年會進行十二次。

除此之外，在就任後市民仍舊會用繁瑣的禁止事項，來規範總督的執勤態度。總督不允許私人和外國使節會面，來自國外的書信除了官方文書之外，即使是私人書信也必須在多位大臣注視下才能開封。

工作時間中不得隻身離開總督官邸，每項行動都受到各個大臣監視，即使公務極度繁重，卻完全沒有金錢報酬。

藉由這種近乎神經質的系統，得以維持杜布羅夫尼克的民主共和先進體制，直到出現科學兵器的近代為止，從未出現過任何獨裁者，民族平等和個人自由也不曾崩潰。

總督官邸中每年進行十二次的總督選舉，一直持續到第一次大戰之前，但是機器人「利比達」早在十六世紀就已經功成身退。頻繁用於抽籤和選舉的這個慎重方法本身，在「利比達」退役之後依然維持下去，不過逐漸有人認為，石珠的計數似乎沒有必要做到這個地步，於是改為讓負責計數的孩子拿著長長的假手。所謂假手是一根長一公尺左右的木棒，前端裝上木製的可動式手掌，用力握緊木棒末端的操縱桿，假手前端就可以抓住彩色石珠。

孩子們拿著假手，用前端的手部抓住石珠再分類到彩色盤中。這種作法一樣沒有衣袖，所以也無法耍詭計增減石珠數目。要小孩子來做這件事，當然是為了避免有人從中玩弄什麼伎倆，不過他們對小孩子也依然沒有鬆懈警戒，可見慎重到什麼程度。

在總督官邸一樓，每次總督選舉所使用的大廳一角，用石頭堆疊了一間小教會，功成身退的「利比達」就放置在這當中。作為守護杜布羅夫尼克和自治、獨立，及自由的象徵，同時也是貴重的歷史遺物，「利比達」化身為市民的守護神。

市民們來到「利比達」面前，供奉親手烘烤的餅乾，或者蔬菜、水果等等自家商品，獻上祈願，希望現在獲得的自由能持續到後代的子孫。

由於利比達是馬口鐵製成的，所以久了之後身上漸漸出現了紅褐色鐵鏽。官邸的官員和作業員都忙於日常的勤務，沒有時間替「利比達」維修保養。因此，「利比達」的鐵鏽，便一天天地變厚。

B

有一個名叫雷娜妲・安傑絲的貧窮女性，她所住的舊公寓在一條狹窄小巷裡，從杜布羅夫尼克的繁華大街還要往深處轉上好幾個彎。她在距離自己公寓步行約三十分鐘左右的小玩具工廠工作，在男性工匠之中與一群主婦一起製作兒童玩具，勉強維持著生計。可是，玩具這種東西賣得並不多，工作的薪資也便宜，所以生活並不好過。

她的丈夫已經離開人世，而且還有一個名叫伊旺的獨生子，光靠玩具製作的收入要養育孩子，可說相當辛苦。

另外，她還有一個很大的煩惱，那就是長在她左臉頰上的胎記。那是一個幾乎遮掉她大半張臉的青黑色胎記，從遠處看也非常醒目。這胎記就算用化妝也無法遮掩，所以從小時候班上的同學就嫌惡地說這是惡魔的簽名，還曾經把她趕出教室。

當時有一種迷信，認為惡魔會在人的身體某處留名。也因此，她當時經常被趕到其他教室，必須請老師替她上個人課程，但是老師們或許心裡也多少相信迷信之說，都不願意替雷娜妲上課。因此，雷娜妲很少去上學，總是在公寓裡一個人唸書。

這塊胎記是與生俱來的，不管用什麼藥、找任何名醫商量也都無法消除。所以雷娜妲長大成人之後，也很難有機會和男性交往，一直到三十歲都是單身一人。但某一天，有人介紹她認識了一位身體有輕度殘障、小她兩歲的男性。他講話的時候總是稍微歪著臉，聽不太清楚別人的話，走路時也有點不方便，不過個性很不錯，所以當他向自己求婚時，雷娜妲很快就答應了。

兩人之間生下了伊旺這個孩子，幸運地，這孩子既沒殘障，臉上也沒有胎記。雖然沒有任何肢體殘障，可是卻身體相當虛弱多病。還不會走路之前，就頻繁地發高燒，總是臥病在床。從此以後，雷娜妲就開始過著天天跑醫院和藥房的日子。不幸的是，一同工作的丈夫很快就病死。原本因為有丈夫工作的收入，她暫時可以專心照顧孩子，但現在也無法如願了。

丈夫過世後，馬上又有人開始流傳惡魔妻子吃掉了丈夫的謠言，逐漸散佈。其實大家都知道雷娜妲的丈夫身體虛弱，但彷彿每個人都想好了這套惡魔之說，等待著這個可以大肆宣揚的時候，就連一些教會的神父也喜歡這種無稽之談。而路上的市民都很害怕雷娜妲，紛紛走避，還有些女人會跑著逃開。

杜布羅夫尼克的許多市民都有著深厚的宗教信仰，虔誠而認真，所以沒有人能接受惡魔的化身——還抱著襁褓中嬰孩的雷娜妲。

和丈夫一起工作的食品店，在丈夫死後雷娜妲馬上被解雇，她不得不找其他的工作。可是再怎麼找，就連酒店或者男客來意不純的旅店，都被拒絕了。最後終於找到的，就是現在這間不太需要和客人接觸的玩具工坊。能在這裡工作的原因，是因為工坊的老闆是個很隨便的男人，他很愛喝酒，星期天也不上教會，是個信仰不虔誠的人。這種人在杜布羅夫尼克非常罕見。

工坊的工匠男女各半，男人們負責砍木頭、削刨、組合、黏貼、加上車輪等等，做出玩具的原形。女人們則將這些原形再加以打磨，增加精細的雕刻、塗上色彩和畫上圖樣。

不過剛開始時雷娜妲只能做些輔助工匠們的事，比方說幫忙倒茶和搬東西、收集材料，以及按住正在切割的木材一端等等工作。但是她一邊幫忙、一邊用心地學習工作，所以勉強能維持她和兒子兩人基本的生活。可是，丈夫死後失去經濟來源所借的一筆錢，還找不到還錢的眉目。

因為臉上的胎記和種種不好的謠言，從沒有人向寡婦雷娜妲提過再婚的事。在她所工作的工坊，允許女性員工在店面販賣玩具，除了原本的薪水，還可以增加這部分的業績獎金。同事的主婦們就常能因此增加額外的收入，可是只有雷娜妲因為臉上的胎記，不被允許出現在店面。員工還可以拿著玩具在外面叫賣，但這對雷娜妲來說也很困難，她試過一、兩次，果然一個也賣不掉。

玩具製作工坊原本不允許雷娜妲帶著伊旺一起來上班，可是看到她認真的工作態度，老闆特別通融讓她把躺在搖籃中的兒子放在工坊角落，所以雷娜妲把兒子從託養機構接了回來。臉上沒有胎記的伊旺長得相當白皙俊美，但開始上學後，眩暈的毛病比以前更加頻繁，也經常發燒臥病在床而無法上學。醫生很明白地宣告這孩子很可能活不到成年了。

儘管如此，伊旺還是活到了十歲。要是從前，這剛好是總督選舉時可以擔任利比達的年紀。伊旺雖然體弱，卻是個頭腦聰明的孩子，雖然經常因病請假，成績總是班上第一名。要是利比達還存在，伊旺說不定會被選上成為利比達的一員。

成為利比達的孩子，都是老師所推薦的優秀孩子。所以自己的孩子若是被選上，就表示他的聰明受到認同，這對家長來說是相當有面子的事。

雷娜妲偶爾會想，要是這樣該多好。擔任利比達的孩子，因為守護了杜布羅夫尼克的自由而受到市民讚頌，孩子到成人之前的生活費，也可以受到很大部分資助，除此之外，還會有許多教育上的優惠。要真是如此，對於現在這種貧窮的生活，不知道會有多大的幫助。

現在計算候選人石珠的工作，還是一樣交給孩子。這當然是一種榮譽，但已經不像以往那樣值得驕傲了。

但是儘管如此，在杜布羅夫尼克醫療費用、藥品費用、教育費都由國家來負擔的福利制度還是很令人感謝，雷娜妲認為，如果沒有這些福利，自己母子兩人早就已經一起步上黃泉路了。一想到萬一出生在杜布羅夫尼克以外的地方，她就忍不住渾身打顫。除了淪為娼婦之外，恐怕沒有其他求生的活路了吧。

雷娜妲從天主教信仰上尋求救贖，所以她每天早晚都會到克羅埃西亞天主教會去祈禱。不需要工作的假日，有時還會帶著伊旺在禮拜堂懺悔一整天。

她之所以會這麼虔誠，都是因為這座教會裡有一位名叫赫爾沃耶•奇卡多的神父，讓她打從心裡尊敬，他同時也深受所有市民尊敬。在丈夫過世的時候，這位神父非但沒有跟著大家散佈她是惡魔之說的無稽之談，甚至訓斥了說那些話的人。在地獄般的每一天中，這是多麼大的救贖，恐怕其他人是永遠不會了解的吧。雷娜妲暗自在心中決定，一輩子都要追隨著他，走著他所指示的道路。

這位神父不但建造了克羅埃西亞孤兒院，還新設了克羅埃西亞傳道所和藥房。他也用極為淺顯的說法，告訴大家杜布羅夫尼克的理想。聽這位神父的講道是雷娜妲的一大享受，如果待在禮拜堂一整天，就一定會有和神父一對一談話的機會。

雷娜妲偶爾會跟奇卡多神父提到兒子的病。她對神父傾訴煩惱，以及對將來生活的不安。神父總是安靜地傾聽。其實光是有人願意傾聽，對雷娜妲來說就已經很值得感謝，但是熟知國家福利制度的神父，也很清楚哪裡有技術高明的醫生、理髮師，以及藥劑師，所以總是能給予確實而有用的具體建議。神父還會告訴雷娜妲現在哪裡有需要玩具的人或者學校，這對雷娜妲都是很大的幫助。

可是，關於生活費的缺乏，神父只對雷娜妲說，這是主對妳的試煉，所以必須拋棄自我，心無旁騖地努力。雷娜妲雖然也知道這個道理，可是就算想努力，但因為臉上的胎記也讓她無從努力起。聽到她這麼說後，神父問她，妳有沒有去過總督官邸一樓大廳的利比達小教會？

雷娜妲聽了心中一驚，她回答以前雖然去過，但是最近很少去。奇卡多神父對她說，那麼妳應該去看看。雷娜妲追問，為什麼呢？神父的回答是，因為我聽到上帝的聲音這麼說。

隔天，雷娜妲依照神父的指示來到總督官邸的一樓大廳，小小的利比達教會還是老樣子，裡面立著一座利比達。教會裡一個人都沒有，看來利比達已經被大家遺忘了。

雷娜妲將自己製作的玩具供奉在教會中，安靜地祈禱了一會兒後，抬起頭來，突然發現利比達左臉也有一塊和自己一樣的胎記。那塊痕跡其實是利比達身上的鐵鏽。變舊的利比達，身體上各處都開始出現了些微的鐵鏽，而臉上這塊則是最大的痕跡。

這一瞬間，雷娜妲強烈地同情著這具利比達。雖然心知這是沒有生命的金屬人偶，還是不忍心凝視著它，因為看著看著，腦海中就不由自主地浮現出自己過往人生中的種種。因為臉上這塊胎記，過去遭受了多麼不平的待遇，讓自己這大半輩子跟一般常人完全不一樣，一想到這些，對眼前的金屬人偶就不由得發生了同病相憐的情感。

利比達的身高、年紀，看來很接近自己的兒子伊旺，這更加深了雷娜妲的憐惜。於是，她馬上回到工坊，拿來砂紙和刷子、軟布等製作玩具的道具回來，蹲伏在利比達前，拚命地替它清掉臉上的鐵鏽。

雖然她對這樣的工作並不陌生，但是以往處理的材料都是木材，處理起來的感覺和金屬截然不同。所以看似簡單的工作也花了半天時間。不過她的努力總算有了成果，鐵鏽終於清除乾淨，馬口鐵製成的孩童臉龐變得乾淨如昔。但是站在近處看還是留有一些些鐵鏽的痕跡，雷娜妲替它輕輕拍上一些自己化妝用的白粉來遮掩。這麼做的同時，感覺就好像在照顧自己兒子一樣。看看外面，太陽已經完全落下，是黃昏時分了。虔誠的天主教信徒雷娜妲趕忙在胸前畫了十字、屈膝祈禱片刻後再回家去。

隔天早上，送伊旺上學後，雷娜妲跟往常一樣到製作玩具的工坊去，認真製造著玩具，同事中一名主婦突然對她說：「喂，妳的胎記怎麼了？」

雷娜妲一時不了解對方的意思。「什麼怎麼了？」她沒有停下手邊的工作，若無其事地問道。她早已習慣因為胎記的關係被說長道短了。

因為對方沒有作聲，雷娜妲抬頭看了看，發現同事的表情相當驚訝，瞪大了眼睛望著自己。那婦人繼續說：「妳……妳的胎記不見了啊！」

「啊？」雷娜妲嘴裡這麼說，但是卻沒有起身的意思。以前也曾經發生過許多這種經驗，當她還小的時候，同學曾經對她做過無數次類似的惡作劇，因為他們想要看雷娜妲在鏡子前哭泣的樣子。

因此她決定不加理會，繼續自己的工作，同事什麼也沒說。工坊裡持續瀰漫著一股異樣的沉默。雷娜妲又抬頭看了看對方，只見她還是一樣瞪大了眼睛。但是這一招她也曾經看過。可能是大家事先約好了，一起捉弄自己。不管對方演技有多好，可絕對不能上當。

「妳照照鏡子。」

果然不出所料。我才不照呢，怎麼能稱了你們的心呢，雷娜妲這麼想著，手邊的工作一點都沒有慢下來。

「快點、快照照鏡子！」同事還是很囉唆地一直叫喊著。

沒辦法，雷娜妲只好慢吞吞地從椅子上站起來，走到鏡子前面。心中不帶絲毫的期待。可是，雷娜妲不禁屏住氣息呆站在當場。她站在鏡子前，摀著自己的雙頰。四十年來煩惱她的那顆胎記，就好像被擦掉了一樣，完全消失了。左邊臉頰上，只有一片雪白的肌膚。

「看起來不像是化妝蓋起來的哪。」走到身旁的同事也這麼說。

雷娜妲用手指摩擦了左臉上今天早上為止還有胎記的那個部位。說不定，胎記會再次出現，告訴自己這不過是空歡喜一場。不過胎記並沒有出現，一點變化也沒有。

同事也拿出自己的手帕，毫不客氣地摩擦著，但是雪白的肌膚上依然沒有任何變化。只是在用力摩擦後泛紅了而已。真的消失了。看來不像是暫時性的消失。

「怎麼回事？妳是怎麼弄的？」同事問她。

「妳吃了什麼藥嗎？還是去看醫生了？」

「沒有啊。」雷娜妲回答著，並搖搖頭。

「那為什麼會這樣呢？為什麼胎記會消失呢？而且還是在短短一天之內？」

「不知道……我不知道啊。」雷娜妲渾身顫抖著回答。

「雷娜妲啊，妳臉上的胎記沒了，看起來還挺標緻的呢。」同事說著。

察覺到兩個女人不尋常的氣氛，男工匠們也紛紛停下手邊的工作站起身，往這邊走來。

大家看到雷娜妲都忍不住驚訝地揚聲。

「喔！這是怎麼回事啊？」男人們說道。

「這該不會是聖母瑪利亞的奇蹟吧。」

「不對，應該是奇卡多神父的聲威吧。」

一聽到這句話，雷娜妲頓時領悟。是利比達。應該是利比達吧？因為自己昨天細心地替利比達臉上同一個部位的鐵鏽，所以利比達為了報答，才替自己把臉上的胎記去掉了吧。沒有錯，一定是那孩子的功勞！

雷娜妲馬上跑出玩具工坊，飛奔到總督官邸。其間的距離雖然不短，可是途中她卻不曾停下腳步，一口氣奔上長長的石階。跑到鋪設石板地的市民廣場，就可以望見總督官邸。雖然跑得上氣不接下氣，她還是沒有停步，筆直穿過這片廣大廣場。

剛跑進一樓大廳，就可以看到利比達一如往常，不帶表情地佇立在大廳一角的小巧教會中。她跑到利比達前，氣喘吁吁地跪在利比達前，雷娜妲親吻著它馬口鐵的腳尖。在漫長的時間中，專心一意地獻上感謝的祝禱後，才稍微仰起頭來。她紊亂的呼吸還沒有平靜下來，所以就這麼屈膝在前仰頭望著。看著看著，她突然注意到一件事。

雷娜妲站起來，拿出手帕拭去利比達左頰上的妝容。於是，白粉下出現了一塊青黑色的胎記。這時她又屏住了氣息。心裡喊著，果然沒錯！她呆呆地佇立在當場。

是利比達接收了自己臉上的胎記。當她知道這個事實，眼淚不停地湧出，佈滿了臉頰。

接著，雷娜妲再次跪下雙膝，深深地向利比達，以及赫爾沃耶・奇卡多神父獻上感謝。

C

臉上沒了胎記的雷娜妲，因為長相並不差，所以慢慢開始受到男性的歡迎。雖然年近四十，可是看起來遠比實際年紀年輕；更重要的是她長久以來習慣在瑟縮於角落，養成了勤奮工作的習慣，所以出現了好幾位愛慕她的男人。

其中追求得最積極的，是玩具工坊附近一處家具工坊的工匠，約瑟普・米里奇。兩人交往一陣子之後，雷娜妲接受他的求婚再婚了。從此以後雷娜妲就成了雷娜妲・米里奇。

結婚之後，雷娜妲過了一段相當幸福的日子。約瑟普是位手藝很好的工匠，收入也不錯，他對雷娜妲說可以不用工作，於是雷娜妲便可以專注於家事和照顧伊旺。對雷娜妲來說，這是長久以來的希望，再也沒有比這更令她高興的事了。伊旺身體虛弱需要人照顧，所以雷娜妲一向都很懊悔，沒能好好照料兒子。

但諷刺的是，在雷娜妲專心照顧伊旺過了一年左右，伊旺突然發高燒而病倒。他臥病在床無法起身，每天會發作好幾次痙攣、窒息。嘴裡不斷說著夢話，偶爾還會失去意識。

雷娜妲恐慌不已，跟奇卡多神父商量，請他介紹好醫生，讓約瑟普抱著伊旺跑到醫院。可是，不管把伊旺送給哪一位醫生看，大家都說病因不明，所以無從醫治起，已經回天乏術了。

雷娜妲好幾晚沒睡照料著伊旺，天一亮，她便迫不及待地奔跑到奇卡多神父所在的禮拜堂中，平伏在基督像前，祈求好幾個小時。她在神面前再三懇求，就算用自己的一命來換也無所謂，只希望能救回兒子一命。她還祈求，如果是因為自己臉上的胎記消失後跟男人再婚才受到這種懲罰，她願意馬上離婚，只求神能給她指示。

雷娜妲沒和奇卡多神父見到面，到了大家開始工作的時間，她又跑到利比達的教會去，因為這個時候總督官邸的一樓大廳才會打開。

她跪在利比達的腳邊不斷祈求。如果能救兒子一命，她希望那個胎記再次回到自己臉上。

漫長的祈禱之後，她突然抬起頭來，這時，利比達的臉好像有一瞬間變成了兒子的臉。不過再凝神一看，幻象頓時消失。

回到家後，丈夫約瑟普鐵青著臉端坐在床邊，臉上出現了絕望和茫然。

兒子的額頭上放著毛巾，看起來病情更加嚴重。嘴唇泛紫、眼瞼凹陷、臉色也蒼白得發青。呼吸看起來斷斷續續，已經幾乎沒有氣息了。

最近因為沒有食慾，原本就纖瘦的雙手和手掌，在這兩天內又變得更細，現在幾乎已經是清楚看到骨頭的狀況了。

「快請醫生！請克拉巴希先生來！」雷娜妲大叫，但是丈夫卻對她搖搖頭。

他說，已經沒用了。還說，克拉巴希醫生一直到剛剛都還待在這裡，才離開不久。

這時候，窗下傳來了啪嗒啪嗒飛奔而去的腳步聲，還有男人大喊著：「不好啦！」

雷娜妲和丈夫看了看彼此，探身往窗外一看，剛好又看到另一個奔跑的男人，也一樣大喊著：「不好了！」

「發生什麼事了？」雷娜妲往窗下問。

男人注意到她的聲音，抬頭望著，用恐懼的表情看著雷娜妲這麼說道：「鄂圖曼攻過來了。」

「什麼？你說什麼？」

「鄰國的回教徒攻過來了。軍隊人數很多，聽說有兩萬人。他們已經逼近城牆附近，開始集結了。」

「接下來會怎麼樣呢？」

「我們都會被殺掉。這就是他們一貫的手法！不管是女人還是孩子都會被殺，吊在城牆上。天啊，到底該怎麼辦呢？」

雷娜妲聽了渾身發抖：「難道沒有方法可想嗎？」

「我們的守備軍只有兩千人，不可能打贏的，現在只能逃走了。敵人從四面八方攻過來包圍著我們。現在只剩下從港口搭船逃走了。妳最好也快點逃吧！」

「怎麼會……」雷娜妲當場站著，說不出話來。

「我們可以逃到威尼斯，大家一起逃往威尼斯去。現在還來得及，要是港口也被封鎖一切就完了。現在出動所有的船隻，再三十分鐘就開船了，要快啊！」

「港口……」

「沒錯，現在只剩下港口這條活路了。我們已經被包圍了，女人不能留在這裡，不知道會遭受什麼殘酷的待遇，對方可是蠻族，誰知道他們會使出什麼手段？一定會毫不留情地殺掉我們的！」那男人說完，就往港口的方向跑去。

怎麼會發生這種事呢，雷娜妲心想。又為什麼偏偏在這時候呢。

換作是平常時候，或許還能逃走。但現在不行。自己最愛的兒子正在鬼門關前掙扎，勉強移動他一定會沒命。可是，她壓根沒想過把兒子丟在這裡自己逃走。

她背著窗，慢慢轉向兒子床邊的時候。看到了一幅相當異樣的光景。

「你在做什麼？」雷娜怔住不動。

她看到丈夫急忙換了衣服，開始將身邊大小東西塞進袋子裡。

「我們要逃走，雷娜妲，只要逃到威尼斯，一定會有辦法。威尼斯跟這裡一樣，是個自由和自治的國家。妳快點準備，聽說鄂圖曼帝國的兵隊非常野蠻，很喜歡殘虐的手段，所有女人都會被侵犯，男人活生生被肢解，屍體都丟在大馬路上。我聽說以前埃及的馬穆魯克[7]就有過這種遭遇。現在還來得及啊！」

「不行！」雷娜妲大叫著。「我兒子病成這樣，我不能放下他不管。」

「只要還能帶著他，我會一直抱著他的！」

「萬一不能了呢？」

「到時候再想辦法就是了。妳快點，難道妳想死嗎？」約瑟普大吼，眼睛充滿血絲。

「在人擠得像沙丁魚的船上，你要伊旺躺在哪裡？」雷娜妲也大叫著，接著，持續了一段時間的沉默。

「全杜布羅夫尼克人都要搭上的船，連坐的地方都不會有的。」

聽到她這麼說，丈夫也沉默了下來。

雷娜妲也安靜了下來，然後慢慢地搖了搖頭。「我兒子一定會被丟到海裡去的。不行，我不走。」

「妳說什麼……」丈夫低聲說著。

「我是個母親，我不可能為了逃走而殺了自己的兒子。」

丈夫指著伊旺說：「雷娜妲，妳仔細看清楚了。妳也清楚吧？這孩子就算這樣下去，也一樣會死的。」

聽著丈夫的話，雷娜妲走近床邊，坐在椅子上。

「能做的我們都已經做了。難道說還身強體壯健康的我們，要陪著一個注定會死的人一起死嗎？」

「他還沒死。」雷娜妲冷靜地說。

「你自己走吧，我留下來。」

「妳說什麼傻話！」約瑟普凝視著結婚還沒多久的妻子。

妻子也抬起頭來，看著這樣的丈夫。

兩人互望了一會兒，回想起相識的那時候。丈夫又回到一年多前，那張陌生的臉孔，兩人還未曾擁有共同回憶時的臉孔。

於是雷娜妲說道：「趁我的心意還沒有改變，你快點走吧！我不想咒罵你、怨恨你。我們結婚雖然才一年，但是多虧了你，我才能有寬裕的生活，也才能專心照顧這孩子。這是我長久以來的心願，所以我很感謝你。我真的過得很快樂，所以你走吧。」她靜靜低下頭，等

譯註⑦：馬穆魯克王朝，Dawla al-Mamalik，以埃及為中心，統治敘利亞、漢志地區的遜尼派（一二五〇～一五一七）。首都位於開羅。由於其統治者蘇丹係出身於馬穆魯克（奴隸身分的騎兵）的軍人或其子孫，故被稱為馬穆魯克王朝。

待著別離的瞬間。

丈夫在當場站了一會兒。雷娜妲看著地板，看到他的鞋尖忽右忽左地，挪動了好幾次。她心想，丈夫正在猶豫。這樣就夠了。雖然不知道有多深，但是他也用他的方式愛著我，這樣就夠了。

丈夫終於慢慢地邁開腳步，越走越遠地走下了樓梯。

心裡雖然清楚，但是聽到逐漸遠去的腳步聲，眼淚還是流了出來。畢竟這孩子不是他的親生孩子，這也沒辦法。

她呆了一會兒，接著走到兒子身邊坐下，替他額上的毛巾翻了面。這時她發現，兒子的身體已經不燙了。應該說，他的身體開始冰冷，體溫一點一滴地失去。身體變得冰冷之後，兒子就好像那具利比達一樣，變成一具空洞的軀殼。

這種時候她想要依靠的人，就只有天主教教會的奇卡多神父。就快死了、最愛的兒子就快死了。

一定得想想辦法，難道沒有什麼方法嗎？

雷娜妲將伊旺從床上抱起，用盡渾身力量緊抱著兒子。

已經乾瘦到只剩皮包骨的兒子，即使是一個絕望又虛脫的女人也能輕鬆抱起。雷娜妲將兒子緊抱在胸前，穿過房間、步出走廊，慢慢走下樓梯。

走出石板路小巷後是一片慌亂人潮。市民紛紛往港口跑去，巷子裡相當擁擠。雷娜妲逆著這波人潮，抱著兒子穿梭在其中，排開阻礙往反方向跑去。她的目的地是奇卡多神父所在的天主教教會。

她一路對抗著不斷將自己往後推的人潮，一邊哭、一邊跑著。好不容易來到教會前的廣場，一看更是不得了，有大批人潮聚集在這裡，其中大半是老人、帶著小孩的女人，還有病人。傳說中的軍事國家、強大的鄂圖曼帝國來襲，大家都心懷恐懼，為了尋求救贖而聚集在教會。

年輕男女因為還有體力，都已經逃走了。可是，老人和病人就沒辦法了。他們無法逃離這個地方，就算勉強移動逃跑，也一定立刻會被追上。來到奇卡多神父的天主教教會，就已經耗盡全力了，這些人的數量正在不斷地增加中。

「我們克羅埃西亞的理想，即將被踐踏。」是奇卡多神父的聲音：「如果說在這個現實世界中，存在著最接近神的理想國，那就是這裡，杜布羅夫尼克。大家一定要知道這一點。」

奇卡多神父環視著大家，人人都點頭如搗蒜。

這些全都是仰慕神父的人們，奇卡多比任期短暫的總督更有人望。他才是這個理想自治都市國家杜布羅夫尼克實質上的總督。

「世界上的哪一個地方，會有比這裡更美的街道？世界上的哪一個地方，會有不跟窮人收一毛錢的醫院？不歧視任何一個孩子，不允許任何歧視的孤兒院，世界上哪個地方有？走遍陸地上的天涯海角，都沒有這樣的城市。這裡才是地上的寶石，才是神的眼中，朦朧中的夢想。沒有別人，唯有我們擁有的智慧，才能創造、磨光出這樣的寶石。」

聽了神父的話，大家都低下了頭，流淚認真地聽著。

「我們創造出最接近上帝心意的街道，這是我們至高的榮耀。然而，現在鄰國的那些邪教，竟然要用他們卑賤的泥靴踐踏這顆理想的寶石。天主教的神，現在就在這裡，就在我們眼前。至高的神，就在人間地上。神將會拯救我們。真主耶穌絕對不會捨棄擁有如此智慧的我們。正因為這種時候，我們更要相信神！」

這時，擠滿整座廣場的病人和老人們，紛紛趴在石板上。大家的額頭貼在石面上，然後撐起上身，在胸前畫了十字。

雷娜妲抱著兒子，走到奇卡多神父面前。

看到這對母子，神父很擔心地走近，將手放在伊旺的額頭上。過了一會兒，他告訴雷娜妲：「馬上進禮拜堂去。」

雷娜妲抱著兒子進入禮拜堂並走向祭壇，跟在後面的神父指著祭壇上的神聖平台，要她把伊旺放在上面。

雷娜妲依言這麼做了之後，神父走下祭壇，跪在伊旺躺著的聖台前，兩手交握開始祈禱。在一旁的大家都看得出來，他陷入深深的冥想，很快地進入神聖上帝的世界。

神父面前，有伊旺躺著的神聖平台，上方是彩繪玻璃製作的耶穌基督肖像，俯瞰著自己忠實的子民們。

透過描繪著基督的玻璃，陽光落在伊旺蒼白的臉上。

身後彷彿可以感覺到喧囂的熱氣，一回頭，原本在廣場上的人們，大家都慢慢進入禮拜堂。接著，大家依序坐在長凳上。

奇卡多神父終於從冥想中回到現實，慢慢地站起來。接著，他轉身向後，面對雷娜妲和整間禮拜堂裡無力的老年人，靜靜地開始說：「現在，主這麼對我說。我們會得救的。」

「喔！」禮拜者之間湧起了一片歡喜的呼聲。

「我們崇高的文化遺產，絕對不會被卑賤蠻族踏在蹄下。綻放在亞德里亞海岸邊這絕美的花園，將會被崇高的天主教之神，永遠守護。」

喜悅的歡呼，還有老人們感動的啜泣，靜靜地充滿了禮拜堂的空間。

「他，就是拯救我們的神所遣來的使者。」神父指著身後平台上的伊旺，說：「主剛剛說了，他要將這年幼的少年召回祂的身邊，因此，這已經是無法改變的命運，是神的旨意。」

聽到神父這麼說，雷娜妲哭倒在地。

「不過，上帝所寵召的只有他的肉體，他很快就會甦醒。就像在各地的主一樣，這個少年也會甦醒。他絕對不會死去，他會從蠻族手中拯救我們。」

極度的沉默籠罩著現場。大家都不了解神父話裡的意義。

「怎麼拯救呢，神父？」一位老人問著。

「蠻族已經開始在城牆下集結，隨時都可能襲擊我們。難道您的意思是說，光靠這個孩子一個人，就能打敗兩萬名無惡不作的敵軍嗎？」

神父點點頭：「沒有錯。」

「要怎麼辦到呢？到底要怎麼辦到呢？」

神父搖了搖頭，「這我也不知道。不過，剛剛主確實這麼說了，他確實這麼對我說了。」他說。

大家再次陷入沉默。

這也難怪。再怎麼說，也太難以想像了。兩萬大軍，那可是一眼望去也望不盡的數字。

光靠這一個小男孩，到底能做什麼呢……？

可是，雷娜妲因為過度的悲傷和打擊，已經無法思考任何事。最愛的兒子蒙主寵召，已經是無法避免的命運，這是多麼殘酷的事啊。那麼，自己到底是為了什麼活到現在呢？自己活得那麼辛苦，現在失去了丈夫，又沒有了兒子，自己什麼都不剩了。

「不能嘆氣，雷娜妲。」不知什麼時候，奇卡多神父已經站在癱在地上的雷娜妲身邊，「妳將會成為救國之母。來吧，站起來吧！」

「我站不起來……」雷娜妲說：「不可能的。失去了兒子，我再也站不起來了。」

神父再次面向老人們，對他們說：「主的子民們，你們相信我所說的話嗎？」

禮拜堂中有一陣短暫的沉默，但大家逐漸乖順地點頭。

「你是世界上最偉大的神父。我們願意相信你的話。」

大家順服地點著頭說。

「如果是愚蠢的神父，我也不信，但如果是您，我願意相信。不管看起來有多麼不可思議，我都相信。」大家異口同聲地說。

於是神父說：「來吧，大家替拯救我們、拯救國家的少年之母，獻上我們的掌聲吧！」

於是，順從的子民們響起一陣熱烈的掌聲。

神父對雷娜妲說：「來吧，站起來吧！雷娜妲。請妳照我所說的去做，能拯救這個城市的人，現在只有妳一個人了。」

D

奇卡多神父拿了一捲有著古老羊皮紙封面的書。

「妳看，雷娜姐，這就是人體內臟圖。看得懂嗎？妳知道我為什麼讓妳看這個嗎？」

雷娜姐佈滿淚痕的臉左右搖了搖。

「不知道。」

「因為利比達沒有內臟。為了要讓小孩子進去，利比達的構造是中空的，但是中空的利比達沒有辦法甦醒。」

「嗯。」雖然聽不懂意思，雷娜姐還是答應著，看著神父的臉。

「快點到工坊去，製造利比達的內臟。不快點就來不及了。要是不在伊旺死後三十分鐘之內完成，利比達就無法甦醒了。聽懂了嗎？」

雷娜姐一臉茫然。

「怎麼可能，我不會製造內臟啊！」

「只要看起來像內臟就行了，是玩具也無所謂。只要每個內臟的形狀看起來相似就行了，所以木製的也可以。這麼一來黃泉之國的守門人，就會以為人偶是人類的遺體。然後神的魔法就可以發揮效力，這魔法將可以讓利比達起死回生。可是，身體裡不能什麼都沒有，否則看起來就不像人的屍體了。」

「那我該怎麼做呢？」

「敵軍已經接近，現在就在城門外了。他們很快就要衝破大門打進來。在這之前，一定要讓利比達起死回生才行。否則，我們就沒有活路了。不管從任何方面看來，都已經沒有時間了。伊旺就快要蒙主寵召，而敵人也快要攻破城門，妳動作得快點。」

雷娜妲的腦中一片混亂，她呆了半晌，慢慢開口問道：「我不太懂你的意思，奇卡多神父，您是說，伊旺會變成利比達，然後起死回生嗎？」

「伊旺的靈魂，將會轉移到利比達的身體上。然後真正的利比達將會甦醒，而它，就是真正的自由利比達。」

雷娜妲覺得很茫然。

「快啊，現在已經沒有時間驚訝了，雷娜妲，妳要相信神。妳要相信，快去。」

「好的，可是……」

「先把那本厚書，切割成兩個肺的形狀，還有肝臟也是。把木頭像這樣切割成肝臟的形狀，然後削掉尖角磨圓。還需要有胃、胰臟、膽囊、兩個腎臟、膀胱。另外還有大腸和小腸，可以用某些軟管，越軟越好，這樣就可以自由自在地彎折了。」

「可是，這些東西……」

「這樣就可以了，雷娜妲。只要能騙過黃泉之國的守門人就行了。乍看之下以為是內臟就行了。」

「顏色呢。」

「沒時間了，不用塗。就保持白色木頭的原色。」

「如果用動物的內臟……」

神父馬上搖了搖頭：「不能用動物的內臟。狗或貓的內臟形狀和大小都跟人的內臟完全不一樣。既不適合利比達身體的大小，內臟的相互關係也不一樣，馬上就會被發現，騙不過守門人經常看人類遺體的銳利眼光。懂了嗎？」

「是……」

「需要的內臟這樣就差不多了。只要有剛剛我說過的那些就夠了，不過形狀和內臟之間的比例，請盡量接近這張人體器官圖。懂了嗎？」

「神父，您還忘了一個！還有心臟……」雷娜妲急忙說道。

這時奇卡多神父慢慢地搖頭。「我沒有忘，雷娜妲。」

他說道：「只有心臟，一定要用真的才行。」

雷娜妲大驚失色。「什麼！您是說……」

「沒有錯。我們需要伊旺的心臟。走吧，快到工坊去動工吧。在妳回來之前，我一定會拚命祈禱，保住伊旺的命。只要夠快，妳就能跟甦醒的伊旺重逢。慢了就來不及了。我們將會失去救世主、被蠻族屠殺。至於利比達，我會遣人到官邸去，搬到這裡來。好了，妳快去吧！」

說著，神父將書交給了雷娜妲，她奔出教會，往玩具工坊跑去。

她已經好久沒有來到工坊，但是這裡跟她當初天天來工作時一模一樣。材料的木材、道具類、工作機械等一應俱全。她知道所有東西保管在哪裡。畢竟在這裡工作了好幾年，很快就熟練了起來。

但麻煩的是，這裡現在一個男人都沒有。工匠們好像都逃走了。所以她沒有任何人可以依靠，全得靠自己一個人來完成。

雷娜妲參考著自己身體的尺寸，馬上開始作業。開始在木材上畫線、裁切。兩片肺、肝臟、胃、膽囊、胰臟。還有兩個腎臟、膀胱、大腸和小腸，只有這些。得趕快才行。

不知道伊旺還能撐多久，但至少必須在一小時之內，完成這些工作才行。

所幸工坊裡還有幾具腳踏式機器，比起徒手作業，這省了許多時間。而且，她以前曾經製作好幾次相同大小的木製玩具。

放眼望去，工坊的角落有好幾顆木球。那應該是製作到一半的玩具零件吧。那其中有幾個剛好和腎臟以及膀胱差不多大的東西。上面還沒有上色，也還沒有畫上圖案，剛好可以拿來當作腎臟和膀胱。

她在作業檯上攤開奇卡多神父交給她的書，為了讓頁面不會闔上，在左右壓上兩塊重石後，雷娜妲開始認真工作。

她沿著線裁切木材，利用鋸子和槌子去掉邊角，用刨刀刨削，再用金屬刷打磨呈現圓弧狀，之後再以砂紙磨光。她專心一意地埋頭作業。

終於在一個小時以內完成了所有內臟。

大小腸則拆下了風箱上附著的軟管來代替。工場裡有好幾個風箱，所以她拆下了好幾條管子，用金屬零件連接起來加長。總共接成了五、六公尺的長度，但這到底能不能瞞過黃泉之國的守門人呢？

她將製造好的內臟放進籠子裡，把軟管也塞了進去，再放進神父的書，上面用布蓋住後飛奔出工坊，跑在人影已空空蕩蕩的石板小路上。

伊旺，我的兒子是不是還活著呢？

整條街宛如鬼城，包括自己丈夫在內的眾人是不是都順利逃到威尼斯去了呢？而留下來的自己，到底能不能得救呢？杜布羅夫尼克這個城市，還有伊旺……

街上一點人聲都沒有，她敲擊著石板地的鞋音，在兩側房屋牆壁之間清楚地迴盪著。騷動的時刻即將降臨。這是暴風雨前的寧靜。

看見教會了。教會前的廣場已經不見人影了，大家都進了禮拜堂。她奔跑著穿越廣場、奔跑著爬上通往教會的石階，拉開教會大門。

這時，禮拜堂裡滿滿地都是老年人。就連通路上都有人蹲坐著，擁擠得一動也不能動。

「雷娜姐，快到這裡來！」認出她的身影後，奇卡多神父大聲叫喚著。一看，原本坐在祭壇旁椅子上的神父，正準備站起身來。

坐在通路地板上的老人們，勉強將身體往左右傾倒，讓出了一點點通道。雷娜姐沿著這道縫隙，避開老人們小心地往前走。

祭壇的平台上，有兩具小小的人體。一具是兒子伊旺、一具是金屬的利比達。兩具身體並排躺在平台上。

穿越過人群，好不容易到達祭壇前後，等待著她的神父對她說：「伊旺還有一絲氣息。請妳跟他做最後的道別吧。」

雷娜姐將籠子放在祭壇地板上，走進平台上的兒子身邊。

當她的臉靠近兒子的臉，發現伊旺確實還有微弱的氣息。但是那氣息是如此微弱，好像隨時都會消失一樣。

握著他的手，雖然已經像石頭般冰冷，但還有些微鮮血流過的感覺。

「伊旺。」再怎麼叫喚，兒子都沒有回答。他已經失去意識了。

「請不要悲傷，雷娜妲。妳的兒子很快就要蒙主寵召。可是，妳馬上就能再見到他。」

雷娜妲模糊了淚眼看著神父。雖然是很難置信的說明，但是既然出自這麼崇高的人口中，那應該是真的吧。

神父接過雷娜妲帶來的籠子，放在神聖平台上，從中一個個取出內臟的模型，排列在台上。

接著，他打開了利比達身體前的固定零件。

他又拆開裡面固定小孩子用的前方固定零件，拔掉頭部後，利比達的身體就一分為二。利比達的構造就是如此。

頭身分開之後，裡面鋪著紅色布。這塊布裡面塞了厚厚的棉花，這樣裡面的孩子在活動時才不會覺得痛。

神父將雷娜妲製作的木製內臟，一個個放進前面敞開的身體中。所有內臟都放完了之後，再將圓筒形木器插入兩肺之間。

「那是什麼？」雷娜妲問道。

「這是放心臟用的容器，雷娜妲。」奇卡多神父回答道。

接著，他走下祭壇，雙膝跪地，朝著平台和位於牆壁高處的耶穌彩繪玻璃低垂下頭，開始祈禱。

就這樣，經過了漫長的時間，雷娜妲在兒子身邊，身體靠著平台癱在地上。可是，她握著兒子的手，透過那手掌心，可以感覺到生命慢慢離開了伊旺的身體。

就算沒有了意識，她唯一的孩子還是握了握母親的手，儘管那力量輕微得難以察覺。這是只有流著相同血液的人才會出現，超越了所有道理的本能反應。雷娜妲不斷地感受著這種接觸。

然而，這股生命卻像退潮般遠去。就連那極其輕微的反應也消失了。兒子成為單純的物體。共有著血液和生命的母親，清楚地知道這一點。

一回神，奇卡多神父正站在兒子身邊，用指尖觸碰著他的眼瞼附近，雷娜妲與神父四目相對時，神父對她搖了搖頭。

雷娜妲開始抽抽噎噎地啜泣。

她站起來，摸了摸兒子屍骸的額頭，摸著臉頰、摸著他的胸和腰，確認著兒子的離開。

「來吧！雷娜妲。妳的兒子將會甦醒，就放心交給我吧！」奇卡多神父站在她背後，安靜地這麼說。他的聲音裡充滿了自信和威嚴，不管任何人都無法違抗那聲音。

接著，他從左右伸進雷娜妲的兩臂腋下，慢慢將她夾抱到一旁，對她說：「他就是即將拯救這座都市，還有我們的救世主。」

可是，對這時候的雷娜妲而言，實在不覺得這件事有多少價值。

我剛剛失去了兒子。而我還苟活在這個世界上。雷娜妲心想，我繼續長久活在這個世界上，到底還有什麼意義呢？

奇卡多神父打開了躺在平台上伊旺的衣服，雷娜妲可以看到兒子瘦削的胸口，和凹陷宛如白板般的腹部。

「主啊，請您拯救這地上獨一無二的寶石都市，杜布羅夫尼克吧！」奇卡多神父高舉雙手，向神祈禱。

信奉他的所有信徒們塞滿了整個禮拜堂，也跟著神父的聲音閉目祈禱。

仔細一看神父高舉的右手裡閃著一把發亮的小刀，雷娜妲本能地起了一股戰慄。

「現在，主啊，請藉由這把神聖的小刀，來拯救你忠實的子民們吧！」說著，神父便將小刀刺向伊旺蒼白的腹部。

這一瞬間，雷娜妲高聲慘叫。跑到神父身邊。「請住手，請您不要這麼做，神父！我只有這一個寶貝兒子。直到剛剛為止，我都是為了他而活下來的啊！」

雷娜妲抱著神父的腳，一邊哭、一邊懇求他。

「聽我說，雷娜妲，妳必須要拋棄個人的得失。受神寵召的伊旺，現在已經不屬於妳一個人了。他現在是所有杜布羅夫尼克的人民，大家的伊旺。」

兩位信徒登上祭壇，從背後分別架住雷娜妲，將她拖離神父的身體。雷娜妲泣不成聲，被強行帶離祭壇。

神父繼續舉起神聖小刀，終於從伊旺的身體取出沾滿了鮮紅血液的心臟，高高地舉起。整間禮拜堂的信徒們，無言地屏息。

接著，神父將這顆心臟慢慢地放入利比達中、位於心臟位置的圓筒形容器中。蓋上容器的蓋子，再將利比達的胴體關閉，恢復為原來的樣子，然後再確實固定好零件。

奇卡多神父拿起放在一旁的聖布，擦拭雙手上的血。然後，他再次跪在台前，合起雙手，開始祈禱。

就在這時候，禮拜堂的大門被粗暴地打開，大家受到那聲音的驚嚇而紛紛回頭望去，門口站的是一個杜布羅夫尼克的守衛軍。

「奇卡多神父！」他大聲地喊著。神父臉上稍微浮現出神聖祈禱被干擾的不悅，同時慢慢站起來並回頭望去。「什麼事？」

「敵人正在東方正門前集結。現在總督正在跟敵軍對峙，他要我來請神父也過去。」

「知道了，我馬上過去。」神父回答後繼續問道：「市民們航向威尼斯的船呢？」

「都已經被鄂圖曼的軍船擊沉了。」

教會中一陣譁然。雷娜妲也受到很大的衝擊，她想起了剛剛道別的丈夫。

但是，由於悲傷太過強烈，腦中反而一片空白，還不能了解這其中的意義。

再一看，大門已經關上，剛剛那位守備軍已不見蹤影。

禮拜堂中持續響著絕望的哀嘆，看樣子很難平息大家的情緒。年輕人和女人們多半都搭船逃離了。因此，剛剛的壞消息，無疑地等同於杜布羅夫尼克滅亡的預兆。

奇卡多神父走近雷娜妲，將臉靠近她這麼說：「利比達很快就要甦醒，他就是伊旺。妳最好待在這裡守護著他。」

神父走下祭壇，步上通道。他一邊走、一邊大聲地說：「來吧，神的子民們，替我開啟道路吧！」

於是，鼓譟聲慢慢被神父的聲音壓了下來。

神父很辛苦地撥開蹲坐在通道上的人們，慢慢前進。

「不需要悲傷，不需要絕望。一切都是神的旨意。唯有留在這裡的人們，才是符合神心意的人。來吧，想跟隨我來的人，就跟著我來吧！」

到達大門的神父，推開了門走出戶外。

這時，信徒們同時推開長凳的轟聲，響遍了整座禮拜堂。所有人都站起來，魚貫地跟著神父走到外面。

由於群眾多半是老人或病人，所以動作相當緩慢。歷經漫長的時間，等到最後一個人終於離開，關上了大門後，禮拜堂中空無一人。剩下的，就只有雷娜妲一個人而已。

雷娜妲全身癱軟地坐在祭壇上，兩手扶在地上不斷地哭泣。

她失去了所有東西，又是孤孤單單一個人，自己是如此如此地空虛，眼淚不斷地流了出來。祭壇的地板上，積成了一汪小小的淚池。

不知道過了多久時間，天色漸漸暗沉。透過彩繪玻璃照射進來的光線，也慢慢微弱。禮拜堂籠罩在一片昏暗之中。

「媽媽。」

她彷彿聽到了某處傳來的微小聲音。是自己聽錯了嗎？她懷疑自己的耳朵。難道是自己的心願產生這種幻聽嗎……？

「媽媽。」

那聲音又出現了。她一驚，猛然回頭望向平台。

利比達的上半身坐了起來。平台坐著一個兩腳筆直伸出的金屬少年。

雷娜妲站起來，往他那裡跑過去。「伊旺！你是伊旺嗎？」她站在金屬少年身旁，怯生生地伸手觸碰了利比達的肩膀，那肌膚冰冰冷冷的。

「是我啊，這是什麼地方？是教會吧。」金屬孩子問道。

「你活過來了嗎？伊旺。沒有錯，這裡是教會。太好了，你又可以跟媽媽一起生活了。」

「這我就不知道了。今天我有使命在身，我該走了。」變成利比達的伊旺，慢慢從台上下來，站在祭壇上。

「該走了？你要去哪裡？難道我們不能一起生活嗎？」

「因為我已經沒有身體了啊！不過，只要妳能到有這個身體的地方來，以後我們還是可以說話。」

「真的嗎？」

「嗯。」於是，利比達拿起放在伊旺身體旁邊的小刀。

「你拿這種東西，要到哪裡去？」

「我必須去奮戰，為了杜布羅夫尼克。」利比達開始走路。他走下了祭壇，朝著大門的方向前去。母親緊緊跟在身後。

「你一個人是辦不到的。敵人有兩萬人哪！」雷娜妲說著。

但是金屬少年並不理會，他邁著大步走到大門前，打開了門。走出戶外，走下石階來到教會前的廣場，並且開始穿越廣場。

「沒問題的。」利比達回答，走在鋪了石板的路上。慢慢地、慢慢地走著。

「伊旺，你要到哪裡去？」

「請妳安靜地在一旁看著，媽媽。千萬不要干擾我。」金屬少年對母親這麼說，默默地前進。他的步伐既不快，但也沒有休息，一步一步確實地走著。

前方終於可以看見大批人民的背影。人群都聚集在一處，是剛剛擠滿了禮拜堂的老人們。這裡是東門，可以看見東方的大門。

奇卡多神父站在群眾的面前，正在和信徒們說話。大群虔敬的人民，低垂著頭靜聽他的話語。

神父離開人群開始慢慢走著，他開始登上通往城門入口上方的石階。這道石階可以爬到城牆上。城牆上有一字排開的守備軍，俯瞰著眼下的鄂圖曼帝國軍隊，人人手中都握著上了弦的弓箭。

站在城門正上方的是總督。登上石階後，神父慢慢地以他充滿威嚴的腳步靠近總督。總督好像正在和城下的鄂圖曼軍司令官說著話。鄂圖曼的兵士們嘴裡不知在叫嚷著什麼，但是卻聽不清楚內容。

金屬少年撥開聚集的人群，朝石階走去。

大批老人們相當驚訝，大家都瞪大了眼睛看著會走路的利比達。同時也覺得恐懼退縮，紛紛往左右讓道。

「天啊！奇卡多神父說的一點都沒錯！利比達獲得了生命，開始走路了。真是難以置信！」群眾中的一個人這麼說著，馬上屈身行禮，其他人也仿效他，深深地垂下頭。

「沒有什麼難以置信的。到目前為止，奇卡多神父所說的話，有哪一次沒實現過的？」另一個人說道。

「那位神父是偉大的預言家，是投胎轉世的約翰！」

「不管怎麼說，這都是神的奇蹟。既然如此，說不定真的會有更偉大的奇蹟來拯救我們！」

老人們你一言、我一語地說著。

利比達慢慢爬上石階。雷娜姐也跟在他後面。

奇卡多神父將手放在總督肩上，如此命令他：「你讓到一邊去！」

「神父，這是我的工作。我是這個都市國家的總督。」他如此反駁。

「你只不過是總督官邸短短一個月的居民。聽到我說的話了嗎？讓到旁邊去！」說著，奇卡多神父用右手推開了總督。

利比達登上石階，走在城牆上，慢慢接近神父。神父注意到它，朗聲說道：

「看吧，你們這些邪教者！這就是我主的奇蹟。這就是我光榮的子民，永遠跟真神同在的證據！」利比達站在神父身邊。這讓神父獲得更充分的力量，他再次大喊：「敬畏我們的神！神的奇蹟就在眼前，敬畏我們的神啊！神的力量就在眼前，我們可以戰勝無數人！」

利比達舉起它金屬的右手。那隻手上拿著從伊旺身體取出了心臟的神聖小刀。少年拿著那把小刀，以奇卡多神父為標靶，深深地刺了進去。

神父瞪大了眼睛，不可置信地看著利比達那張沒有表情的金屬臉龐。

他的左臉上有一塊青黑色的胎記。

化妝的痕跡剝落後，神父現在才注意到那塊痕跡。神父彎著身子，一邊蹣跚踏步，在當場掙扎了一會兒。

然後，他終於大聲地說道：「主啊，喔，我的主啊，您為什麼要這麼做！」

他的身體大幅彎折，從城牆上落入他始終輕蔑不已的邪教蠻族人群當中。「哇」地一聲，鄂圖曼的士兵們衝到神父周圍。接著，大批士兵用雙手將神父抬起，高舉在頭頂上。

從城牆上，可以看見神父的身體被拉成大字型。

瞬間，鄂圖曼大軍響起足以撼動大地的轟響叫聲。

位於最前線的司令官突然舉起右手，於是，那一片轟聲也瞬時平息了。

他向位於高高城牆上的總督，這麼叫著：「災厄已經退治了。」

包括總督在內，城牆上整列的杜布羅夫尼克士兵，無不瞠目結舌地看著這一幕。

「杜布羅夫尼克！亞德里亞海的獨立者，你們聽好了。唯有平等的理想，才是戰勝民族光榮的真理。汝等務必永遠貫徹這個理想！」

接著，他掉轉馬頭，背向城牆上的守備軍。

兩萬大軍也以此為信號，掉轉馬頭，隨著無限的馬蹄轟聲，往東方揚長而去。

之後，只留下揮霍著市民尊敬的赫爾沃耶·奇卡多神父屍首，孤獨地留在草原上。

當回教大軍消失在黃昏時分的日暮西沉的東方地平線時，利比達哐啷哐啷地在石上崩解。神的魔法失效，他又變回了平凡的金屬人偶。

1

草原上，整齊地排著一列玻璃瓶。

這些瓶子彷彿一縱列的隊伍，也像一橫排的小行道樹。

瓶子表面蒙上了一層褐色髒污，瓶底部分大半都埋在草堆裡。

大部分的污垢都被擦出線狀，但到處都有手和指頭的形狀，所以應該是髒手握著瓶身造成的痕跡。

早晨的空氣清冷，掩住瓶子的草上都沾滿了朝露。

玻璃瓶在緩緩上升的朝日照射下，開始發射出閃亮的光芒。

在夜色中只是一個黑色的玻璃瓶，但在朝日照射之下，漸漸可以看到濃稠的內容物。

雖然看不出是什麼東西，但可以確定那東西絕對不尋常。紅色液體中放著一個紅黑色的東西，沉落在接近瓶底之處。由於瓶底被草遮掩住，使它看來就好像沉入了草叢之中。

靠近一看，那東西有一部分與瓶底相接，半浮在液體中。

那液體既紅又渾濁，一時看不清楚在裡面漂浮的到底是什麼，但隨著周圍逐漸變亮，慢慢可以看出形狀。

在紅色液體中浮游的，好似某種肉片，乍看之下很像內臟。這麼說，將水染成紅色的，就是鮮血囉……

晨靄之中，液體中浮游的奇妙肉片，被封閉在瓶中。

粗糙的斷面似乎還冒著紅色鮮血，猶如絲線般在水中搖晃。早晨微弱的光線，徐徐地纏上了紅色絲線。絲線就像順著水流搖擺的紅色細長海藻一般，慢慢地扭曲著身子。

早晨，來到草原廣場的孩子，最先看到這些瓶子。

孩子看了覺得可怕，回家後告訴了自己的父母。

經歷過戰爭的雙親，懷疑那可能是炸彈，拿著盾、躲在盾後慢慢走近，在早晨的草原中，看見了那排成一列的玻璃瓶。而他們卻被眼前這不可思議的景象所感動。那就像是在晨靄中結果的奇異南國水果一樣。但是斷面朝上的肉塊究竟是什麼，卻很難辨別。總之，他們知道事不尋常，馬上通知了警察。

前往現場的警官，懷疑這肉塊是人體的一部分。警官察覺到不同於一般犯罪的異樣，應該由武裝的搜查官來處理，於是要求北約出動維和部隊。

二〇〇六年四月六號。維和部隊的犯罪搜查課來到廣場。

看到草原上的異樣展示品，他們在草地上打上幾根木釘，張起三面包圍這些瓶子的帳篷。之所以只需要三面，是因為剩下一面就是夏霍伐尼薩❽大學的舊紅磚牆。玻璃瓶就在圍牆前一點五公尺左右的位置上，與圍牆牆面平行，呈直線狀排在草原中。

透明玻璃製的瓶子呈圓筒形，高度二十公分左右，直徑十五公分左右，上方塞的同樣是玻璃製的蓋子。蓋子中央有一顆玻璃製的球狀抓握處。看起來像是大學的醫學部等地方，為了讓學生或者護士觀察病體標本，而使用的專用玻璃瓶。

玻璃瓶共有四個。在仔細拍過照片後，由維和部隊的刑警將瓶子帶走，繼續調查。在夏霍伐尼薩大學醫學部的協助之下，從瓶子表面檢查出A型、B型、O型血液，但完全沒有檢查出指紋。

可能是因為犯人在做這些事時戴上了橡膠製手套。瓶身上許多的手和指頭的擦痕，都是戴上了手套的手和指頭所造成的。

就連對異常事物司空見慣的搜查官，也一時搞不清楚內容物到底是什麼。因為他推測很可能是內臟。一邊回想著解剖圖鑑上胰臟、肝臟、胃和十二指腸的樣子，一邊想，這到底會是其中的哪個部分。

反過來說，如果真是其中之一，那應該很快就能看出來。在瓶中朝向上方，撕裂的肉看起來菌褶一樣，牽著血絲的斷面，也讓人聯想到這些。

這肉塊並不在體內，而是人體顯露於外的一部分。當醫生告訴搜查官答案後，讓他震驚不已。因為這些其實是被割下的男性性器和兩顆睪丸。四人份的睪丸各自放在不同瓶中，簡直像精心陳列般排在城裡住宅區中，大學後面的廣場上。

在這之後，不管多麼仔細地搜查現場周圍，別說找不到疑似兇器的東西，就連一點血跡和人體的部分都沒有發現。也沒有人看過昨天晚上將這些瓶子放在草原上的犯人。

就在這時候，老橋地區❾警察向維和部隊的犯罪搜查課通報，發現了遭到殘殺的屍體。老橋地區從前是回教徒的居住區，屬於還沒開始重建的破壞地區。現在這裡也住了塞爾

譯註❽：sahovnica，原指克羅埃西亞國徽之紅白色格紋。
譯註❾：Stari Most，莫斯塔爾著名景點。

維亞人。在這個地區還留有許多被砲彈或者炸彈破壞得千瘡百孔、而且還沒有重建計畫的樓房。發生兇案的現場就是這樣的地方——一棟廢墟大樓的房間裡，因此發現和通報都很晚。

這個兇殺現場，比起夏霍伐尼薩大學後方廣場詭異陰森的陳列物，來得更為陰森。有些塞爾維亞人集團將變成廢墟的大樓當作辦公室而長住下來，其中一個人，同時也是集團中居領導地位的路波米亞・克拉巴希這個塞爾維亞人，被發現死在現場。

路波米亞的遺體旁，還有亞多藍・薩多卡魯和波里維・布克法這兩個男人也被殺害倒地。他們兩個也都是塞爾維亞人，三人的死因都是被利劍般的兇器刺殺。而三人中有兩人的頭部都被割下，氣絕身亡。

現場還有一具屍體，這第四具遺體不但頭被割下，整體呈現出最慘不忍睹的狀態。胸部、腹部前方的皮肉被往左右方大大地敞開，除了心臟以外，大部分的內臟都被拿走了。他的名字叫做貝凱爾・庫魯波，跟前面三個人屬於不同民族，是土耳其血統的波士尼亞人，並且，用近年來流行的稱呼，是所謂的穆斯林。他的死因也一樣是刺殺，之後又被銳利的刀從喉嚨中央正面刺入。

不只這個人，路波米亞・克拉巴希、亞多藍・薩多卡魯，還有波里維・布克法，這四人的男性性器和睪丸都被割下帶走了。

四具遺體被維和部隊帶回去，交給夏霍伐尼薩大學的醫學部進行解剖。和放在夏霍伐尼薩大學後方草地的瓶裝肉塊進行比對後，發現血型、DNA皆一致，所以可以斷定，放置在此的身體部分器官，確實屬於貝凱爾・庫魯波等四人。

大學方面針對四個人的血型、DNA等人體資料進行詳細調查，製成了一份清單。四個人的血型將成為之後調查的重要線索，以下先簡單用ABO方式記錄：路波米亞・克拉巴希為B型、亞多藍・薩多卡魯為A型、波里維・布克法為B型，貝凱爾・庫魯波為A型。

可是，經過詳細的蒐證後，現場還有O型的血跡，所以這可能是犯人留下來的血跡。也就是說，一個O型血型的犯人闖入現場，陸續殺害了四個人。

四個人彼此鬥毆、互相殘殺的可能性，在這個案件中完全不列入考慮。原因很明顯，因為其中一個人的遺體被解剖、取走內臟，四個人的男性性器都被割下帶走，還被裝在瓶中，放置在夏霍伐尼薩大學後方草原上。如果沒有一個人活著，是不可能辦到這些事的。

進行這些行為的人物，血型可能是四具遺體中沒人具有的O型，現場留有血跡，表示這個人在現場受了傷。很可能在殺害四人的時候，自己也受傷了。

另外，根據附近居民的證詞，路波米亞・克拉巴希、亞多藍・薩多卡魯、波里維・布克法這三個人是同伴，經常看到他們在一起。而這三個人都是塞爾維亞人，在戰爭中也總是一起行動。因此，他們不太可能互相對立到會出現殘殺的局面。

而另一位貝凱爾・庫魯波，在文化和宗教上都與三人不同，種族又是從前和塞爾維亞人強烈對立的土耳其人，所以這三人很有可能和庫魯波處於對立的立場。

說到同時殺害土耳其人居民和塞爾維亞的這三個人，可能有動機的就是克羅埃西亞人了。在一九九二到九五年為止的波士尼亞戰爭中，等於是這三個民族互爭高下的殺戮戰。而莫斯塔爾正是最激烈的激戰區。搜查中最忌臆測，但是實在很難不把嫌疑鎖定在克羅埃西亞人身上。

這次的事件中還有一個很大的疑點，那就是從庫魯波體內被帶走的大量內臟。從某些角度看來，既潮濕又柔軟的內臟，可能比遺體還要難搬運。這不太可能是兇手在現場臨時起意所為，可能是事先就有這個打算，才襲擊死者。

若是如此，那除了放進玻璃瓶裡陳列的內臟以外，其他部分怎麼了呢？被帶走的理由還有用途是什麼？這些東西並沒有丟棄在現場附近。犯人的意圖到底是什麼？

當然，也可能完全出自犯人的瘋狂，根本不需要什麼合理的意義。可是，如果其中真有某些確切的理由，那一定會成為找出犯人的重大線索。

首先，被棄置在夏霍伐尼薩大學後方草原的肉片，到底有什麼意義呢？如果純粹要丟掉，大可丟在垃圾場，或者流經莫斯塔爾市內的內雷特瓦河（Neretva River）裡。所以對犯人來說，這種行為一定有某種意義在。

被割下取走的人體一部分，放入相同尺寸的玻璃瓶中，整齊地排列在大學城牆前。兇手沒有丟棄，而是進行著陳列。為什麼要這麼做呢？

灌滿玻璃瓶用來浸泡肉塊的液體，分析的結果發現只是一般的自來水，並不是酒精或者福馬林。這代表著什麼？

這說不定意味著犯人並不是醫療相關人員，也可能代表他並不想永久保存肉塊。既然如此，犯人應該是一般人，這種行為也只是單純的遺棄，至於陳列，也只是犯人的一時興起。可是，玻璃瓶卻是醫療相關人員常用的東西。一般人不是完全買不到，但是外行人很難聯想到要使用這種專用玻璃瓶。

聽到內臟被帶走，第一個想到的可能性，就是移植用的內臟買賣。被害的三名塞爾維亞人總是窩在廢墟大樓中，一整天對著電腦，好像在做什麼生意，但內容並不清楚。三人從前在戰爭時屬於同一個民兵組織，那個時期的友情一直延續到現在，有傳言說他們現在還隸屬於一個非法的民族主義集團。

進入和平的時代，他們有可能轉換為走私內臟的地下黑手，但是在這次事件中，他們並非加害者，而是被害人。

發現遺體後過了一天，隔天早上在夏霍伐尼薩大學的泳池發現了被帶走的內臟。那是一個室外的泳池，現在還不到游泳的時節，所以沒有人使用泳池，因而發現得很晚。

回收泳池中的所有內臟後，發現貝凱爾．庫魯波體內被帶走的內臟，幾乎都齊全了，可是，唯獨少了大腸和小腸。

這又是另一個謎。大腸和小腸到底消失在何處、用於什麼用途了？

或者，其實根本沒有特別用途，只是單純被丟掉了。動員了軍方、警察和清潔隊，在事件過後進行了一個月的徹底調查，都沒能找到庫魯波的腸子。

事件的訊息傳遍了新國家的各個角落，人人耳熟能詳。所以每一個國民也都注意尋找這個回教徒的腸子，但最終還是沒有找到。

沒有發現腸子這件事，又產生了新的謎團。既然是這樣，難不成襲擊殺害塞爾維亞人和回教徒，都是為了奪取回教徒的腸子？至少，這可能是目的之一？搜索回教徒的腸子成為舉國進行的徹底活動。如果做到這個地步還沒有發現，情況可以說相當異常，除非已經用於某種用途，或者刻意藏了起來。

可是，大腸小腸加起來長達六公尺，沒有那麼容易隱藏。到底是怎麼回事？而如果是有目的的搶奪，那目的又是什麼呢？

2

走在塞拉耶佛的巴許恰須亞⑩廣場上，前方有位個子高挑、一頭長髮的女人。

我故意追上她，看了一下她的臉，原來是個東洋人。圓圓的眼睛並不大，上眼瞼泡泡的，顴骨也稍微往前方突出，可是長得並不差。

她有一雙美腿。穿著貼身禮服，完全露出她的大腿。或許是想尋求刺激吧。會到這裡的女人們，大家的目的都一樣。

「寶貝，妳從哪裡來的啊？」我試著問。

「東京，日本。」她回答。跟我的猜想相去不遠。

「喔，東京嗎？挺不錯啊，我一直很想去呢。」我故意學美國人說話。

「那要不要一起去？」女人說道。

「去東京嗎？好啊，過一陣子吧，不過不是今天。先別說這個，我們去跳舞吧。」一聽到我的邀請，日本女人馬上一口答應：「好啊！」

我們到了一家入口處寫著「耶拉奇洽」的迪斯可舞廳。舞廳裡放著小野貓（The Pussy Cat Dolls, PCD）的舞曲。

我對她說：「我很喜歡她們。喜歡她們的人，也喜歡她們的歌。妳呢？」

這時日本女人說：「我不認識她們。」

「東京不流行ＰＣＤ嗎？」

「不流行吧。我不認識。」她說著。

「是嗎，不管這麼多，先跳舞再說吧。」接著，我們兩人跳得大汗淋漓。ＤＪ拿起麥克風，對舞池的我們叫著：「嘿，大家好，你們喜歡什麼樣的曲子啊？」

「這音樂太棒了！」我說。

「畢竟是小野貓啊！」

「是嗎，她們的確酷斃了。希望一直放小野貓嗎，老兄？」

「只要下一首是〈Loosen up my buttons〉，接下來到早上一直放ＰＣＤ我也無所謂！」我回答著。

接著，ＤＪ果然放了這首歌。真是個守信用的男人，實在是個令人難以相信的好人。不愧是克羅埃西亞人。一會兒後，我們跳舞跳累了就到大廳去休息。

「生啤酒可以嗎？」我問她。

「好啊。」

我們兩人用啤酒乾了杯，我稍微握了握她的手。我知道她已經等了很久，但還是想吊吊她的胃口，又點了一大杯生啤酒。那日本人慢慢地喝著中杯生啤酒。我們稍微聊了幾句。

「妳叫什麼名字？」

「Hiroko（廣子）。」她回答我。

「你呢？」她問了我，我自稱丁科。反正她只會記住一小時。

譯註⑩：Bascarsja，意指土耳其區。

「塞拉耶佛真是平靜。我還以為會更嚴重呢。」

「妳以為會有被子彈打成蜂窩的房子嗎？」

「是啊。」

「那不在這裡，應該是杜布羅夫尼克或者莫斯塔爾。尤其是莫斯塔爾。那裡的話，現在到回教地區去，還有很多那種大樓喔。因為沒有錢可以重蓋。」

「喔……」

「妳想去嗎？」我問。

「有興趣。不過很可怕，還是算了。」女人說著。

「這是個聰明的決定。那裡是地獄。是屠殺和強暴的街道。MOSTAR，這個地方的名字，妳知道是什麼意義嗎？」

「是橋的名字嗎……」

「啊，那也是，不過，MO的後面，還要再加個N。」

「MO後面加個N？……MONSTAR、MONSTER。」

「沒有錯。寶貝，妳聽我說啊，那裡以前是住著許多怪獸的妖怪山谷，妳們還是別接近為妙。」

喝完第三杯，我看氣氛也挺不錯的，我拋出了那句老話。「I'm horny, baby.」

那日本人稍微沉默了一下。「那是什麼意思？」她問道。

我沒有回答，只是彎起了右手肘，緊握著拳頭，作勢用力往上舉了舉。

日本女人面無表情地盯著我看。「喔，原來是那意思啊。」她說著。

「妳猜對了，寶貝。那妳呢？」聽到我的問話，她對我說：「我已經濕了。」

「太棒了。那我們先去找張床吧。」我說著。

「到外面去吧。」那女人回答我。

「好啊。」

上了床之後，女人問我：「克羅埃西亞的男人，都這麼開放的嗎？」

「這個嘛……」我回答她，「跟日本女人一樣。」

我撫過床邊，然後兩人的身體交疊，開始有韻律地動了起來。但是那女人的臉上依然沒有表情。她保持著一樣的表情，偶爾發出「Ahhh」或者「Ooooh」的聲音。

「波士尼亞赫塞哥維納還真是和平呢。」結束之後，女人這麼對我說。

我有點擔心，她會不會向我要錢，但是並沒有。「妳很失望嗎？」

「是不會啦。」

「戰爭已經是從前的歷史了啊，寶貝。」我對眼前這位已經交情匪淺的東洋女子說。

接著，給了她這樣的忠告：「我說妳啊，還是不要太常幹這種事啦。」

「謝謝你的忠告。」女人說。

她又接著說：「不過，我是來這裡做在自己國家不能做的事。」

「是嗎，那就祝妳有趟愉快的旅行囉，拜拜。」說完後，我在巴許恰須亞廣場的步道上和這日本女人告別。

在走向克羅埃西亞和平組織辦公室的路上。

「Excuse me。」又是女人的聲音。

回頭一看，竟又是一個東洋女人。

「能借個火嗎？」女人問道。這就是詢問對方要不要玩玩的暗號。

「妳是從哪來的，寶貝？」我問她。

「東京，日本。」她說著。

今天是東京女人大拍賣嗎？這個女人也是一頭長髮，穿著緊身連身裙，露出一條大腿來挑逗著我。

「抱歉，我沒帶火。」我說道，離開了那個女人，又信步往中央車站的方向走去，沒想到又有人找上我。

「塞拉耶佛的大哥，要不要一起找點樂子啊？」一看，是個身穿白襯衫、頭髮綁著髮帶，長長地垂在後面的女人。又是個東洋人。

她的打扮特別，讓我看呆了眼。下半身穿著招牌超短迷你裙，幾乎完全露出雙腿。

「妳是從東京來的嗎？」這次我先開口問。

「是啊。」女人回答。

「我剛剛才玩完，而且也是跟日本女人。」聽我這麼說，她回道：「喔，是嗎？」

不管我再怎麼精力充沛，這樣玩下去還是吃不消。而且最近不知怎麼地，經常覺得頭暈。要是再繼續這樣下去，我的精力就會衰退，丁科這個克羅埃西亞角色就會從此消滅了。

日本女人還真是奇怪。大老遠地跑到塞拉耶佛來找樂子？

日本男人都在幹什麼呢？難道他們沒辦法滿足自己國家的女人嗎？

3

在斯托拉克大學醫院餐廳裡，坐在對面的丁科‧米利塞維奇，臉色有著大病初癒的蒼白，但是眼神中還未失去民族主義者的狂熱。

「你生的是什麼病？」喬治‧吉卜林少尉問道。

「肝癌，已經切除了三分之一。」丁科回答。

「喔，那真是……」吉卜林少尉說，接著是片刻的沉默，打破這陣沉默的是丁科。

「就這樣？」丁科半是捉弄地說道。

之後吉卜林少尉又安靜無言了很長一段時間。

「也難怪，對重要嫌疑犯，的確說不出什麼慰問的話吧！」丁科又說道。可是說著這句話的同時，笑裡還帶著急促的呼吸。

「今後有什麼計畫？」吉卜林少尉冷冷地問。

「今後的計畫？聽起來像是在預測戰局呢。」丁科笑著說。

「我好歹也是個軍人啊。」吉卜林少尉說。

「我不會尋死的。」丁科回答。

「我現在已經離開加護病房了。如果病死，就省了你們不少功夫，真抱歉讓你失望了，誰教肝臟是會再生的內臟呢。」

「你的狀況好像沒有太糟糕嘛。」吉卜林少尉說。

「氣色看起來也不錯，應該恢復得差不多了吧。」

「至少已經可以和維和部隊的軍人在醫院餐廳裡聊天了。」丁科說。

「所以，你是重要嫌疑犯……嗯……」吉卜林少尉嘴角朝下撇著嘴，不悅地說。

「難道不是嗎？老橋地區的慘殺事件，你們認為是我幹的吧。」

吉卜林少尉聽了之後從容地點點頭，又再度陷入沉默。但過了不久，他終於開口說：

「所謂嫌疑犯，是指還有不同可能性的人。」

「喔。」丁科說。

「這一個月以來，我徹底地調查了這個事件，因為這實在太過驚人了。儘管這個地區到去年為止都還是戰場，但是在這前所未見的殘虐現場，我的夥伴天天憤怒地咒罵，到底是哪個混蛋下的手！這一個月來，我每天除了費心安撫，也幾乎查遍了整個波士尼亞。」

這時丁科不作聲地笑了笑，說道：「那真是辛苦您了啊。」

「我從來沒有做過這麼徒勞無功的事。每一天都不停地四處奔走，找克羅埃西亞人問話，不管是女人、老人，或者是連怎麼拿槍都不知道的人。稍有可能性的人，都有不在場證明。一點也沒錯，那些都是徒勞的功夫！我應該早點放棄漫無目的的搜查，馬上到這裡來的。」

「你是不是製作了一份憎恨路波米亞．克拉巴希的克羅埃西亞人和回教徒名單？」

「是沒錯。」說著，吉卜林少尉點了點頭。

「結果是不是像電話簿一樣厚呢？」丁科說。

「怨恨他的人的確很多。可是，擁有豐富戰鬥體驗、現在還隸屬於可疑民族主義團體，

「喔，是嗎？」

而且還待在莫斯塔爾的人，就只有一個人。換作是你們，早就拿起機關槍狂掃對方了吧。」

「就只有這點理由嗎？怨恨他的人，應該跟星星的數量一般多吧。其中有戰鬥體驗的人也不少啊。」

吉卜林少尉聽了慢慢地搖著頭，說：「其他人全都戰死了。」

「戰死了？」

「沒錯。對克拉巴希有充分的恨意、擁有足以獲得勳章的豐富戰鬥體驗、年齡、體力、有沒有同夥等等，符合這些條件的人，全都戰死了。」

丁科看來好像陷入了深思，但是卻沒有開口。

「現在還能找到武器，表示這個人一定隸屬於某個組織。是叫克羅埃西亞和平機構吧？別笑掉我的大牙了。要是沒有這個組織，這裡大概早就已經恢復和平了，我們也已經回到自己國家，悠悠哉哉過日子了。」

「你大可以回去啊。」丁科說著。

吉卜林少尉說：「而且，現在沒有固定職業、能自由行動，在二〇〇六年四月五日沒有不在場證明的人，同時也必須是居住在莫斯塔爾近郊，符合這所有條件的人，就只有一個。」

「只有一個人嗎？」

「沒錯，這個人現在就在我眼前。我的搜查進行得相當徹底，沒有一絲破綻。只不過很遺憾的，我們必須依照國際法的規定來行動，所以不能毫無理由地開槍或者逮捕。」

「喔。」

「我們跟你們不一樣，所以才必須花比較長的時間，但是我現在終於可以斷言。會做出這種荒唐舉動的瘋子，在這個國家裡不可能有第二個人。」

「我可是個病人啊！」

「一點也沒有錯，丁科，不只身體，你連腦袋都病得很重。」

丁科對這句諷刺並沒有任何反應。

「如果是病人，就乖乖躺在床上靜養，也省去我們不少麻煩啊。」

「為什麼我非殺他們不可呢？」丁科問。

「你太太在一九九五年十月自殺了，對吧？當時她懷孕七個月，肚子裡面的應該是克拉巴希的孩子。這裡有你太太的遺書複本。你要看嗎？『塞爾維亞人克拉巴希以暴力侵犯我。再過一段時間，我就會生下塞爾維亞人。即使我放棄養育，這個社會上也會多增加一個塞爾維亞人。我不能讓塞爾維亞人如願，所以我要讓這個癌細胞留在我身體裡，就此自殺。』」

「你們還真能找啊！」丁科很佩服地說，「我自己都快忘了。」

「讓癌細胞留在身體裡自殺，是嗎？」吉卜林少尉說。

「人體的正常細胞為了不讓癌細胞增生，而採取的最後手段。她拿這種免疫現象來比喻自己的狀況，因為我太太也是醫生。」

「你太太的遭遇很令人遺憾。除了妻子之外，你那剛滿一歲還沒斷奶的兒子，和另一個四歲的兒子，也都被塞爾維亞民兵所殺。」

「這種人多得數不清啊，妻子被塞爾維亞人殺害的克羅埃西亞人，在這個國家裡多得可以堆成山。」

「而且是來歷不明的塞爾維亞人幹的……」喬治・吉卜林少尉說。

「你說什麼？」

「你的弟弟，還有年邁的雙親也都被殺了。他們一起待在家裡時，被塞爾維亞人的民兵組織闖入家中。你的家人完全沒有抵抗能力，卻被他們拿著機關槍掃射，一次就射殺了所有人。」吉卜林少尉一邊說、一直看著丁科的眼睛。丁科的表情毫無改變，一點波紋都看不出來。

「你不斷地跟周圍的人說，是路波米亞・克拉巴希幹的，也對親朋好友說過好幾次，一定要向克拉巴希報復。難道不是嗎？」

「這種人多得是。」

「這種人並不多。」吉卜林少尉肯定地說。

「沒有錯，有過類似遭遇的人確實很多。可是你的情況卻完全不同，我們有目擊證人。怪獸克拉巴希小有名氣，他的體格很壯、長相也特別，簡單的說，他是一個特徵明顯、相當醒目的人。所以現場附近才能找到目擊證人。」

吉卜林少尉再次看著丁科的眼睛，對方還是一點都不為所動。

「戰爭的時候，你的親兄弟、妻子都住在同一個家裡。塞爾維亞人的民兵部隊闖入你的家中，只帶走了你的妻子，剩下的家人全都慘遭機關槍掃射慘殺。你應該知道吧？兇手就是路波米亞・克拉巴希。除了剛才提到的各種條件，應該沒有其他例子能夠這麼清楚知道犯人的姓名。你太太在那之後被送到女性專用的集中營，在還能拿掉孩子之前的期間，都被限制住行動。你太太肚子裡的孩子，很可能是克拉巴希的。在遺書裡她也很清楚地這麼寫著。」

丁科沒有作聲。

「我想你也沒有反對吧，為了美其名為『民族淨化』的欺騙行為，真是令人作嘔！」吉卜林少尉說：「連希特勒恐怕也要讓你三分。不過，你應該不知道吧？」

「知道什麼？」

「克拉巴希的祖父母也是死在雅瑟諾瓦集中營⑪裡，被克羅埃西亞人的巴維里契將軍⑫殺害的。」

丁科沒有說話。

「在九一年出土的大量遺骨中，發現了可能是克拉巴希祖先的遺骨。」

這時丁科打斷了吉卜林少尉說道：「克拉巴希的確不可原諒，我對他感到強烈的憤怒，這一點我並不否定。」

「那麼，關於除了你之外沒有其他人辦得到這一點，你又做何解釋？」吉卜林少尉說。

「除了我以外？」

「沒錯。你在戰時是軍中屈指可數的優秀戰鬥員。」說著，吉卜林少尉一邊瞪著丁科。「簡單的說，就是厲害的殺人機器。聽說你還拿過什麼夏霍伐尼薩勳章，沒錯吧？這是只有殲滅五個以上敵軍中隊的軍隊，才能拿到的克羅埃西亞軍名譽勳章。戰爭結束後，那些勇猛的士兵現在已經所剩無幾。在這些冷血猛者中，有誰的孩子和親兄弟被慘殺，妻子被強暴後因為被迫懷孕而自殺，而且還知道犯人的名字？現在你還敢說不是你幹的嗎？」

「我不承認。」

「你說什麼？」

「人不是我殺的。」

「那會是誰？」

「是利比達。」丁科說道。

「什麼？你說是誰？」

「是利比達。你不知道嗎？那就回辦公室去，翻翻你的拉丁文字典吧。然後你就會知道我是為何而戰。」

兩人之間又出現了沉默。吉卜林少尉沉住氣，再次開口：「除了你以外，還會有誰？」

「我有自己是清白的證據。」丁科說。

「什麼？」

「血型。現場應該留有犯人的血液。對吧？」

吉卜林少尉沉默了下來。

「O型的血液。難道不是嗎？我已經查清楚了，應該是O型沒錯。絕對是O。不過我可不是，我是A型。」

「你能證明嗎？」

「證明血型就是你的工作了，要不要試試看呢？」丁科驕傲地挺著胸膛說道。「然後，你再來逮捕我。記得，要依照國際法的規定啊。」

譯註⓫：Jasenovac concentration camp，一九四一～一九四五。第二次世界大戰中，克羅埃西亞的獨立運動組織烏斯塔沙（Ustasha，Ustase）所建立，用來囚禁虐殺猶太人、塞爾維亞人、羅馬人、游擊隊等敵對可疑分子，受難者人數很難確定，一般推斷大約有七萬到八萬五千人，也有人估計達五十萬人。

譯註⓬：Ante Pavelic，一八八九～一九五九年，克羅埃西亞政治家、律師、軍人。克羅埃西亞獨立運動組織烏斯塔沙領導者、德國傀儡政權克羅埃西亞獨立國家元首。

4

我漫步在台場維納斯城裡的Skip Street⑬。這附近變了好多。走著走著，山田先生從對面走來。他是進行這個島的規畫整理、重新開發的不動產開發商，所以現在已經成了超級大富翁，在業界小有名氣。

「山田先生。」我叫住了對方。

「喔，是你啊。」他說。

「最近還好嗎？」我問。

「還過得去啦。」

「怎麼樣？方便的話要不要一起喝杯茶？」我試著邀請他。

「好啊、好啊。」他說著。接著我指向眼前星巴克的圓形招牌。

「星巴克可以嗎？」

我們站在櫃台前，我點了奶茶，山田先生買了美式咖啡，之後兩人並肩坐在室外的桌邊。啜飲著紙杯中的飲料，我們隨口聊著。「最近怎麼樣？生意還是一樣好嗎？」

山田先生說了聲「還可以」，邊搔著頭。

「大家不是都說中國和印度的經濟，現在一年有百分之十的成長率嗎？可是這個島呢，可是一個月有百分之十的成長率呢。聽起來不太正常對吧。所以說呢，我的確是賺了不少錢啦，甚至覺得對其他人很不好意思啊。」

「東京最近多了許多二十幾歲的年輕流浪漢呢。」我說道。

「沒錯，大家都買不起房子了。這都是中國造成的，誰叫那裡人事成本便宜嘛，現在一些家庭式小工廠最常聽到客戶說：『要是願意接受這個金額訂單就給你，如果不願意，就下單給中國。』」

「嗯。」

「所以大家不得不乖乖聽話，一轉眼，二十幾歲的這一代，也變成工資幾乎跟中國一樣便宜的低收入層了。」

「這樣的金額根本付不起房租嘛。」

「對啊，就是說啊。」

「美國也一樣。美國有許多非法工作的墨西哥人，他們願意為工資低廉的公司工作；如果美國人不接受低工資，老闆就會雇用墨西哥人。所以現在才有這麼多付不出房租的美國人。跟他們比起來，山田先生簡直像身在天國一樣呢。」

「可是，再繼續下去，總會面臨瓶頸的。因為這種新的小島並不會永無止境繼續增加，我想數目一增加，小島所握有的優勢就會消失了。」

「你是說會變得沒有意義嗎？」

「沒錯、沒錯。」

「可是想租的人應該不會消失吧。」

編註⑬：維納斯城裡的一部分賣場名稱。

「不，那可不一定呢。要是其他人也建造了一個很有魅力的島，大家就會跑到那裡去，誰也說不準會不會發生這種事啊。」

「就算有富士電視台在這裡，也一樣嗎？」

「電視台又不只這一家。」

「還有，像匯率的問題呢？」

「對對對，這也是一個問題。匯率變動導致錢不是付諸流水、就是廢紙，或者租金暴跌之類的問題。」

「這就要靠中央管理銀行的力量了吧？」

「我想是吧。至少在目前，這裡還算新奇，像富士電視台、調色盤城（palette town）、豐田汽車大型展示館的Mega Web這些地方，可是我想大家很快就會厭倦了，因為日本人特別喜新厭舊，而且心腸又很壞，容易因為嫉妒而行動不是嗎？看到別人比自己成功，就會開始期待對方有難堪的失敗下場，或者失勢。」

「一點也沒錯。」

「日本的週刊裡，寫的淨是這些事。大家在喝酒時哈哈地開懷大笑，乍看之下還以為說到什麼愉快的話題，其實也都是這種八卦。」

「把這些事當作樂趣，其實都是錯覺吧。那就像是憂鬱症的入口一樣，會帶來非常尖銳、又很不堪的情緒。以此當作生活感性的基礎，實在很危險，這些現象幾十年來都被視為理所當然，現在需要一帖猛藥了。」

「所以我才希望搞些活動啊，在這裡辦些讓人開心的事。我想現在已經面臨這種時代了。但是的確需要一點經營的技巧。」

「喔，是嗎？」

「就這麼安於現狀什麼也不做，乾等著大家厭倦是不行的，我覺得要主動去做些改變才行。比方說，找個大型購物中心，然後再借用一百公尺左右的馬路，也包括沿路的店家。」

「聽起來不錯呢，然後呢？」

「然後我要重現昭和時期，也就是三十四、五年左右的新橋。」

「喔。」

「月光假面、原子小金剛、夢幻偵探、少年傑特、尪仔標、紙牌、打陀螺；還有棉花糖、麥芽糖、醬油仙貝、紙偶戲，真不錯。你可能沒什麼感覺，不過這些東西都讓我覺得好懷念啊。」

「我的確沒什麼印象，不過大概可以抓到那種感覺。」

「唉，那就是我的年代啊。還有啊，我想在馬路上播放當時的電影配樂。」

「很棒啊——」

「街上要有幾家唱片行，每家店裡都一直播放當時的流行歌曲。比方說時代比較接近的〈Blue Chateau〉⑭，或者〈重回草莓白皮書年代〉⑮，還有〈學生街的咖啡店〉⑯，真好！

譯註⑭：一九六〇年代知名樂團Jackey Yoshikawa and his Blue Comets在一九六七年推出的暢銷名曲。
譯註⑮：一九七一年成立的VanVan樂團，在一九七五年推出的暢銷名曲。
譯註⑯：一九七一年成立的GARO樂團，在一九七二年推出的暢銷名曲。

這樣一走進店裡馬上就能聽到了。」

「嗯……其實我今天來這裡，就是因為知道山田先生對這方面很熟悉，所以有些事想跟你商量商量。」

我終於切入了主題。

「什麼事呢？」

「我在一個偶然的機會下，認識了一位有很多遊戲貨幣的人。山田先生，你知道什麼是RMT⑰嗎？」

「喔，原來是RMT啊。」

「那個人就是RMT的玩家。」

「現在遊戲的主流應該是MMORPG了吧。」

「沒錯，Massive Multiplayer Online Role Playing Game（大型多人線上角色扮演遊戲）。」

「對，就是這個。我看還會再繼續熱門一陣子吧。我以前也經常玩Game，不過現在已經金盆洗手了。

「最近RMT好像有點問題對吧，我對這方面不是很熟。啊，說曹操曹操到，有個專家來了。喂！佐藤先生！」

山田先生叫住了一個剛好經過我們面前的人。

5

喬治・吉卜林少尉親自到塞拉耶佛機場來迎接我。喬治是一個看不出年紀的男人。體格偏瘦，長相也很年輕，但是以鬢角附近為中心的髮色，已是一片灰白。

穿著軍服顯得威風凜凜的身形，挺直了背脊有著十足軍人風範。他話並不多，但是一開口就無法停下，內容還有些不堪入耳。他彷彿打從心底厭惡戰爭和軍隊，甚至表現出自暴自棄的態度，連我這個一般老百姓都看得出來。

但是儘管他有這種傾向，面對部下時，自己已經慣於表現出身為在上位者的舉止行動，有時候一不留神也會用高壓的語氣對我說話，這時候他就會胡亂找些笑話來掩飾，但是情急之下往往說不出什麼高明的笑話；之後，便會陷入一陣尷尬沉默。在我以往的經驗中，對「軍人」這個人種並不太熟悉，所以身為一個作家，對他還挺感興趣的。

但不管怎麼說，對我這種長舌的人而言，他這樣的待人方式甚至讓我覺得羨慕，值得好好學習。像我，只要跟別人之間的對話中斷一分鐘，就會惶恐也不知所措，開始像個小丑一樣扮醜搞笑。有人說，這是因為我具有想取悅他人的高度服務精神，其實只是膽小罷了。我害怕世界上各種異常狀況，尤其是沉默。

少尉的車不知道是什麼廠牌，是台形式像吉普車的軍用車。車身塗上卡其色，防震很

譯註⑰：Real Money Trading，現實金錢交易。

差，後面的車廂裡兩側裝了板凳，如果是五、六個人的小隊，所有隊員都可以坐得下。不過現在當然沒有載任何人。

「現在只剩這種車了。」少尉一邊用右手操縱著方向盤，一邊滿懷歉意地對我說。

「一般人一定很不習慣吧……」

「不會，太軟的椅子我反而不喜歡……」

「這該死的肥皂箱！」他突然口出暴言，讓我嚇了一跳。

「連塊完整的車窗玻璃都沒有！」他的短髮迎風飄著。

「肥皂箱？」

「小時候不是會把肥皂箱裝上輪子玩嗎？在村外山坡上常玩的遊戲。」

「沒有。」我搖搖頭。我從小就不是個愛冒險的孩子。

「我小時候就玩過，瞞著爸媽，把弟弟用的嬰兒車打壞，取下車輪來用。」

這時候他瞥了我的臉一眼。

「爺爺的枴杖就是煞車。這車子跟那肥皂箱車沒什麼兩樣，簡直就是一個樣子！呿！每日搭這種車搭到變成糟老頭，難怪每個退役軍人的腰都不好。連人都要報廢啦！」

「塞拉耶佛市區看來恢復得差不多了嘛。」眼看他的怒火好像快要延燒過來，我趕快試著換話題。其實市區的景象並沒有我想像中糟，看上去挺整齊的，有一部分甚至塗上了繽紛色彩，隱隱搔動著我愛旅行的心。

「那當然，畢竟戰爭已經過了十年啊。」少尉說道。他接著問：「御手洗先生怎麼了？」

我回答他：「他覺得很抱歉。他說現在大學那邊很忙，所以抽不開身。他要我來當探子，替他從前線把情報傳送回去，如果有必要，他稍後也會過來。」

「真辛苦。」少尉說。

「可惜我也影響不了大學的決定。」我說。

「有多嚴重呢？」

「你看過照片了吧？」

「嗯……」他說。

我點點頭說：「可是，那就……」

少尉搖搖頭，也揮了揮手，說：「不不不，那個沒什麼特別的。雖然現在已經很少看到，可是剝去外面那層皮之後，大家的內心都像是一個樣子。那就是這裡的心象風景。」

「你是說那張照片？」我問道。

「解剖人體，在體內塞燈泡？」

「的確很奇怪，但是這批人幹出這種事並不足為奇。在這裡的戰爭，跟其他地方的不同。」

「怎麼個不同呢？」

「美國和越共打過仗、跟伊拉克人打過仗、跟德國人、日本人打過仗。但是，這裡的戰爭跟那些戰爭都不一樣。」

「哪裡不一樣呢？」

「這很難說明。這裡的人，每個都是希特勒。他們都瘋了。」

「我聽不太懂。」

「你很快就會懂的。」

這時他在大馬路上轉了彎，進入一條較窄的巷道。看起來還稱不上巷道，可以看到有車輛往來。周圍是住宅區，左手邊是一道紅磚圍牆的起點。

少尉停下車，抬起下巴指了指左邊。所指的方向可以看到一片草地。

「這裡是？」我問他。

少尉打開門，準備下車。我也跟著用右手打開門，踏上街道。我繞到車子的引擎蓋那邊，走到少尉身旁。於是，眼前看到一片雜草叢生的空地。

「這是夏霍伐尼薩大學的後面。」少尉說著，舉起右手指向空地前方的紅磚圍牆。「那是大學的圍牆，裡面是校園。而這片草地，就是擺放裝了男人肉片玻璃瓶的空地。」

聽完他的說明，我覺得一陣反胃，點了點頭。

說著說著，少尉踏上草地，慢慢走近圍牆，我也跟在他身邊，可以嗅到周圍隱約的草香，感覺並不差。

「排放玻璃瓶的地方就是這附近。」少尉指著自己的腳邊。「四只玻璃瓶從這裡開始平行排列著。就像警衛隊一樣，排成一橫排。就像這樣，一個、一個、一個地排過去。」

他一邊用手指比著。「瓶子和瓶子之間的間隔大約是兩英尺左右。就像你看到的，和圍牆之間的距離相當近，跟一個小孩子的身高差不多。」

「那些東西現在在哪裡？」

「你說瓶子嗎？在大學裡。沒人想看，上面也沒有交代要拿回來。」

我點點頭。

「大學方面在問，可不可以移到藥水裡，怕會腐爛掉。」

「你怎麼回答的？」

「隨便。」

「啊？」

「高興的話，拿去烤了吃也無所謂。」

我心想，這就是他們跟警察的不同。對殺人事件的看法不同。對他們美國軍人來說，這只不過是腦袋發狂的敵兵幹下的蠢事。

「你想看的話，我可以帶你到醫學部去。如果沒被他們吃掉，應該還在吧。」

我搖搖頭。

「請看看這裡。」少尉靠近指著牆面。「可以看到很多洞孔吧，你知道這是什麼嗎？」

我也靠上前去，點了點頭。牆上有無數洞孔，而且並不小，大約都能放進一根食指。

「知道這是什麼嗎？」

「是彈孔吧？這裡曾經發生過戰事嗎？」

「這是處刑的痕跡。俘虜們站在這裡，被槍擊射殺。」

我感到一陣寒意。也就是說，當時的犧牲者就在我現在站的位置，一個一個癱倒，伴隨著激烈的憤怒、痛苦，再也起不來。我覺得自己的腳好像也痛了起來。

「我記得這裡的戰爭是民族間的紛爭吧？是哪個民族跟哪個民族呢？……」

「一開始是塞爾維亞人，而且會做出這種事的不是正式軍隊，是民兵組織。」

「對克羅埃西亞人？」

「對克羅埃西亞人，還有回教徒。」

「塞爾維亞人同時對付兩個民族。」

「塞爾維亞的火力很強大。原本看起來毫無勝算的克羅埃西亞和回教徒聯手，好不容易才將塞爾維亞勢力趕出這個城市，後來又變成這兩股勢力的對立。」

「原來如此。這些彈孔數量真多啊。」

「這還算少的呢。你如果到老橋地區附近，就可以看到被機關槍彈藥打到坍塌的大樓。不是飛彈或大砲，而是槍彈呢，實在太誇張了。所以說，這裡的戰爭不一樣，其中的怨恨不是一般程度。敵對民族的怨恨，通常是從戰爭引爆後才開始培育；但是這裡的卻不一樣，從一開始就有了非同小可的怨念，所以再怎麼殺都覺得不夠。即使敵人沒了，也要拿著槍彈掃射那傢伙住過的房子，轟到牆壁崩塌為止，並不是直接對著人類開槍。」

「這樣啊……」

「很明顯的是，這裡進行的是種族的集體屠殺，整條街變成了沒有屋頂的奧斯威辛集中營⑱。」少尉用力敲了敲牆壁。

「總之，這個廣場吸了許多人的鮮血。為了報復，克羅埃西亞和回教徒聯軍也在這個廣場上處決了塞爾維亞人。接著，克羅埃西亞人報復回教徒、回教徒報復克羅埃西亞人。

「南斯拉夫時代，這個廣場上曾經有克羅埃西亞人、塞爾維亞人、回教徒，三個民族的孩子們一起在這裡奔跑踢足球。後來人數慢慢增加，開始組成隊伍比賽，可是也並沒有依照人種來分隊。大人們對其他民族雖然有殺意，但是都把這種感覺隱藏了起來，因此沒有受過教育的孩子們，並沒有彼此憎恨的情感。」

我點點頭。

「可是這下子又要重回原點了，好不容易快要平靜下來，媽的！民族主義者那些混蛋，搞出那麼大場面的戰爭，看到戰爭的孩子們又會心懷怨恨，復仇會沒完沒了的！」喬治激憤地批評著：「所以現在已經沒有小孩子在這裡踢足球了。因為這裡的草，吸了太多人的鮮血。」

除了沉默，我無法有其他反應。我一個字也說不出來。他所說的，是不久前才發生的事。

「這裡變成了殘殺敵對民族、展示屍塊的廣場。」

這時候剛好突然颳來一陣風，吹亂了我們的頭髮。

「實在很令人絕望。」因為喬治沒說話，所以我開了口。

「我們去下個現場吧。」少尉一邊點頭一邊說。

「真是一場驚悚的觀光介紹啊。」

我們轉過身，踩在草地上慢慢走回軍用車。

「發現瓶子的時候，廣場上還有其他東西嗎？」我看著草原詢問，少尉搖搖頭。

「沒有。什麼也沒有。」

「聽你剛剛說起來，這次事件的死者，也可能是被其他民族懷恨殺害，不是嗎？」

「不會有錯的！」少尉緊接著我的句尾，肯定地這麼說。

「不可能是別人。」

「被殺的是塞爾維亞人和回教徒。這麼說⋯⋯」

譯註⑱：Auschwitz Concentration Camp，德國納粹在第二次世界大戰期間修建的一千座集中營中最大的一座。

「兇手是曾經待過民兵組織的塞爾維亞人，不是一般的塞爾維亞人。民兵組織裡有過犯罪前科的人很多，道德意識也很低。這些人多半是烏合之眾。其中這一個人特別強，路波米亞・克拉巴希這個男人，大家都叫他怪獸。」

「喔。」

「亞多藍・薩多卡魯和波里維・布克法也一樣，他們就像是怪獸的左右手一樣。這三個人曾經待過同一個民兵組織，這些我都已經查清楚了。他們三個殺了不少人。至於貝凱爾・庫魯波，雖然還沒調查得很仔細，但他既然是回教徒的軍人，想必也殺了不少人，只要他住在這個城市，從年齡上看來也很有可能。」

「兩個民族的共同敵人是克羅埃西亞人。所以說，兇手應該是克羅埃西亞人囉？」

「那當然，不可能有別人！」少尉忿忿地吐出這句話。

「那，現在有可疑的克羅埃西亞人嗎？」

「有。對克拉巴希懷恨在心的克羅埃西亞人多到數不清，但是要先排除掉老人和女人。而且這些人裡面，住在城裡的多半有不在場證明。可是，有一個克羅埃西亞人，他的嫌疑相當大。」

我忍不住停下腳步問他：「那個人是誰？」

「一個名叫丁科・米利塞維奇的男人。這個克羅埃西亞人的家人、親兄弟、妻子、孩子，還有一個還在襁褓中的嬰孩，都被克拉巴希給殺了。這十年來，他一直告訴身邊的人，總有一天他一定要殺了克拉巴希。」

「喔。」

「而且，還有人在那傢伙的房間裡看過我剛剛說的玻璃瓶，他以前也學過醫。」

「是嗎？」

「我以為，這下不會有錯了。」

「那個男人現在在哪裡？」

「塞拉耶佛的醫院裡。」

「他是那裡的醫生嗎？」

「不，他是那裡的病人。好像得了肝癌，病情時好時壞，看起來沒什麼精神。」

「所以他不可能是犯人囉？」

少尉聽了搖搖頭：「醫院的人雖然擔保他有不在場證明。可是，就算不採信他們說的話，這傢伙還有更具決定性的證據。」

「什麼證據？」

「他的血型。他是A型，而不是O型。」

「什麼！」我頓時語塞，細想了一會兒。「現場留有O型的血跡嗎？」

「沒錯。」

「這些O型的血跡，確定是犯人留下的不會有錯嗎？」

「肯定是。」

「也就是說，丁科不可能是兇手？」

「但是不可能有其他人了，所以我才覺得奇怪。」

少尉的語氣聽來十分懊悔。「到目前為止，就像是走進了一座迷宮一樣。所以才會請你過來。」

「他的A型血，有沒有可能弄錯？」

「沒錯。我曾經在大學餐廳見過他，他明明生了重病身體相當虛弱，一聽到這個事件，卻驕傲地挺起胸膛來，對我說了一句話。」

「喔，他說了什麼？」我好奇地向前探出身子。

「那不是我，是利比達。」

「利比達？」

「拉丁文中『自由』的意思。搞什麼！想跟我炫耀他的學問嗎?!」

「嗯……」我一邊沉吟一邊思考著。

「我們談到血型問題的時候，他說自己是A型，我對他說，既然如此，就給我一滴血看看，我給他一個差不多這麼小的塑膠瓶，還有針頭。」

「喔，然後呢？」

「他遲疑了一會兒，但還是在我眼前刺了一下中指的指甲前端，抽了一滴血。」

「會不會是什麼戲法？」

「那絕對不可能。我靠得很近，看著他就在我鼻子前幾英寸的地方抽血。那的確沒有錯，是從他手指抽到的血。」

「嗯，所以你把這滴血帶回去調查了？」

「沒錯。」

「然後呢？」

「是A型。」

我仰頭望著上空，好一會兒都保持同樣的姿勢，接著我對他說：「現場留下的血液，也確定是O型血沒有錯嗎？」

聽到我的疑問，少尉點點頭。「不會錯，而且排列在這裡的玻璃瓶表面，也附著了O型血液。」

「是嗎？」我低聲地說道。

「所以說，把瓶子排在這裡的人，也是O型？」

少尉點點頭。「其他的A型、B型血，跟被害人的血型一致。」

我將雙手在胸前交叉。「那還有其他可疑的人嗎？」

喬治搖搖頭。「沒有了，能做到這個地步的，不會有別人。這不是那麼簡單的功夫，不是人人都辦得到的。」

我們再次邁開步伐。少尉的車子就在眼前。少尉大步走向駕駛座。

這時候，我發現有個老人佇立在廣場邊，一直看著圍牆那邊。看上去像是土耳其人，不過我不是很有把握。

「您住在這附近嗎？」我走上前去跟他攀談。老人點了點頭。

「您知道這附近排放了玻璃瓶的事件嗎？」

他聽了又點點頭。

「聽說戰爭的時候，經常會在這個廣場進行處刑呢。」

「是啊，的確有過。那場面真是悽慘哪！」他用沙啞的聲音說著。

「您看過嗎？」

「嗯，處刑都是公開的，就算不想看，也會被逼著看，沒有權利不看。」

「放著玻璃瓶的時候，您也看到了嗎？」

「嗯，在一大清早。我從遠遠的那邊，稍微看到了一點。」

「所以您也知道這件事囉？」

「嗯。」他點點頭。

「連瓶子裡的東西也知道嗎？」

這次老人沒有出聲，靜靜地點著頭。

「您知道為什麼有人要這麼做嗎？」

他安靜了下來，低下頭。

過了一會兒，他繼續保持著沉默，開始快步往前走，我也急忙跟上走在他身旁。「我們現在正在調查這個事件，如果您知道什麼線索的話……」

「我有生以來，第一次看到這麼卑劣的行為。世界上也不會有其他人看過那種東西。」他說道。

「您指的是什麼東西呢？請告訴我吧。」我一邊說，老人依然繼續低著頭走著，他緩慢地搖搖頭。

「這個世界上，有些事是不能說出口的。」

我抬起頭尋找喬治的身影。他已經在駕駛座上坐定等著我。我的視線急忙追著離去的老人。他已經越走越遠了。我心中充滿迷惑，呆站了一會兒後，才往車子的方向走回去。

6

今天是出門降伏怪獸的日子。我跟夥伴們很早就約好了。

我穿上鎧甲，再戴好最自豪的皮頭巾和銅盔。

鎧甲是中世紀風的五分袖戰袍，面具則是青銅的羅馬風。

但是其中最讓我自豪的，就數這把劍了。這是最高級的玩意，魔戒等級的，好不容易才到手。

手上戴著類似手術時醫生戴的那種橡膠手套，這樣比較容易抓牢劍柄。

我跟夥伴們約好這個日子，眼看約定的時刻就要到了，得趕緊行動才行。

走空路飛到莫斯塔爾，應該是最快的方法。我們降落在莫斯塔爾高中的校園中。降落的同時，太陽也剛好沉落。

約定的時間是七點，波士尼亞人貝凱爾已經到了。

接著，我和貝凱爾兩人一起出發去攻打七級最強的怪獸克拉巴希。貝凱爾也備好了劍。他戴著銅盔，也跟我一樣穿著中世紀風的鎧甲。

「狀況如何？」

「現在是最佳狀態。」

我們聊了兩句。兩人並肩穿梭在巷道中，一直走到莫斯塔爾舊市區旁的老橋地區。

窩藏在老橋地區廢墟的，就是這附近有名的怪獸克拉巴希。他或許以為自已躲藏得很隱密，但是這些情報早就已經被克羅埃西亞和平組織掌握住。不過，我們的目的並非單純擊倒，所以需要一些時間準備。

這附近住了許多回教徒。現在也還留有許多廢墟，崩塌的水泥牆上滿是機關槍、手榴彈、火箭彈或者地雷造成的洞孔。這種狀態已經持續很久了。

也有些地方三面牆都已經塌下，天花板和地板都沒了，只留下一片四層樓高、牆面上開了成排方形洞孔的廢墟，突兀地高高聳立著。牆壁隨時都有可能倒塌，相當危險。

淨白的月光遍灑在伊斯蘭風的石板上。我們來到廢墟中的一棟大樓，根據和平維持計畫的說明，應該是這座大樓沒錯。往上望去，只有四樓的三扇窗口泛著微微的燈光。肯定是這裡。

終於要開戰了。緊張的心情讓我全身充滿能量。殲滅所有怪獸，實現、維持和平，就是我們崇高的任務。不論任何人都不容阻礙我們。干擾的人，一律殺無赦。

我以手示意，要貝凱爾緊跟在我身後，接著慢慢登上已經殘破不堪的水泥樓梯。過了二樓附近，可以聽到機器轉動的聲音。可能是抽風機的馬達聲吧。

我們躡著腳步小心地走在四樓的走廊上，站在門口可以看到怪獸在一堆雜亂無章的高科技機器包圍下，一個人地蹲在寬廣的水泥空間中。就好像在一艘太空船裡一樣。

怪獸克拉巴希看到我們嚇了一跳，他大吼了一聲，噴射出激烈的火焰。

從他身後跳出兩匹護衛用的小型怪獸，齜牙咧嘴地撲向我們，我馬上先對付這兩匹。我拔出劍，奮力刺向其中一匹的心臟，劍刃幾乎要刺穿透背，再一刀，割上另一匹怪獸的脖頸。

出乎意料地輕鬆。這些傢伙的強度，頂多只有二級吧。

但是七級的怪獸克拉巴希的確沒這麼好對付。畢竟是懸賞了賞金兩百萬坎維迪比那馬卡幣的對象，這也是當然。而且，如果難度不高，遊戲也沒意思了。就連有過豐富打怪經驗的我倆，這次也沒能輕鬆打倒他。

怪物克拉巴希使出各式各樣的招數來抵抗。他奮力地把立在牆邊的擺放機器的架子一一推倒，企圖利用架上大量落下的東西來牽制我們的行動。

一不小心，我左邊側腹部受了傷，噴出大量鮮血。身經百戰的我，差點就被擊倒了。但我們還是繼續勇敢地奮戰。不過是流了一點血，我們不會因此退縮的。因為我們是勇者。

我的同伴戰士貝凱爾負責對怪物施魔法。趁著怪物衰弱的空隙，由我來攻擊，這就是我們的工作分配。每次都是這樣的合作方式。

怪物出現了破綻，我沒有放過這個瞬間，拿起魔劍刺向怪物的側腹，接著削向他的右腳。

怪獸黑白斑紋的皮毛之間，露出了血紅色的肉，接著強勁地噴出血柱。地板積成一片鮮紅血池，怪物終於倒地，我緊接著踢向他的側腹，讓怪獸在血中轉了一圈，露出腹部，然後再一口氣刺向他的心臟。

怪物悶哼了一聲，被劍刺穿的身體就維持著這個姿勢，一邊吼叫、一邊痙攣著。

他的痙攣持續了很長一段時間。我很慎重地等著，並沒有馬上拔劍。怪物從他緊咬著的黃色牙齒之間，不斷汩汩吐出鮮血。

吐出的量相當可觀，我又等了很長一段時間，他才終於靜止不動。

我還是繼續等了一會兒，直到覺得應該差不多了，我才拔出劍來。這時候，血宛如紅色噴泉一樣，從那個刺穿的小孔強勁地往天花板噴出去，但不久後血流便停止了。

既然這麼辛苦才打倒，我突然想要把這知名怪獸克拉巴希的頭部從身體切下，我拜託夥伴戰士貝凱爾，從怪物背後撐起他的上半身。

在貝凱爾支撐之下，我把劍橫向一揮，砍下怪獸的頭。

偌大的頭悶響一聲掉落在地面的血池中，濺起一片紅色水珠。覆蓋整個頭部的灰毛，都被染成鮮紅色。

確認怪物頭已落地，貝凱爾才離開怪物的身體，怪獸克拉巴希的身體便和自己剛剛才分離的頭部，一起躺在血泊中。

大功告成後，我和貝凱爾高舉右手互相擊掌，深深為勝利感到喜悅。接著我們將沾染了鮮血的劍朝天花板高舉，一邊大笑高呼勝利。太高興、這實在讓人太高興了。我的願望終於實現。終於能拿到兩百萬坎維迪比那馬卡幣了。

一想到這裡，就更興奮了。我大笑著，再次高舉起雙手，這時左手裡還拿著劍。我模仿著日本人高興的時候或者在慶祝場合中的萬歲姿勢。

看到我這個樣子，貝凱爾也哈哈笑了起來，他也模仿起我的動作，持著劍舉起雙手做出萬歲的姿勢。看到夥伴戰士這副樣子，我心裡又湧起一陣喜悅，手中的劍順勢刺向他的喉頭。於是貝凱爾鬆開了自己的劍，不停揮動著雙手。

他的樣子讓我聯想到蟑螂或者蝗蟲等昆蟲，相當滑稽。我看了又笑出來。

劍拔出來後血順勢噴出。貝凱爾看來很痛苦，似乎掙扎著要往前方倒下，我搶先他一步，迅速揮劍，俐落地割下貝凱爾的頭顱。

這顆頭往前方彈去，咚地一聲落地後，轉呀轉地滾到桌子下面去。

連我自己都被自己技藝的精進而感動。要是從前的我，行動裡一定會有更多猶豫和躊躇而更加生澀。可是現在我已經累積了許多降伏怪獸的經驗，而且還拿到最強的魔劍，所以才能打贏這場漂亮的仗。

緊接在怪獸之後，貝凱爾・庫魯波的身體也倒在血泊中，濺起一陣水珠後，兩具並肩在地面滾動著。

我揮了好幾次劍，用力把血甩掉後把劍收回劍鞘，接著，我暫時讓劍靠在牆邊，撿起貝凱爾的劍。

我在頭頂上揮舞著這把劍，使出全身力氣敲打著房間裡的機器。

火光就像煙火一樣閃爍四散，我不斷地持劍敲打，飛竄的火光頓時集結成火焰。這滑稽的樣子又讓我忍不住笑了，我揮著劍，從頭開始一個一個砸壞這些機器。

毀一個人其實很像毀了一台機器，精密的機關瞬間化為烏有。

我把劍橫向一掃，打碎了放在地上的大型陶壺。黃金色的硬幣在整個房間裡漫天飛舞。

我驚訝得瞪大了眼睛。金幣彈上每一面牆後，掉落地面再度反彈，然後又彈到牆面上。在天花板光線下閃閃發著光的金幣，在我整個視野中不斷來回跳動，這一瞬間，世界染成了一片黃金。

炫亮的光線刺得我不覺瞇起了眼。怪獸儲存的貨幣，多得令人不可思議。

7

佐藤先生走到我們桌邊，坐在對面的位子上。其實我們什麼飲料都沒買，不過這間星巴克，不太挑剔這種事，什麼也沒說。

「佐藤先生不是對RMT很熟嗎？你教一下這個人嘛，他很有興趣呢。」

「我對RMT不熟。雖然有在玩遊戲啦，不過應該是山田先生比較清楚吧。」

「你不是有一陣子靠這個吃飯嗎？我可是已經收手了啊。」

「我現在還在玩啦（笑）。可是，你為什麼不玩了呢？」

「因為後來那個世界裡通貨膨脹變得很嚴重，大家都忙著籌錢啊（笑）！」

「嗯。好像有聽過這種狀況。」

「所以疑心暗鬼，懷疑這些人有沒可能是RMT？或者會不會是打錢工人⑲之類的。」

「你是說外勞吧。」

「嗯，從海外來的。有些遊戲還沒有徹底管制對吧？再加上大家的裝備越來越高級、越來越強，安安靜靜的單純玩家，就覺得越來越不好玩了。唉，就連遊戲的世界，也變成總是老實人吃虧了。」

「沒辦法，大家都想變更強，都希望自己所向無敵嘛。」

「結果呢，如果不能連續好幾個小時一直專心進行機械性手工作業，根本不可能存到虛擬貨幣。不過線上遊戲有趣的地方，不就在這裡嗎？經過這些手工獲得虛擬貨幣，然後買來強力裝備，就能很威風地跟強敵戰鬥。」

「是啊……」

「但上了年紀的上班族，誰受得了這種小家子氣的手工啊。所以他們寧願花錢來買裝備。」

「嗯，沒錯。」

「而這些手工作業呢，就由有時間的學生或者年輕打工族來做，慢慢地，他們連密技都學會了，然後把到手的虛擬貨幣賣掉，換取現實生活中所需的租金。這都是時代的潮流，整個社會的機制已經都偏向那一邊了。」

「是啊，如果不這麼做就會變成流浪漢，只能住在公園，冬天就睡網咖。」

「這樣實在很奇怪，這個國家到底怎麼了呢？」

「所以現在這些玩遊戲的人都認為，要是能發生戰爭就好了。雖然不想殺人，但是現在遊戲世界跟現實社會之間的界線已經漸漸消失了，經濟方面也是一樣。」

「對。最近連哈佛大學經濟學的教授，也很嚴肅地開始討論遊戲世界的經濟發展啦、通貨膨脹壓力等等。都已經成為無法忽視的事情了。」

「而且，這些年輕人也覺得，如果真的發生了戰爭，現在這種令人無奈的現實，或許多少可以改善一點。他們現在連自己的房子都沒有呢。」

「嗯，如果不靠遊戲賺錢的話。」

「沒錯，如果不賺到虛擬貨幣的話。」

譯註⑲：Gold Farmer，指專門以在遊戲中賺的錢販售成實際金錢來維生的人。

「什麼景氣恢復、可以超越『伊奘諾景氣』⑳，都是騙人的吧。」

「都是假的。」

「在一個不存在的世界裡，拚命收集這些實際並不存在的東西，大家現在就是買賣著這些幻想。」我說著。

「一切都是幻影啊。」

「沒有錯，反正在現實社會裡也沒有地方可住。」

「不管那邊的世界還是這邊的世界，一樣什麼都沒有。」山田先生說。

「對，所以才希望有戰爭。」

「以前線上遊戲原本是來自美國的遊戲，殺死一隻老鼠就可以拿到一枚金幣，而現在的遊戲不管是製作方法的創意、構造，都還沒有跳脫這個基本形式。」我說道。

「對，這就是問題所在。遊戲本身還留有許多手工作業的部分。所以才會有機器人㉑。這實在應該想想辦法解決，造成玩遊戲時候的干擾，一點也不有趣。」

「機器人的最終目標，還是RMT吧。」

「應該不會有別的了。那已經跟BBS上洗版的行為一樣，必須盡早撲滅才行。」

「RMT在日本流行嗎？」

「對出外賺錢的打錢工人來說，現在這時期應該是最好賺的吧。日本人是個很愛追逐流行的民族。一旦大家決定現在就是這個，就像歇斯底里一樣瘋狂地跟，然後錢越花越多。現在高級裝備的買賣市場，已經被炒作得很嚴重。大家都沒考慮到後果，總之就是想要，不管要花多少錢。RMT雖然全世界都有，但是現在最熱的還是日本吧。大家都玩瘋頭了，尤其是上班族。一群歐吉桑老頭子。沒時間但有錢，不過被太太盯得很緊，又不可能出去玩女人。」
「原來是這群人在玩啊。」
「沒錯。而且遊戲這種東西，讓孩子看到也無所謂，還可以挑選一些能一起玩的遊戲。」
「原來如此，這麼一來太太也安心多了。」
「所以日本是RMT絕佳的市場啊。聽說現在RMT也已經成為暴力組織的資金來源。可見其中流動的金額有多大。」
「大約有多少呢？」
「這還不清楚。畢竟都是檯面下的錢，所以沒有足夠的情報，也不會被課稅，也不知道該從何課起。」
「不過，這些暴力組織還真用功呢——只要哪裡有利可圖，他們馬上就會出現。」
「大家都很拚命啊，對金錢的味道相當敏感。現在偷裝備、買賣詐欺、機器人都已經是司空見慣的事，騙人家帳號的網路釣魚㉒，這些都變得很平常。再過不久，可能也會用來洗錢或者逃稅。我看只是時間的問題了。」
「我看也不久了吧。連遊戲社會裡，也要腐敗沉淪了嗎？」
「看著吧，這種現象馬上就會出現了。」

譯註⑳：一九六五至七〇年時，日本出現了連續五十七個月的長期繁榮，這個景氣以日本神話的建國創造神——伊奘諾尊之名命名，最終確立了日本經濟大國的地位。
譯註㉑：bot，robot的略稱。在FPS或MMORPG中使用的機械玩家，代替真正玩家進行單純或者重複性高的作業。
譯註㉒：最早出現於一九九六年，緣於駭客始祖利用電話線犯案，因而結合fishing與phone，創造出phishing一詞。

8

車子好像進入了回教徒的區域。窗口可以看到拱形的美麗石橋。

車沿著河川開著，接近一座橋。

「那就是這座城市名稱的由來，老橋，是這座城市的象徵，『莫斯塔爾』這個名字，好像就是『橋之城』的意思。」

「喔，是嗎？那這條河呢？」

「這是內雷特瓦河。這裡以前是鄂圖曼帝國建立的城市。那座橋也是回教徒在十六世紀架起來的。」

聽了之後我點點頭。從車窗望出去，這附近從以前就一直屬於回教徒的居住區，是回教徒的區域。「但是到了民族紛爭的時代，克羅埃西亞和塞爾維亞人闖進來，殺了不少居民。聽說殺人的方法還故意用刀子，下手相當殘虐。目的是為了讓對方感到恐懼。」

「喔。」

「所以大家都切身感到生命受到威脅，逃出了這個區域。」

「是這樣啊！」

「回教世界是個父權社會，有深刻的男尊女卑觀念，所以只要能逼家長下定決心離開，接下來就好辦了。每個家人都會跟著家長，慢慢移動到其他地方去。所以這附近的人口也慢慢減少了。」

聽著少尉的解說，我想起剛剛遇見的那位可能是土耳其人的老人。我很後悔沒再多聽聽他的話。土耳其人當然屬於回教徒。他悄悄地在我耳邊說，世界上有些事不能說。不能說的事，到底是什麼呢？

車子過了橋。

「現在這座橋是戰後重建的。」少尉說。

「回教徒勢力就是通過這座橋，來攻擊克羅埃西亞人地區，所以戰爭時克羅埃西亞軍的砲兵花了兩天時間砲擊並破壞這座橋，企圖斷絕對方的補給線。」

車子過了橋後，少尉繼續開了一會兒後，我們眼前出現一座大樓，看似受到嚴重破壞的廢墟。

「你看，這就是我剛才說過的，被機關槍掃射過的大樓。這就是民族主義者那幫混蛋幹的好事。打了這麼多發子彈，看來軍火商也賺了不少吧。軍火商的幹部一定笑得合不攏嘴，天天在舉杯慶功！」

「沒想到現在還有這種廢墟存在。」我極力穩住自己的情緒。

「就是啊！聯合國那群人到這裡看了一眼，就無奈地回去了。簡直像全世界的子彈都搬到這裡來一樣。廣島的那個叫什麼來著？這裡最好也像那邊一樣永遠保存下來。我真想在這裡立個牌子，一群拿槍的笨蛋漫天掃射，把大樓都打塌了！」

我認真地看著，深深地點點頭。

「他們完全搞錯用法了。槍是用來殺人的，可不是什麼削岩機！」少尉繼續開車，指向前方。車子轉進一條石板路，震動得屁股很痛。我稍微撐起臀部，調節這疼痛。

「事件的現場，就在這道石梯上。回教徒的街道很窄，樓梯又很多，所以車子進不去。我們把車停在這裡，走過去吧。」

「不會有危險嗎？」

「不會的，現在已經不要緊了。」

「你有帶槍嗎？」

「有啊。」少尉說得一派輕鬆。

我和穿著軍服的他並肩登上了被陽光曬得白亮的石梯。進入巷道後，我們跟一群穿著回教風衣服的年輕女孩擦身而過。她們並沒有遮住自己的臉。

「回教的女性長得真漂亮呢。」我回頭望了望，這麼說道。

喬治只說：「喔，是嗎？」

聽來沒什麼興趣。

「這條路很有味道吧。」少尉說道，我也點點頭附和：「如果沒有這些子彈槍痕，就更美了。」

在石板路上走了一段時間。走過好一段距離，已經看不見人家，也不見路人蹤跡時，又出現了一片原野，前方孤零零地立著一座舊大樓。上面一樣滿是彈孔。

「其實也可以把車子停在大樓後面那個斷崖下面，不過，我想也讓你看看這一邊的舊市區。怎麼樣？還挺漂亮的吧？」

「嗯，是很漂亮。」

「我說的是建築物啊，藍道夫先生，不是女人喔。」他笑著說。

「啊，原來你是說建築物啊。」我故意這麼說。其實也是真心話，因為我根本沒怎麼用心在看什麼建築物。

「就在這棟大樓的四樓。」說著，少尉先出發，登上樓梯。

牆壁和樓梯看來彷彿隨時會倒塌。出現裂縫的水泥石梯上，散亂著瓦礫碎片。

到了四樓。我們走在同樣散著瓦礫的走廊，少尉舉起右手指著：「就在那邊。」

我一驚。因為眼前並沒有門。

「這裡沒有門嗎？」

「沒有。事件發生的時候就已經沒有門了。可能是打算要裝，但是還來不及之類的吧。實在太不小心了。」

少尉率先走進房間，我也跟著進去，看看腳邊，裸露著水泥的地板上，呈現一片暗黑。

「這都是血跡。雖然有清潔過，但現在還在發黑。因為血量實在太驚人了。」

我真不想踏上這片地板，希望能在外面走廊上等待，但是現實可不允許我這麼做。

「咦，這是什麼？」我看到後方散放著大量的電腦殘骸，忍不住問道。

「這只是其中一小部分。對了，我沒有寄這些電腦殘骸的照片給你看嗎？」

「沒有。」我搖搖頭。大量的塑膠碎片、金屬片，還有成束的纜線堆。

「大部分都處理掉了，但是還有一部分留著。電腦的數量相當多，大概有四十台吧。堆滿整個房間，而且全都被打壞了，一個也不留。」

「喔。」我點著頭，揣想著兇手這麼做的理由。

「還有外接硬碟，數量也相當龐大。牆壁上有無數網際網路、高速通訊線路的終端機，電腦除了筆記型，也有很多桌上型的操縱主機。」

「這些全都被打壞了嗎？」

「沒錯。砸得乾乾淨淨。」

「我有一點不太懂。」我問道。

少尉馬上看著我說：「不懂的事多得很，所以我們才請你過來啊……你說的是什麼事？」

「這個被稱為怪獸的前民兵克拉巴希，要這麼大量的電腦做什麼用？」

吉卜林少尉沉默地雙手一攤。接著他說：「誰知道呢？」

我稍微笑了笑。

「不過，有一點我可以肯定。克拉巴希還屬於一個非法組織。好像是一個為了爭取塞爾維亞的獨立和自由之類的組織……叫什麼名字我也忘了，取了個聽起來了無新意、正經八百的名字，說到底就是一群無賴組成的民族主義團體。現在還在活動。」

「現在還有這種組織？」

「對，還有很多地下組織呢，不管是克羅埃西亞或者回教徒那邊，一點教訓都沒學到。聽說最近有兩百萬的鉅款，流到那個自由什麼來著的組織，作為他們的活動資金。」

「兩百萬……是歐元嗎？」

「是美金。瑞士和波士尼亞赫塞哥維納都還不用歐元。」

「這樣啊。嗯……那他們的錢是從哪裡來的呢？」

少尉搖搖頭：「我也很好奇啊，藍道夫先生，這就是我們想知道的地方。但是克拉巴希顯然就是利用這大量的電腦，賺來那些錢，這絕對不會有錯。」

「怎麼賺？」

聽了，少尉又是兩手一攤。這個動作通常表示他不知道。

「這一點已經確認過了嗎？」

少尉搖搖頭。「沒有。不過如果不是這樣，那就無從解釋為什麼這些電腦無一倖免，全部被砸毀。看樣子，這不像是襲擊時順手打壞的，彷彿砸壞電腦本身也是襲擊的目的之一。不然你看看嘛，藍道夫先生，現場連一個硬碟也沒留下呢。所以我們也無法復原。毀壞的程度相當仔細徹底。」

「是啊。」

「這目的到底是什麼呢？是為了不讓我們發現塞爾維亞人在做什麼嗎？我想不是，應該是為了不讓塞爾維亞人能繼續進行。」

我沉默地點著頭。

「所以說，破壞也是這次襲擊的目的之一。那麼理由呢？應該就是為了阻斷塞爾維亞民族主義組織的資金來源吧。」

「原來如此啊。」

「所以從這個角度來看，也可以判斷是克羅埃西亞人下的手。」

「他們賺錢的手法——我是說，如果我們猜得沒錯的話——那是非法的嗎？」

「當然是非法的，如果是合法的，那很容易就可以調查得到。藉由調查，我們也能夠輕鬆掌握到狀況。」

「嗯。」

「我們也不認為會是合法途徑，多半是非法的吧。但即使屬於非法，我們也有可能查得到。不過，我們撒遍了天羅地網，其中卻沒有發現任何線索。像拉斯維加斯或者澳門的賭場這條線、各國毒梟的動向、各種股票投資、賽馬、賽犬、從賭貓鼬到毒蜘蛛賭博等等，我們都有監視管道。

「假鈔、電腦駭客、內臟買賣、毒品犯罪集團，經由烏克蘭的核武買賣、飛彈買賣、牽涉北韓的洗錢、賣春、瀆職、網路釣魚、不動產買賣、高科技軍事關連、網路詐欺……對於各種非法情事，我們都透過美軍最高機密層級的機構布下密網，隨時監視著。」

「喔，那監視的結果呢？」

「完全沒有線索。但是在這裡，卻依然產出了相當高額的活動資金。」

我點著頭。

「定期有高額資金匯入他的帳號裡。如果說他是回教徒，那還可以理解，錢的來源應該是石油。可是，他卻是一個塞爾維亞人，而且還是個無賴集團的首腦，現在哪裡還有人會笨到跟輿論為敵，來支援他們呢？

「所以這次的委託，其實也是美軍維和行動的一環。我們可不能眼睜睜看著這麼大一筆來路不明的錢，流到波士尼亞他媽的民族組織裡。這也關係到我們的駐留預算。他到底是怎麼弄到那些錢的？就在這個小房間裡，光憑自己一個人……」

「只有他一個人？」

「沒有錯，他沒有用到任何一個手下。不管我們再怎麼調查，出了這個房間以後就沒有絲毫動靜，一點聲息都沒有。這房間裡到底有什麼？他都在這裡做些什麼？我希望你可以告訴我。」

我頓時語塞。問我?連你們這些專家都不懂的事,還想問我?本來想這麼回他的,但還是吞下了這句話。因為就算以我的程度覺得不可能,但潔就另當別論了。

不過話說回來,北約加上美軍,現在還會有比這更強力的調查組織嗎?而他們竟然向御手洗潔這個一般老百姓求助。這實在讓我覺得有意思。

「查不到錢的來源嗎?」

「往來的是瑞士銀行,所以很難查。」

「喔。」

「其他還有什麼問題嗎?」少尉問我。

「內臟被偷的人,叫做貝凱爾・庫魯波是嗎?」

「沒錯,他是回教徒。」

「所有的內臟都被發現,唯獨缺了腸子,是嗎?」

「沒錯。」

「這是怎麼一回事?為什麼會這樣呢?腸子哪裡去了呢?」

少尉舉起右手,打斷我的話。「藍道夫先生,這是我們想問的問題啊。您在世界上有相當高的評價,請您告訴我們。腸子到底在哪裡?為什麼只有腸子消失了?」

我沉默了下來。現在丟出這些問題,我才覺得彷彿身處五里霧中,摸不清狀況呢。就在這時候,我口袋的行動電話響了。我對少尉致歉接了電話,原來是潔打來的。

9

「我認識一個有很多虛擬貨幣，想玩ＲＭＴ的人。」我說道。

「你的意思是，連角色都想賣嗎？」佐藤先生說。

「對。」

「ＲＭＴ原本就是這樣開始的。」山田先生說。

「沒錯。已經不想玩遊戲的人，想把自己手中所有東西全部賣掉。你說的那個朋友，手上的貨幣金額很大嗎？」

「相當多。」我說。

「他玩什麼遊戲？」

「Cranada Esperiana、Eternal El Dorado、Limoges、Maple Syrup、Asbest、FFXP、洛陽、Carnival War Online、Rock'n Roll Carnival，其他還有很多很多……」

「你說的這些，都是日本的遊戲呢。」佐藤先生說。

「喔，是嗎？」

「聽起來很像以ＲＭＴ為目的的打錢工人呢。現在日本也慢慢開始注意這些人了。他大概有多少金額呢？」

「光是Rock'n Roll Carnival，就有將近兩億基爾。」

「什麼！這可不是開玩笑的！你想想看，要是你剛剛說的那些遊戲，他全部都平均有這麼多金額的話，總額可是以億為單位啊，至少也會超過一億。」

「是喔？您姓田中對嗎？田中先生，你確定沒問題嗎？你那位朋友，或許應該是某個組織，該不會是那方面的朋友吧？」

「的確是那方面的朋友。」

「嗯，是喔……」

「啊！不好意思，那這件事我可不敢插手，我看我也差不多該告辭了……」

這時我急忙補充：「您別誤會，我個人沒什麼問題的，我的來歷清清白白，只是個小小上班族。只不過因緣巧合，認識了剛剛說的那位朋友。」

「那種危險分子，您最好早點跟他劃清界線，很危險的。這麼高的金額，背後絕對有鬼。其中一定有問題的。」佐藤先生忙著想撇清。

「那我看我也差不多……」山田先生也站起來，打算告退。聽到這樣的金額，大家都心生恐懼了。

「要到哪裡去才能換成現金呢？」

「現在到處都有啊。因為ＲＭＴ本身並不違法，甚至還有所謂的ＲＭＴ銀行。隨便上網搜尋，就可以找到相關網站。」

「剛剛說的那些遊戲，都有可能ＲＭＴ嗎？」

「也有不行的，不過大部分應該沒什麼問題吧。只要叫出訂購表單，填寫完就行了，但是最好小心一點，聽起來很危險。一定有危險。一個不小心，還可能有人找上門來報復呢。」

接著，他們兩人便倉卒地離開了。

10

「嗨！潔！我等你好久了啊！」聽到我這麼說，少尉也有所反應。

「你看過照片了吧？」我問道，潔告訴我他看過了。吉卜林少尉寄來那份慘不忍睹的照片，我轉寄給潔後，才出發到莫斯塔爾來。

潔說他的工作現在暫時告一個段落，雖然還抽不開身，但是可以先動腦子思考，所以希望我告訴他目前為止在現場收集到的所有情報。

「我現在剛抵達案發現場。」我說道：「才剛到不久呢。」

「那也無所謂。」潔說道。他告訴我，只要先知道我看到了什麼，他就可以做出進一步指示，告訴我他需要什麼情報。

我把今天所知、所見的一切，都一五一十地轉述給他聽。到達現場後，發現這裡除了放置照片中的悽慘的屍體，同時也是一座電腦的墓場。我告訴潔，碎裂的電腦散亂了一整面地板。

「關於這個現場，北約的喬治・吉卜林少尉想要請問你，塞爾維亞民兵組織的餘黨，蒐集了多到幾乎可以出售的電腦，但要如何在這個房間裡賺到數百萬的鉅款呢？他說目前已經排除賭博、股票買賣、核武和飛彈轉賣這些可能性。」我說到這裡，連他也開始笑。

「光是這樣是不能判斷的，材料還不足夠。現場有沒有任何線索？比方說筆記啦，隨手記下的紙片之類的。」

「這裡有沒有留下筆記或者隨手記下的紙片之類的東西？……」

我詢問站在身旁的吉卜林少尉。他聽了搖搖頭：「好像沒有。」

「什麼都行，比方說像漫畫一樣的塗鴉、徽章、塑膠模型的碎片等等，雜誌的紙片也好。」

可是少尉依然搖著頭。

「他說什麼也沒有。」

「只是他們沒發現而已。」潔馬上斷言。

「一定有什麼東西留下來的。」他說道。

「腸子現在會在哪裡呢？」我問。

「誰知道呢。」潔說。

「連你也不知道嗎？」

「怎麼可能知道呢？光靠這些資訊，簡直太沒頭緒了嘛。」

「內臟全都有，唯獨腸子不見了。」

「這個我知道。」

「那你倒是說說啊！腸子到哪裡去了？」

「你別逼我了。我不想信口開河，這都需要證據的。」

「那個叫丁科．米利塞維奇的克羅埃西亞人，會是這次事件的犯人嗎？」

「喂！海利西！」潔叫著：

「我怎麼可能知道啊？連這個名字都是現在第一次聽到的！」

「我以為如果是你，說不定馬上就可以……」

「那你去找超能力者吧。先幫我問問，除了丁科以外，還有其他可疑的犯人嗎？」

我直接把問題轉述給少尉聽。少尉沉默了幾秒鐘，還是回答沒有。

「我們花了一個月徹底調查過，不可能有其他嫌疑犯。」

「他說沒有其他可疑的人，這是花了一個月時間徹底調查後的結論。」我回答道。

「即使血型不符？」潔的語氣中帶著不滿。「可能是用了某種粗劣的舊抗體，才讓O型呈現A型反應吧？血液的樣本還在嗎？」

「他問丁科的血液樣本還在不在？」

「或許有，但是應該已經乾掉了吧。」

「他說可能乾掉了。」

「那就請他派北約最快的超音速噴射機，把樣本送到烏普薩拉來。」潔說道。

我轉述之後，少尉回答，如果是螺旋槳飛機，或許可以安排。

「螺旋槳飛機是嗎……」潔說，「到達的時候，犯人早就老死了吧。」他故意說得很誇張。

「至少比船運好多了。」我說。

「你們接下來打算怎麼辦？」潔問道。

我一樣照實詢問少尉：「我們接下來要看什麼？」

少尉又是兩手一攤。

「我也沒主意。你想看什麼？要看看觀光名勝嗎？或者是找家好吃的餐廳？我知道有一家土耳其人開的好吃香腸餐廳。」喬治說。

「喂，潔，你聽到了嗎？他說有一家土耳其人開的香腸餐廳挺好吃的，或者是逛逛其他觀光名勝也不錯……」

「你們到貝凱爾·庫魯波的公寓去一趟吧。」潔不耐地打斷我的玩笑話。

「貝凱爾·庫魯波的公寓在莫斯塔爾嗎？」我問了少尉。他先點點頭，過了一會兒後回答：「以前有，但是已經拆毀了。」

「你說什麼?!」

電話那一頭的潔好像也聽到了。

「現在已經完全不留痕跡，變成孩子們踢足球的空地了。」喬治說道。

「這麼一樁大事件的被害人，為什麼他的公寓會被拆毀呢？線索本來就已經夠少了啊。」

「因為怕又會引起戰爭吧。」我說道。

「那沒辦法，就請你們到塞拉耶佛去吧。」潔說。

「到塞拉耶佛？為什麼？」

「丁科·米利塞維奇有同夥嗎？報復屠殺自己全家的宿敵時，可能會一起行動的夥伴？」我依言問了少尉。他想了一想，但是最後還是搖搖頭。

「我不認為他有同夥。從開戰以來，他始終就是隻身一個人，既沒有朋友，也沒有情人。雖然有幾個大學時代和醫生時代認識的朋友，但是那些人都是本分的白領階級，實在不像會參與非法暴力活動的人。」

我轉告潔後，他說了聲，是嗎？然後追問，丁科·米利塞維奇現在的所在。

「在塞拉耶佛，斯托拉克大學的醫學院，那是一座大學醫院。他得了癌症，所以在那裡療養。」少尉說道。

「他在塞拉耶佛的斯托拉克大學醫院療養中。」

「那你們就到那間醫院去見見丁科。」

「見了之後呢？」

「請他再多給一些新鮮的血液。」

「又要血?!我說潔啊，我承認你是一位優秀的研究員，可是難道你覺得莫斯塔爾的法醫會搞錯血型的鑑定嗎？」

「血型鑑定多做幾次又有什麼關係呢？而且，如果他自己是A型，而犯人是O型，他理應高高興興地任憑我們多抽幾次。更重要的是，消失的腸子到哪裡去了？為什麼兇手不讓腸子漂浮在夏霍伐尼薩大學的泳池裡呢？」

我問了少尉，他想不出任何理由。

「因為搬運困難嗎？如果是這樣，那丟在現場附近就得了。你們仔細調查過現場周圍了嗎？」潔問道。

喬治則回答徹底調查過了，連內雷特瓦河也調查過了。

「兇手其實沒有必要帶走內臟。」潔說道。「如果只是想跟燈泡或者便當蓋交換，那之後只要把取出的真正內臟隨便丟在附近就行了。但是他為什麼要特地帶走呢？」

「就是啊！」

「他帶走之後也並沒有賣給內臟交易的業者，也並非用於醫學院的某種實驗。看來也不像曾經嘗試過，因為沒有成功才丟掉。這些內臟是馬上就被丟掉的對吧？」

聽完我的問話，少尉點點頭。

「看來犯人好像很執著於夏霍伐尼薩大學，戰爭時這裡是什麼特殊的場所嗎？」

喬治說：「聽說戰時這裡是塞爾維亞人收容克羅埃西亞人和回教徒專用的集中營。尤其是建築系，好像是女性專用的收容設施。」

「這麼說來，這裡以前是塞爾維亞人的大學囉？」潔問。

「原本以為創立者應該是克羅埃西亞人。不過後來傳言慢慢指向塞爾維亞人。」喬治回答。

「原來如此。這麼看來，其中可能有很深的關聯。再加上大學後面的空地和泳池……可是，既然如此，腸子為什麼不一起丟進泳池呢……」潔一個人喃喃低語著。

嗯、就是啊……我也隨口附和著，等待他的下一步。

「泳池是不是室外泳池，很接近圍牆，所以也很靠近外面的道路呢？」

喬治點點頭。

少尉說，很近，只要跨越低矮圍牆馬上就可以看到，也的確是座室外泳池。

「所以說，任何人都有可能把內臟丟進泳池裡。」潔說道。

少尉也同意他的意見，前提是，如果有人有意要這麼做的話。

「腸和腎臟、肝臟的差異在哪裡？就是它的長度。再也沒有其他內臟跟它一樣，像繩索一樣長。可是，腸子也不能用來綑綁、或者懸吊東西……」潔又開始喃喃自語。聽他的樣子，好像正在房間裡走來走去，有時候聲音會忽大忽小。跟他來往久了，我對這位朋友的習慣也越來越清楚。

「嗯。」我說道。

「海利西，不管怎麼想，兇手都沒有理由要帶走內臟。」潔做出了這個結論。「他如果想拿出內臟，用燈泡還有軟管來填塞，大可這麼做。可是他並沒有理由不能將真正的內臟留在現場。這麼看來，帶走內臟可能只是一種障眼法，除此之外不可能有其他理由了。」他如此斷定。

「障眼法……」我滿懷疑惑重複著這幾個字。

「沒錯。搬運內臟其實根本無所謂，他真正的目的另有所圖。」

「那就是腸子？」我一說，潔也剛好低聲喃喃自語著：「雖然我覺得不太可能……腸子怎麼可能擔起什麼重大的目的？不過是區區的腸子，只不過是腸子啊……可惡！今天睡得不太夠啊！」

潔顯得很暴躁。看來他現在頭腦不太清醒。

「兇手拿走腸子這件事，再怎麼看，都只是他當場一時興起的衝動。很老套的做法啊。」

「當場一時興起……衝動……」

「對了，沒有錯。可惡！我還缺少決定性的材料。一定還有什麼，一定還留有什麼線索，只是還沒有被發現啊。」潔焦躁不耐地說道：「請你到廚房去看看！」

「什麼？」我很驚訝地說道。

「廚房！對了！就是廚房啊！海利西！快跟他一起去！」

「我知道了……他要我們到廚房去看看！」我對喬治說。

「廚房？」他也覺得奇怪。我先邁開步走向廚房。

「到廚房了。」我充滿幹勁地說著。

剛剛積滿鮮血的地板是裸露的水泥地面，廚房的地板則鋪上了合板。

「接下來呢？」

「有沒有裝垃圾的袋子？」潔問道。

「有沒有丟垃圾用的袋子？」

「在那個櫃子裡……」說著，喬治走近櫃子，打開門。裡面有很多黑色的塑膠袋。

「找到垃圾袋了。有不少呢。」

「那附近有沒有血跡反應？」潔問。

「他問這附近有沒有血跡反應？」

「很多。」喬治回答。

「這附近到處沾滿了血。」

「垃圾袋本身也有嗎？」潔問。

「嗯，很多。」少尉點點頭說。我轉告給潔聽後，他就像贏得比賽般得意地大聲說：

「你看吧！海利西！」

我則是一陣沉默。這到底有什麼好看的？

「那些垃圾袋就是裝內臟用的啊。」

「裝內臟？」

「沒有錯。兇手為了找裝內臟的東西，在那附近翻找了一陣子。也就是說，兇手事先並沒有準備裝內臟的東西。這麼看來，帶走內臟也是臨時起意的決定。」

「原來如此啊！」我說道。的確，如果想要帶走內臟，很可能會想要找出垃圾袋。換成我自己也可能會這麼做。在這個好比廢墟的房間裡，也找不到其他更恰當的容器，就算有，垃圾袋也絕對更適合。因為它還有絕佳的防水性。

「這麼說來，腸子也是。」

「腸子也是？腸子嗎……」

「也是當場臨時起意的決定。」

「喔。不過，腸子又是用什麼東西……」

「從那間夏霍伐尼薩大學到貝凱爾．庫魯波的公寓距離有多遠？」

我問了喬治，他回答的確很近。

「好像很近。」

「很近，可是已經被拆毀了……嗯……嗯……」

「變成孩子們的足球場了。」

「現場一定還留有什麼線索……」潔說道。我照實轉述給喬治聽。他聽了搖搖頭。

「也可能不是現場這間房間。窗外呢？比方說大樓的後面。窗下的地面有什麼？」

我原封不動地轉述給站在身旁的喬治。於是喬治走到我身邊，說道：「我們什麼也沒發現，不過住在附近的一位婦人，拿著孩子撿來的東西交給我們，是鎧甲的一部分，還有安全帽。」

少尉緊貼著電話旁說話，潔也馬上就聽到他說話的內容。

「鎧甲？」

「是用很薄的金屬製成的。」

「那東西現在在哪裡？」潔問道。

「在犯罪搜查課的辦公室。」

「上面有血跡嗎？」

「因為上面沾滿泥巴，所以沒有做血液檢查。」

「其他還撿到些什麼？」

「沒有了。」

「是香腸！」潔突然大叫。

「怎、怎麼了？」我驚訝地問道。

「香腸的餐廳！這真是個大發現啊！海利西！它叫什麼名字？」

「你在說什麼？」

潔的聲音聽起來很興奮。「名字啊。那間店的名字啊！」潔興奮地大叫。

「那鎧甲呢……」

「那先別管了。」

「他在問名字。那間香腸很好吃的餐廳名字。」

「謝夫塔林。」

「叫做謝夫塔林。」我也對著電話回答。

「現在馬上就到那間店去吃東西！」潔說。

「吃什麼？」

「當然是吃香腸啊！不過在那之前還有件事，得請你們再忙一陣子。我敢跟你打賭，海利西，廚房的流理台裡，是不是四處沾滿血跡？簡單的說，水槽是不是有大量的血跡反應？」

我一問，喬治點點頭，回答我一點也沒錯。

「血跡反應是不是不只在排水孔，連接觸肚子的水槽邊緣，和廚房整片地板上都有？」

我依言詢問，少尉回答我的確如此。

「地板的血跡反應是不是有經過摩擦一樣的擦痕，而沒有呈現整面銀盤般的亮光？」潔說話速度越來越快。「地板的血跡反應是不是像摩擦痕跡一樣？」

聽到我的轉達，喬治用力地點點頭，回答我：「一點也沒錯。」

我告訴潔之後，他高興得簡直要跳起來。我彷彿看到我這位朋友交握雙手，不斷像調酒杯一樣上下晃動的樣子。

「太棒了，海利西，實在太棒了啊！」潔很開心地叫著，我則沉默不語。跟往常一樣，我還是什麼都搞不懂。

「現場有沒有珠子？」潔又問了奇怪的問題。

「什麼？你說什麼東西？」

「珠子，就是球啊。直徑大約兩、三英寸的東西。」

我問了之後，少尉搖搖頭，說沒看到這種東西。

「那一定在窗外。到大樓後面的草叢或者前面的街道上找找，總之一定會在現場附近。」

喬治搖搖頭說，什麼都沒有。

我轉告之後，潔說：「呿！那還真是遺憾！不過無所謂，很好。至少已經有一大步進展了。現在你們就直接到謝夫塔林去。我還需要再想一下。雖然不是很充分，但是已經收集到材料了。你們開始大啖香腸的時候，我會再打電話來的！」御手洗潔很有精神地說著。看來，我好像非吃香腸不可了。

11

我感到十分吃驚，撿起一枚看看，發現那全都是金色的塑膠硬幣，正面全都寫著十萬這個數字。這是經過壓制而成的浮凸文字，下面還用油性筆寫著古諾德或者基爾等等，看來像是貨幣單位的文字。可是，從來沒聽過哪個國家使用這種貨幣單位。

硬幣表面上還有「Royan」、「Carnival-war Online」、「Rock'n Roll Carnival」等等小字，這也是用油性筆密密寫在硬幣上。翻到後面，那裡也寫著一堆看似帳號名稱的小字。

這種狀況到底代表什麼意義？站在當場思考了一會兒。硬幣是塑膠上鍍金製成的玩具，重量也很輕，並不是金屬製的。就算是小孩子，也一眼就能看出是塑膠製的，所以也不可能是假錢。既然如此，這些塗成金色的大量塑膠玩具，到底是什麼？為什麼要製造這麼多？

我首先想到的就是虛擬貨幣。現實世界中並不存在，不，更正確地說，它是只存在於電腦空間中的概念貨幣。我猜想，這會不會是虛擬貨幣的複製品。

說不定真是如此。從這間房間裡放滿的電腦看來，這裡說不定就是賺取夢幻貨幣的藏匿處。

但就算是如此，為什麼需要這些實體貨幣呢？把虛擬貨幣具體化、實體化，到底有什麼意義呢？既沒有店家可以使用，也看不出任何意義。

還有，為什麼怪獸手裡有這麼多實體複製金幣呢？把這些實體化的金幣存在這些陶壺裡，又代表什麼意思呢？而且還是這麼一座搖搖欲墜的廢墟裡？

這是什麼咒術，或者是扮家家酒嗎？

追根究底，那傢伙躲在這裡都在做些什麼？這大批電腦是做什麼用的？幾乎所有電腦畫面中都有穿著鎧甲揮舞著劍的小軍隊，這些影像又是什麼？而且，所有的軍隊動作都一模一樣。難道真的像我所猜想的嗎？

看到我剛剛打壞的這大量電腦，還有成束的網際網路纜線，我慢慢了解狀況了。果然沒錯，原來是這麼一回事。

如果這傢伙在這裡所做的，真如我的想像，那或許需要這些設備。

簡單的說，這一刻起，那傢伙在電腦空間裡的帳號已經消失了。至少其中一部分確實沒了。接下來我打算毀掉剩下的其他電腦，不留一點活口，徹徹底底毀掉。這麼一來，所有的帳號都會消失。不僅如此，連能找回資料的所有方法，都要一併消滅。

就算他逃過我們的攻擊，今後繼續苟延殘喘，也不可能記住自己這無數的帳號名稱。算算至少有幾十個。而他賺來的大量夢幻鉅款，自己也無法仔細掌握。連確認這些金額、拿回資料的位址也都消失了。

如果說，他在這裡所進行的是非法行為——在這種新世界裡，原本就不可能有所謂的法律，而且，如果這是建構這個世界的人並不樂見的秘密行為，那麼這些概念上的價值就會這麼煙消雲散，他可能也無從申訴、沒有任何管道可以確認收益。假設這是怪獸他一個人的行為，那麼除了仰賴他自己的記憶之外，也沒有別的方法了。他只能用自己的手，老老實實地一筆一筆記錄下來。

至於自己被殺的可能性，怪物或許從未想過吧，但是不管他多麼粗心，至少也會考慮到外出時機械被破壞的可能吧。這些塑膠代幣，說不定就是預防這種情況，寫給自己看的備忘法吧。

原來如此，這麼一想，我剛剛確實破壞了怪獸的電腦。接下來我還會把剩下的電腦也全都毀了。我完全沒有考慮到為什麼會有這大批電腦，但是直覺告訴我，這一定就是他們活動資金的來源。不過現在我慢慢知道他賺錢的手法了。原來錢是這麼賺來，竟然還有這一招啊！的確，我們面臨的是二十一世紀的戰爭。跟狄托時代㉓不同，這種方法當然可行。

既然是這樣，那麼就非毀了這些電腦不可。留下來只會繼續幫他們賺錢。這些錢就是他們的活動資金，我猜得沒錯，這些機器果然是他們的資金來源。這是他們非法工作的道具，我的預測並沒有錯。各台電腦的硬碟必須以類比方式徹底摧毀，不能留下使用復原軟體還能讀取內容的機會。

如果說實際上賺錢的不只他一個，還動員了手下一起，那他更不可能記得住所有的收益。而他既然是首腦，肯定是負責管帳的人。既然這樣，那麼就索性把帳目的管理機能也消除。靠手下賺來而他自己無法完全掌握的財產，也會一起消失。

怪獸克拉巴希所預料、恐懼的事情，現在的確發生了。那就是出現了我這個闖入者，進行著他已預料到的行動，需要實體筆記的狀況現在終於到來了。

也就是說，其實還有救，電腦空間本身並沒有消滅。雖然不能說全無可能，但他這個人

編註㉓：第二次世界大戰後，在一九四五年成立的南斯拉夫共產黨領導人狄托巧妙帶領下，該地區維持暫時平和；狄托死後，又起紛亂，成為日後克羅埃西亞宣示獨立的導火線。

怎麼看都不像是設計師的料。虛擬世界的伺服器，似乎全都位於國外。他就是越過國境在這些虛擬世界中居住、工作著。所以說，現在他住在虛擬世界裡的分身也同時消失了。他的帳號還有他賺來的概念財產，全都消失了。

可是，他還有可能取回來。因為這裡還留有實體的證據資料。那就是這些寫滿了資料的玩具硬幣。他在電腦空間裡曾經擁有的財產，就等於壺中的這些硬幣。不，其實現在也仍然擁有著。

原來如此，我懂了，原來是這樣啊。沒想到這些烏合之眾還挺有眼光的。而且準備得滿周到，看不出來他是個心思這麼細密的人呢。

這麼看來，應該把他的財產拿來當我們的活動資金，才說得過去啊。可是，這又該怎麼辦呢？要兌換現金之前有好幾道關卡，手續很困難。實在讓人頭痛啊。

我站在當場，稍微想了想。然後我終於想到了。

「利比達的寓言」，就用這個辦法！

我茫然站了一會兒。因為這個想法太過精采，所以連我自己也不敢置信。我怎麼會想到這麼棒的點子呢。

不過這件事待會兒再處理。既然要這麼辦，我便開始在房間裡仔細翻找。果然，房間各處除了桌上型的電腦主機，還有無數個外接硬碟，也拉了許多條高速通訊的網路線。簡直像間網咖或者某種工廠一樣。

其實也沒有錯，這裡的確是工廠。就像是生產燈泡或者生產電池的那些小工廠一樣，能創造財富，是新時代的特殊工廠。這種東西根本是這個地區的恥辱。

我用貝凱爾的劍，把這些線路一根不留地切斷。裝在牆壁上的終端機，也逐個敲爛。大量的電腦畫面中都顯示著同樣的畫面。穿著鎧甲的角色以一樣的動作，機械性地持劍朝前方前進。持續這個動作過了一陣子，再步行移動到其他地方，重複同樣的動作。電腦裡外都是戰爭啊！看來人類永遠都不會進步。從遙遠的太古到今天，始終不變，永遠是嗜血殘殺的笨蛋。

電腦大約有四十台左右吧。我沒有一台一台仔細數，太無聊了，總之數量相當多。剛剛我已經砸壞了一些，可是還有一大半是好的，我放下劍，從隔壁房間撿來一根鐵棒，用這跟鐵棒將剩下的電腦徹底地砸碎。

從架子上掉下來的筆記型電腦也有不少，這些應該已經摔壞了，不過我還是徹底砸碎，不留原形。

主機和硬碟都被我砸得粉碎，只剩下鐵屑和塑膠小碎片。最後還用力踏了幾下。

機器爆出火花，火花化為火焰開始燃燒，但是我沒有一絲猶豫。不過，如果引起火災，說不定會引起維和部隊的注意，一發現有快要延燒的火焰，我就會用沾了血的鞋用力踏上，把火苗踩熄。

舒服地流過一陣汗後，我很愉快地走到夥伴戰士貝凱爾・庫魯波身邊。

我把貝凱爾・庫魯波身上的中世紀風短袖鎧甲脫下，然後取出軍用小刀，在他外衣前面筆直劃下一刀。接著，內衣也一樣，縱向劃開。

等到他的肌膚完全露出來，小刀抵在上腹部，朝下腹一點一點地縱向切開。我持著神聖的小刀，覺得自己彷彿成為杜布羅夫尼克的司祭，這感覺還不賴。

男人的腹筋較厚，所以這項工作挺費力的。可是不能光靠蠻力。小刀不能劃得太深、穿透到背後，以免傷到內臟。

這個回教徒，即將變身為神聖的利比達。他將代替我，整治危害世界的邪惡怪獸。而我這個實體，將藉由這個利比達，永遠從世界消失。

剖腹的工程結束，接下來是胸部。我將覆蓋肋骨的肉和皮膚，一刀縱切到喉嚨下方。完成後，我分別在肋骨上方的肩膀附近及下方，還有橫膈膜附近，以及下腹部附近這三個地方橫向切開，一直劃開到身體側面。這是為了開門。這項作業也挺有趣的。然後，我把小刀放在旁邊的地板上，用雙手使勁提起肉和皮膚。撬開門，好讓腹部內部完全露出來。

跟骨頭連接無法抬高的地方，則仔細地插入小刀，逐一割斷肌腱，方便抬舉。

內臟完全露出來之後，我突然感到一陣暈眩。最近經常被暈眩所苦，但這次的發作滿嚴重的。

殺害那四個人時暈眩沒有發作，這就是最好的證據，表示我的工作是令神歡喜的。

我蹲下來等了一會兒，貧血恢復之後，又是一陣相當劇烈的疼痛襲來。這是外傷帶來的疼痛，因為剛剛被怪獸砍傷了側腹部。目前為止都專注在工作上，而且因為過度亢奮，所以遲遲沒有察覺。

這時血已經止了，而且傷口也不深，所以看來沒什麼大問題。

我站起來，走進怪獸克拉巴希的廚房，找出所有的盤子抱著回到剛剛的房間。

我把所有盤子排放在地上的血池中，從貝凱爾腹中一個個取出內臟切下，然後仔細地放在盤子上。

從上方開始，首先是左右兩邊的肺。我把軍用小刀插入肋骨之間，切開周圍的組織，拿著肺葉下端再從肋骨中拉出來。拉出來之後，肺很快就萎縮變小。那樣子看起來很是滑稽，臉上忍不住浮現出笑意。

接著是心臟。這也著實讓我費了一番功夫。心跳已經停止了，但是切斷靜脈、動脈之後又有大量出血。不過這些細節暫且不管，我還是把它切下取出體內。

心臟上方的胸腺也一起切下拿出來，然後跟心臟分開的放在盤子上。

接著是肝臟。肝臟拿到體外後，因為太大所以無法裝在一個盤子裡，只好切成三塊，分裝在三個盤子裡。

取出肝臟後，可以看到位於肝臟下方的左右兩顆腎臟，還有胰臟、膽囊。我一一切下取出。這些內臟就像特別訂製的料理一樣，逐項各自漂亮地擺放在盤中。

然後是胃。接著是大腸和小腸。

切下後，胃勉強可以放進一個盤子裡。

但是大腸和小腸就像連成一串的濕潤軟管，因為太長了，所以實在放不進一個盤子裡，我只好先讓它們躺在地上的血泊中。

膽囊和膀胱。這些也剛好可以放在兩個盤子上。腎臟膨脹飽滿，但是膀胱則萎縮削瘦。

我站起來。就這麼俯瞰了一會兒。

這實在太令人感動了。真美！這是何等美麗的畫面啊！

精采，實在太精采了。這才是完美的勝利。而且還是充滿藝術性的勝利。

不管我再怎麼強忍，都還是有一股笑意在喉間蠢動，讓我忍不住格格地笑了起來。

啊，一切竟是這麼的完美！一絲浪費、一點無謂都沒有，更證明了這樣的行為出自上帝的旨意。

我再次蹲下，把所有內臟取出，凝視著空無一物的腹腔。

我將臉靠近，仔細瞧著縱向貫穿底部那一道脊椎骨。

我的手指按在節節相連的脊椎骨上，一邊輕撫、一邊由上往下滑過。

隔著輕薄濕潤的蛋白質，這一塊塊脊椎骨就在我指尖下。骨頭、關節，都在我手指下，其中的凹凸、間隙，填補其中的軟骨，都能清楚感覺得到。

這是完美的藝術。上帝挑選了我執行這項使命，這是一項意義深遠、修正世界的作業。

啊，我彷彿卸下了無比重擔。這才是正義最極致的表現。我實在太高興了。而上帝一定也感到無比喜悅吧。一想到這裡，不由得充滿了虔敬的心情。

這世上難道還有更完美的喜悅嗎？能夠體會到如此深濃喜悅的人，世界上除了我還有第二個人嗎？

能活在這個世上真是太好了，我深深地感謝。啊！上帝啊，崇高的天主教之神啊，我衷心敬愛您！比這個世上任何一個人都深深愛著您，甚至超過我自己的生命。

只要是為了您，我什麼都願意做。從今以後，一直到永久。請再賜與我您神聖的命令吧！

我俯著頭，低聲地笑了一會兒，但最後我終於無法忍耐，開始放聲大笑。但光是這樣還不夠，我高舉右手，數次拍打著左手掌心，哈哈哈哈、哈哈哈哈地開懷大笑。

這依然無法充分表現我深沉滿足的幸福感，於是我再次起身，雙手朝天花板一揮，大聲地笑了。

我真的太高興、太高興了，笑得太過火、笑彎了腰，連眼淚都飆出來了。至今咬牙忍耐的反覆訓練，終於有了代價。在我眼前的，就是這份代價。

還有「利比達的寓言」。剛剛自己突然想到的「利比達寓言」設計，讓我打從心底對這個構想如癡如醉。

我怎麼會想到這麼棒的點子呢。在過去、在這個地球上，可曾有其他人有過如此精采的創意？

接著，我走向一張沒被打壞的倖存桌子，拿了桌上放的便當盒後走回來。我拿起蓋子，把這個蓋子放入肋骨中間，我面朝著左側骨頭下方壓下。

看起來挺像回事的。放入肋骨鳥籠中的迷彩色金屬。這是拿來代替肺的。

但是這麼一來就缺少了右邊的肺。我再次走進廚房，物色形狀一致的東西。

我發現了裝豌豆用的竹籠。這看起來滿適合的。

帶著竹籠回到貝凱爾身邊，打開開口固定零件，將裡面的豌豆撒在地上。過半的豆子都在地上彈了兩、三次後，才落入血池中。

我把空出來的竹籠對準右側肺葉的位置，從肋骨下方往後面推入。肋骨籠中又有竹籠，這畫面實在有趣！

連我自己都覺得得意，簡直像訂做的一樣吻合，竹籠穩穩地嵌合在肋骨當中。

我往桌上一望，看到一個苔綠色的大型軍用手電筒。這就是肝臟了。那旁邊的行動電話，這就是胰臟了！

我連忙站起來走到桌邊，拿起這兩樣東西放進遺體中。這兩件東西看來也相當妥貼。

我接下來看中的，是裝糖果的圓筒形金屬罐。它放在還沒有倒的架子上。這剛好可以當作心臟的容器。

一個接一個的靈感，都是神的啟示。

我又站起來走向牆邊的架子，伸手去拿糖果罐。打開蓋子，一樣把裡面的東西倒在地板上。色彩繽紛的糖果在房間裡跳躍，一大部分落入血池中沉落。

我將空出來的罐子用力壓在心臟的位置上。

接著，我撿起一顆掉在血中的糖果，試著壓在罐子上。

這是胸腺。三十多歲的貝凱爾，胸腺應該也變得相當小了吧。

我把蓋子隨意丟在房間角落，然後拿回心臟，塞進罐子裡。機器人利比達，只有心臟必須是真的。我再次環視整間房間。我注意到地板上無數台壞掉的電腦主機，還連接著同樣數量的滑鼠。

兩個滑鼠就是左右兩顆腎臟，連接線就是尿道了！

我撿起兩個滑鼠從電腦上拔除，試著分別放在腹部的左右，肺和肝臟的下方。拉著連接線往下連接膀胱。尿道必須要連接著膀胱才行。

不過該有膀胱的地方還空著。

膀胱呢？膀胱怎麼辦？

我在房間裡一圈圈繞著看著。

克拉巴希不知拿來做什麼用的氣體熔接器。上面寫著魔法的催淚噴霧罐——

這好像不太適合拿來當膀胱，但是我又發現了白色的燈泡。它放在沒有倒下的架子上，因為放在紙箱裡，所以既沒有掉落，也沒有破。

好，就決定用這個。

我站起身，從紙箱中拿出燈泡，試著壓在膀胱的位置上。

沒想到看起來還真有模有樣，讓我相當滿意。

還有胃。還得找出胃才行。

環顧房間，發現一個上蓋裝有下壓式幫浦的玻璃瓶。本來好像是放液體洗潔精用的。

拿起來看看，發現裡面是空的。就用這個來當胃吧。

我把瓶子壓了進去。就剩下腸子了。

我站起來，撿起貝凱爾的劍拿在左手，走到隔壁房間。

我在那裡發現了一台吸塵器。

我把放在房間角落的吸塵器拉到房間中央，然後一揮劍，斬斷了真空軟管前端的吸口接頭。

接著，我又使勁把軟管從吸塵器本體用力拔出來。

走回房間，將這條軟管一邊纏繞、一邊塞進貝凱爾腹中。

腸子出現了。這樣就結束了，大功告成。

再也無從挑剔。這就是「利比達寓言」的完成！

12

我們到了謝夫塔林，拿啤酒乾了杯，正要喝下第一口時，喬治的行動電話就響了，好像是辦公室打來的，他說話時臉上失去了笑容。

我一邊吃著香腸一邊看著他的臉，發現他表情越來越凝重。看來不是什麼好消息。

收起電話，少尉看著我的臉回答：「聽說丁科那個混蛋明天早上就要出院了。我們沒有時間了，今天晚上我們就必須下決定，到底要不要逮捕他。不管怎麼樣，一個小時後將有一個小隊趕到塞拉耶佛去。」

「一個小隊?!只為了抓一個癌症患者？」我驚訝地問道。

「這是軍事行動。因為對方的組織也可能動員，雖然也只有四個人。我自己也打算過去。可是……」說著，少尉皺起了眉頭。他的表情出現了嚴肅的苦悶。「上面和我，都還在猶豫。要是抓錯了人就會成為大問題。站在警察的立場，現在什麼證據都沒有，還不到可以逮捕的階段。不僅如此，甚至還有他不是兇手的證據，就是血型。兇手應該是O型的人啊。」

我點點頭。

「要是在法院審理，一定會由克羅埃西亞首屈一指的律師來替他辯護吧。依照目前的狀況，我們肯定打不贏。還有國際問題。美國部隊很可能被趕出這個地區。但是今天如果不採取行動，他一定會銷聲匿跡，可能藏身到俄羅斯去，然後我們永遠也不可能逮到他。」

連我也很能體會他的煩惱。

「從現在起包含搭直升機的時間大約有一個半小時。在這期間，我們能不能掌握扣留丁科的證據，將會影響最後的決定。如果沒有進一步證據，從各種方向來推斷，我們可能無法出手。御手洗先生有聯絡嗎？」喬治問道。

我們來到謝夫塔林，大口吃著香腸，但是潔卻還沒有打電話來。我舉起手，向少尉致歉，打給人在烏普薩拉的潔。

還好順利地找到了潔。

「我正想打電話給你呢。」他的語氣聽來很開心。

「香腸味道怎麼樣啊？海利西。」他還優哉游哉地問著無關緊要的問題。

現在不是討論香腸的時候，我嚴肅地對他說，同時也把剛剛少尉說過，現在的緊迫局面清楚告訴他。

「到底能不能逮捕丁科？吉卜林少尉他們現在該不該前往塞拉耶佛的醫院呢？」我也很認真地說明。好像被少尉的心情傳染了。

「所以我才說，要請北約派最快的超音速噴射機來啊！」潔說道。

「我們現在需要證據啊！」我激動地說。

「我人在這麼遠的地方，而且事情的經過也是剛剛才聽說。怎麼可能有證據呢？」他說。

「就沒有一點線索嗎？」

「硬要說的話，就是你現在正在吃的這東西。」

「什麼？你說什麼？」我聽不懂他的意思。

「不可能有證據的。」潔這次說得斬釘截鐵。「如果是推理的理論，很有可能完成。但是要在一個半小時以內連物證都收集到，這完全是不可能的。這可是一個月前的事件呢，要是一個星期前的事那或許還能想想辦法。一個月前的事，現在各種東西都已經開始風化。包括實際的事物、目擊者的記憶。唯一不會風化的，就只有語言了吧。」

「語言……」

「語言和概念。所以我只能給你這些東西。」

「可是我們不能憑概念去逮捕人啊。」

「一點也沒錯，海利西。要是這麼做，就會跟十年前的民族主義者落入一樣的下場。」

「可是，潔，要是現在不動手，丁科・米利塞維奇就會永遠消失了。他可是犯下這樁大慘案的兇手啊，要是不能逮捕歸案，北約的威信會受影響，也會對今後在這裡進行的和平化活動帶來阻礙啊！」我簡直像北約的發言人一樣，發表著熱切的激辯。

「要是太過強勢，影響反而會更大。」潔說道。

「潔，這是我們第一個、也是最後一個機會了。」

「這我知道。」

「既然這樣……」

「海利西，我不是因為想偷懶才說這些話，要是有時間我當然也想找出證據。可是整件事的概要我前不久才聽說，而你們怎麼能要求我在一個半小時後完全解決呢？」

「請你想想辦法吧。現在這裡除了你之外，也不能指望別人了。」

「一個半小時是不可能的。」潔不留情面地說。

「我也知道這很困難啊，但是，潔……」

「既然這樣，海利西，你應該也很了解我，我一向不會隨便答應，能做到的事我才會承諾。一個半小時之內我能辦到的，只有推理的部分。」

「那我們還要不要飛過去呢？」我問道。於是潔也在電話另一頭沉默苦思。

「我現在還無法判斷。因為這牽涉的範圍太廣太大了。我不能信口胡說。」

我轉過頭去問喬治：「現在還來得及取消不飛嗎？」

於是少尉搖搖頭。「已經開始準備了。飛行的行程來不及取消。」

「已經來不及取消了，潔。」

我哀求著他。「你想想辦法吧，我們就靠你了啊。」

「你也會一起飛到塞拉耶佛嗎，海利西？」他突然這麼問，我毫無心理準備。

「我連槍怎麼用都不知道，怎麼可能跟他們一起去呢？這可是軍事行動、是戰爭呢。」

「少尉也在吧？OK，我知道了。你告訴他，如果他帶你一起去，就可以執行丁科的逮捕作戰。如果有一個半小時的時間，那我可能可以找出些證據。從現在開始我會全力進行。你問一下少尉吧。」

我不太情願地詢問身旁的吉卜林少尉。

「他叫我跟你們一起去。如果我也一起去，他或許可以找出證據。」

少尉聽了臉色大變：「找出證據？你的意思是，丁科的確是犯人囉？」

「潔，丁科是犯人沒錯吧？」

「雖然完全沒有實際證據，但理論上應該是他。」

「理論上？」我發出幾近狂亂的聲音。

「沒有錯。不過你要知道，世界就是由理論所構成的。現實只是在追著理論跑而已。」

「什麼？」

「丁科住在斯托拉克大學的哪棟病房，你知道嗎？」我直接詢問身旁的少尉。

「當然知道。否則我們也不敢貿然行動了。是癌症病房大樓的Ｂ棟。」

「癌症病房大樓，在Ｂ棟。」

「癌症病房大樓的Ｂ棟啊。他的手術也是在這裡動的嗎？」

少尉點點頭。

「好像是。」我轉達給潔。

「手術的時間呢？」他進一步追問。

「聽說是四月六號早上九點開始。」我說完後，潔沉吟了一會兒。

「不要急……現在只能賭一把了。好，看來狀況不差，材料好像也不錯。」

「什麼材料？」

「嗯，看來我們運氣不錯。癌症大樓的Ｂ棟屋頂有直升機停機坪。你們就在那裡降落。到達之前，我會詳細說明給你們聽的。我想可能會在你們搭乘直升機時解釋，最好把行動電話接上耳機，如果有兩人份的最好。」靠近我身邊聽著電話的喬治說。

「直升機裡不能用行動電話通話。我們這邊的聲音對方聽不見的。」我把他的意思轉告給潔，他聽了之後說：「我不需要聽你們說話，你們只要聽我單方面說話就行了。」

「潔，你不能現在說嗎？」我懇求他。

「現在還不行。理論的細部還不夠穩固。」潔一點不通融地說。

「一定要降落在Ｂ棟上方嗎？」喬治問他。

我轉達了他的問題。

「一定要是Ｂ棟的屋頂才行。理由我待會兒會說，現在還不太確定。不過，有困難的話，這雖然不比珍珠港事件，但你們最好要有從塞拉耶佛上空折回的心理準備。」

「啊？」我覺得奇怪。

「你們必須要有這個自覺。這不只是一起殺人事件，現在如果過於強勢，就會犯下跟以往那三個民族同樣的傲慢。結果將不只是北約和美軍的信用問題。我不是在開玩笑，這可能又會引起戰爭。中立者的行動，必須有嚴密的實際證據和冷靜的合理理論來佐證才行，而不是特別偏袒某個國家。這才有可能帶來真正的自由。」潔說著。

「出發時間是下午七點對嗎？那就趕快，沒有時間了，我七點五分打過去。」說罷，潔急忙掛上了電話。

我和喬治．吉卜林少尉連同四位武裝的北約士兵，一同搭乘大型直升機飛往塞拉耶佛。從飛機上可以看到西方地平線上殘留的夕陽。可是夕照很快就消失，這將是一趟危險的直升機夜間飛行。

機上的我和喬治，戴上連接著我行動電話的內耳式耳機，等待著潔打來的電話。七點五分整，潔從烏普薩拉打來了電話。我雖然把聲量調到最大，但是引擎聲實在太吵，好不容易才能聽到聲音。

「沒有時間了，我直接開始講重點。」潔說。

「我會盡量說得條理清楚，但是我也無法保證。因為我不能聽到你們的問題，所以希望你們能盡快理解。襲擊路波米亞・克拉巴希他們的犯人，是在當場才想到要將內臟運走的。所以他才需要急忙尋找容器，而垃圾用的塑膠袋很適合搬運，這也是他在當場才臨時想到的，對吧？

「也就是說，一開始他並沒有打算把內臟帶離現場，而是到達現場之後才突然決定要這麼做的，才會突然需要容器。

「到這裡為止都還好。但是這個狀況就奇怪了。為什麼他會突然想要把內臟帶走？下面我要說的，就是推測出來的其中一種可能。以下的解釋，我會站在假設犯人就是丁科・米利塞維奇來進行。

「丁科本來並不打算剖開任何人的肚子。他原本的目的只是要殺了克拉巴希。這時候，身為他的夥伴一起來助陣的貝凱爾・庫魯波也被他殺了，他殺了貝凱爾之後，看著這具遺體，突然想要剖開他的肚子——大致經過可能是這樣。

「這種想法可以說相當奇怪。因為讓丁科・米利塞維奇產生激烈報復心的，應該是路波米亞・克拉巴希才對。殺害了丁科雙親、兄弟、妻子的是克拉巴希，而不是貝凱爾，庫魯波。既然如此，殺害之後還要開膛剖腹洩憤的對象，怎麼會是庫魯波，應該是克拉巴希啊。

「可是丁科卻沒有剖開克拉巴希的肚子。他只不過是殺了他，砍下他的頭而已，遺體本身並沒有大損傷。

「為什麼丁科要選擇庫魯波來開刀呢？他或許也對庫魯波懷有怨恨。在戰爭中，尤其是紛爭的後半期是克羅埃西亞對回教徒的戰爭。庫魯波也很可能是回教徒的士兵，所以應該曾經跟克羅埃西亞軍作戰過，殺了許多克羅埃西亞人。

「從這層意義看來，他們確實是敵人，但是他並沒有殺害丁科的家人。也可以說，他只是個一般的敵人，怨恨他的量絕對不能和克拉巴希相比。但是為什麼，丁科竟然會挑選恨得沒有那麼深的庫魯波來剖肚呢？

「不管怎麼說，就算是到了現場才突然想要開膛剖腹，那選擇庫魯波實在是太奇怪了。如果是當場臨時起意，那對象更應該是克拉巴希。

「所以這到底是怎麼一回事呢？我由此導出的推論是這樣的：丁科雖然打算襲擊殺害克拉巴希，但是在這項襲擊計畫中，丁科只想要殺掉克拉巴希。而剖開跟他之間怨恨並不太深的庫魯波肚子，表示其實他一開始就計畫要剖開庫魯波的肚子。聽起來很詭異，不過從這個狀況看來，很難有其他可能。

「至於他到處尋找垃圾袋，這就表示庫魯波的解剖計畫，原本只打算剖開他的肚子，並沒有預計要取出他的內臟，運到其他地方去。但是這讓人很難以置信。這種事情真的有可能嗎？他又為什麼要這麼做？這畢竟是椿有計畫的犯罪。原本準備得很周全，也成功地突擊，打算剖開肚子後就這麼露出內臟。

「為什麼？他為什麼要這麼做？在一個他深恨入骨的男人屍體旁邊，毫無意義地切割一具他並不太怨恨的男人肚腹，為了什麼？難道沒有任何目的嗎？

「針對這一點，我拚命地思考。這種事到底有沒有可能成為計畫？換個方法說，這個世界上真的可能有人擬定出這樣的計畫來嗎？如果有，理由又在哪裡？這就是我最大的疑問。

「當然不至於沒可能，比方說單純享受犯罪的愉快犯；或者是累積了許多怨恨，強烈地憎恨對方，那麼或許會想將對方的身體玩弄、侮辱到極限。理由很簡單，因為光是殺死對方還不足以宣洩自己的恨意。如果是這種例子那我還可理解。

「然而，這麼一來就像我剛剛所說的，對象應該是克拉巴希才對，或者是他們兩個人也好。為什麼他沒有對克拉巴希動刀？他的身體除了頭部和性器官以外，完全完好無傷。為什麼只對回教徒的庫魯波這麼做呢？——

「這些觀察所導出的結果就是，他的解剖並非出於怨恨，也不是愉快犯。唯一的解釋就是，他是基於一個不得不如此、既冷靜又莊嚴的理由。

「對克拉巴希，則沒有這樣的理由。也就是說，解剖跟怨恨並沒有關係。

「那麼，那又是什麼理由呢。會是什麼原因？——丁科不得不解剖庫魯波的莊嚴理由，那到底是什麼？實在很困難。我毫無頭緒。而且，如果真是這樣，那事情就更奇怪了。

「不知道基於什麼理由，丁科原本就打算要切開庫魯波的肚子，對吧？但是，為什麼會在切開他肚子後，當場有了將內臟帶走的想法呢？既然是帶著剖腹的計畫而來，理應也事先計畫過如何將內臟帶走。

「丁科並沒有準備裝庫魯波內臟的容器。所以才急忙跑到廚房，四處翻找垃圾袋。根據這些線索，帶走內臟並非他當初預定的計畫，而是在剖開腹部後，突然想到的。應該是這樣沒錯吧。那這個事實又代表了什麼？——

「丁科的確是帶著切開庫魯波肚子的打算而來。可是，他並不打算把肚子裡面的東西帶走。那他又為什麼要剖開呢？——

「丁科確實有解剖庫魯波的理由，只是我們還不清楚那個原因是什麼，總之，的確有這麼一個原因。可是，原本他並沒有取出內臟並且帶到別處去的理由，顯然是這樣的。

「切開腹部，露出裡面的內臟之後，確實沒有不能就此棄置在現場的理由。丁科．米利塞維奇也不可能因此而有馬上被逮捕的危險。

「如果要把內臟取出，那也不奇怪，只要將取出來的內臟撒在房間裡就好，或者是丟出窗外也無所謂。不管怎麼處理，結果都是一樣的。丁科．米利塞維奇的嫌疑並不會因此而加重。

「所以我想，別說把丟棄內臟，取出內臟這種麻煩事，丁科原本可能連想都沒想過，他只打算在現場解剖。雖然決定好要殺了庫魯波、剖開他的腹部，但本來並沒有想要取出內臟。

「然而，丁科卻急忙跑到廚房，翻找垃圾袋。因為他突然想到要把內臟取走，帶到某個地方去。這完全是丁科預料之外的行動，是臨時起意的行為。突然之間，丁科不得不這麼做。或者是，他當時面對了這麼做會帶來壓倒性好處的狀況。

「而那個突發性的事件又是什麼？——

「一時之間很難理解。但是，散落在地板上被破壞殆盡的大批電腦，不太可能一點關聯都沒有。

「丁科在計畫殺害克拉巴希的同時，也打算破壞這批電腦嗎？他原本就計畫要一台也不留，徹底毀壞這些電腦嗎？——

「畢竟現場連一塊完好的硬碟都沒有。再怎麼想，這都像是有意要隱瞞什麼。他很可能是突然了解到克拉巴希究竟在這裡做些什麼工作，而想要占為己有，獨享其中的利益吧？為了丁科自己，或者是為了丁科的組織。所以本來只是隨手砸毀，到後來演變為一塊硬碟都不留，徹底地破壞。這是我的猜想。

「聽說最近有高達兩百萬的龐大金額匯入克拉巴希的戶頭是吧？這當然是克拉巴希還活著的時候吧。據我推測，他死後就再也沒有錢進來，對吧？這就表示，丁科很有可能從克拉巴希身上搶來了如此龐大的金額。

「所以說，丁科的『臨時起意』，很可能就跟克拉巴希賺錢的手法，還有搶奪這些錢有關。還有其他可能性嗎？或許有吧。可是，可能再也找不到比這更有魅力、更吸引人的可能了。也就是說，丁科在現場發現了某些東西。而這些東西讓他了解了一切，讓他恍然大悟，知道克拉巴希在做些什麼、賺了多少錢，還有他要怎麼奪走這些錢。

「他所發現的東西，具有如此驚人的價值。所以他心想，一定要徹底隱瞞才行，不能讓外界其他人，或者是克拉巴希的同夥，還有丁科自己的夥伴發現。

「要怎麼藏呢？只能帶離現場了。只有這一條路。東西如果遺留在現場或者周邊，是不可能保守住秘密的。

「於是我忍不住要想，運走這東西，跟剛剛提到的搬運內臟之間，很可能有所關聯。換句話說，因為突然發現了這個很有價值的某種東西，所以要取走內臟的念頭，也才突然出現。這麼一來就可以合理地解釋這些現象了。除此之外的推論，都無法串聯起這個事件的奇妙之處。

「這個價值非凡的東西，就是一把遺失的鑰匙。那究竟是什麼呢？——

「我不知道。因為現場已經找不到，已經從現場被搬到其他地方去了。可是，我大概可以猜想得到。就算不知道丁科在現場實際找到的是什麼東西，也可以猜得到那代表著什麼。我敢斷定，那就是高達百萬的鉅款。克拉巴希把這麼多電腦放在莫斯塔爾的廢墟大樓裡，就是為了靠它們賺錢。

「但是我不覺得一百萬、兩百萬這麼大一筆錢，會大刺刺地擺在這裡。就算是，這麼大量的金額，也不太可能輕輕鬆鬆帶走。

「所以說現場有的，也就是克拉巴希留在自己身邊的，到底是什麼呢？或許是可以交換這筆鉅款的某種保證吧？——

「這些推測都具有充分的或然性。讓我們假設上面的推論都成立。為什麼帶走這東西時，庫魯波的內臟會派上用場呢？——

「我剛剛也說過了吧？取走內臟只不過是一種偽裝，其中不可能有更深層的涵義。因為他帶走內臟後，馬上就丟棄在泳池裡。他甚至沒有丟在垃圾場，一點都沒有隱藏的意思。

「接下來，我就要說明偽裝所代表的意義。這當然只是我的假設，但是我並不認為會有錯。我之所以說這是偽裝，是因為其實他所需要的器官，只有一個。但是如果只有這一個器官消失，那麼警察、北約的維和部隊，還有其他許多莫斯塔爾市民，其中也包括跟他站在同一邊的克羅埃西亞人等等，很快就會發現丁科所做的事。

「他唯一需要的內臟是什麼呢？——很簡單吧，海利西。就是唯一沒有出現在泳池裡，現在也還沒被發現，唯一的那個內臟。沒錯，就是腸子。丁科當時需要的就是庫魯波的腸子。而這是丁科在依照預定計畫解剖庫魯波肚子，接著破壞那大量電腦時，突然想到的。對了，腸子，可以用腸子啊！

「懂了嗎？我說的就是你剛剛用餐餐廳的招牌菜啊。當你提到那家餐廳時，給了我一條很大的線索。由土耳其人經營，莫斯塔爾最好吃的香腸店，謝夫塔林。

「香腸是什麼呢？海利西。沒有錯，就是灌腸。用鹽巴和香料將絞肉調味，塞進動物的腸子裡作為保存食品，這是人類自古就有的一大發明。

「用羊腸來灌的叫維也納香腸（Wiener sausage），用豬腸來灌的則是法蘭克福香腸（Frankfurt sausage），牛腸的稱為波隆那香腸（Bologna sausage）。你可能覺得奇怪，為什麼我會這麼清楚，因為前一陣子我才剛聽烏普薩拉啤酒餐廳的老闆說過呢。

「在沒有塑膠的時代，動物的腸子就是最棒的容器。人的腸子也一樣。那麼，那天夜裡，丁科塞在人腸裡的，到底是什麼呢？

「可以塞進人腸裡，方便搬運的東西，想到這裡，我剛剛才問了你有沒有直徑兩、三英寸的珠子。大量的珠子。看到什麼東西，會讓人想要塞進腸子裡搬運呢？我想應該就是珠子的形狀了吧。但我只是好奇地問問，其實並不一定是珠子，是其他東西也無所謂。總之，必須是差不多大小，而且數量很多的東西。所以如果不塞在某種容器中，就很難搬運。

「丁科為什麼要這麼做呢？——為什麼要塞進腸子裡？其實他大可用垃圾袋裝走啊！我認為，這就是他為什麼要把鎧甲丟到窗外的理由。也就是說，丁科採用的藏法，如果穿著鎧甲就無法完成。

「這就表示，他對自己的夥伴也隱瞞了這件事。原本他很可能打算完事後馬上跟夥伴會合，而他並不想讓夥伴們知道這個新發現。

「再加上他時間不夠，也沒有功夫慢慢把這東西妥善藏起來，也可以說他既沒有時間找藏的地方，也想不出適當的隱藏地方。

「拉出庫魯波的腸子在廚房流理台徹底洗乾淨，再把東西塞進去，之後丁科把腸子捲在身體上。所以原先穿著的鎧甲就必須脫掉丟棄。因為長長的腸子可以塞進毛衣下方，但是卻塞不進鎧甲下。

「這時候他很可能把庫魯波的鎧甲也脫下，一併丟棄。如果殺害克拉巴希的兇器還沒有被發現，那應該就是在那時候跟鎧甲一起被丟到窗外去了吧。

「貧窮回教徒們居住的地區，可能早就被小孩子、或者是想拿去換錢的大人撿起帶走了吧。既然克拉巴希他們的屍體很晚才被發現，在那之前的確有充分的時間可能發生這種事。

「為什麼他沒有時間藏在其他地方呢？我不知道。可能是已經跟夥伴約好了某個集合時間，或者是，要在塞拉耶佛動的手術預定時間即將開始。動手術之前需要一段時間的準備，如果是九點要動手術，可不能到了八點五十五分才跑進去。

「如果是為了動手術，這可是一塊歷經那麼悲慘、或者該說是傲慢民族紛爭的土地。而地下民兵組織依然到處存在。也就是說，水面下的戰爭還在持續。

「而這場戰爭並非遊戲。這是一種極限民族之愛的產物，企圖抹煞對方民族，換句話說就是正義的信念。他不會隨著時間簡單地消失或出現。既然如此，怨恨也不可能永遠消滅。

「現在你懂了嗎？海利西，這樣的丁科所住進的醫院，一定是克羅埃西亞人的醫院。既然如此，這裡的員工對於在戰爭中殺掉無數敵人的勇者，當然會想盡各種辦法來替他隱瞞。

所以任何秘密他們都不會洩漏。

「你們所在的地方是波士尼亞赫塞哥維納啊，海利西。而坐在你身邊一起飛在天空裡的，不是和平國家的刑警，而是北約的軍人。我們被捲入的是戰爭，而不是刑事案件。

「總之，為了隱密地搬運，需要用到貝凱爾，庫魯波的腸子。所以丁科才從庫魯波的體內取出了腸子，但是光是這麼做就太一目了然了。人體腹腔裡面大小腸所占的比例很大，這些部分全部會空出來。

「所以他把內臟全部都取出來，為了不讓人發現他想要的是腸子。可是，其他內臟也不能放在現場不管，這麼一來還是會被發現，很快就知道缺了腸子。一定得搬到遠處才行。這時候就需要趕快找出搬運腸子以外內臟的容器。這就是他急忙到廚房去找那些黑色塑膠垃圾袋的理由了。

「庫魯波空無一物的腹腔裡，放了許多東西來代替內臟，這是因為在丁科出現帶走內臟這個點子的同時，腦子裡想起了一個童話故事。

「我記得曾經在哪裡讀過一則克羅埃西亞的童話，裡面就提過類似的狀況。我記得不是很清楚，但內容大致是說，一個由馬口鐵製造的金屬人，放進了假造的內臟後，因為上帝的魔法而開始動。而這個金屬人後來拯救了克羅埃西亞的危機。

「看著庫魯波空蕩的腹部，再環顧周圍，丁科很可能是想起了這則克羅埃西亞童話。而他很可能想要藉此傳達，自己的行為，正是拯救祖國克羅埃西亞的英雄式行為。」

13

走出星巴克，我一人信步亂晃。接下來要做什麼，心裡並沒有特別的打算。

「Excuse me！」

我聞聲回頭一望。一名身穿白色套裝的女性正朝我走過來。

「Yes？」可是，我站在原地等了一會兒，她什麼也沒有說，只是慢慢一步步地走近。

「May I help you?」我又問。

「No, no, not me.」她說道。

「Alright then, good day.」說著，我正打算離開。

「It's not me, it's you who needs my help.」她說。我聽不懂這話的意思，站在當場問她。

「I'm sure it must be.」她又說。

「我對RMT很熟。」這次她說的是塞爾維亞語。

「喔，妳是塞爾維亞人嗎？」我也用塞爾維亞語問她。

「沒錯。剛剛我聽到你們說話了。」她說道。我點點頭。

「世界太小，人聲太大。」我用拉丁文這麼說。

「正好，我們用拉丁文說話吧。」她說道。

「大家都在美國Survey這個拍賣網站上，交易遊戲裝備和貨幣。不過最近出現了GOM，就是遊戲開放市場（Gaming Open Market）。像Ultima Online、Starwars，還有The Sims

Online這些虛擬貨幣，全都可以在這裡交換成美金。要不要到海岸那邊去？那裡人比較少，方便說話。」她用拉丁文說。

「我叫米麗亞娜，你呢？對了，是田中先生對吧？」她邊走邊說。我們並肩走著，一直走到可以看見海岸的地方。接著，我們找了一張可以眺望東京灣的長凳坐了下來。從這裡可以清楚地看見彩虹大橋。她又繼續用塞爾維亞拉丁文說道。

「RMT現在很危險。使用者不能受到充分保護。但是正因為處於黎明期，所以只要金額夠大，一獲千金的確不是夢，但是很不好意思，您看起來對這個世界還不是很了解，很可能被騙吧。」

「不過，妳會保護我嗎？」我也用塞爾維亞拉丁文問她。

「如果是為了塞爾維亞的勝利和獨立自由的話。」

「這都是為了塞爾維亞的勝利和獨立自由。」我也說道，接著我問：「剛剛他們提到，有RMT的銀行。」

米麗亞娜說：「那個行不通。在這個國家時機還不成熟。並不是任何一種遊戲都可以，而且從中抽成的比例太大，多半都被銀行拿走了。」她說道。

「虛擬貨幣的仲介業者呢？」

「基本上也是一樣。手續費簡直是天價，因為對方也要承擔風險的。而且，以你的，不，以我們的例子來說，是不可能的。」

「為什麼？」我問道。

「因為現在東京出現了很多仲介業者，其中最大規模的業績也不過一年五千萬日圓左右。如果有人拿了上億的錢過去，他們肯定臉色鐵青去通報警察吧。然後就會依照日本的電子計算機損壞等業務妨害罪這條法律被逮捕、起訴。之前已經有好幾個人都被抓了。」

「妳的意思是說，現在只剩下美國的Survey或者ＧＯＭ這些選擇囉？」

「可以這麼說，但是在這些地方兌換到現金要花上一年左右。」

「什麼？」

「嗯，必須加入拍賣行列，耐心等到交易成立為止。你手上有的是好幾家遊戲公司的東西對吧？實際看來，這也大有困難。如果同時間拿出這麼大筆金額，就算每一筆都換成不同賣家名字，還是一樣可疑。所以這也需要錯開時間。最近每個國家的監視都變得更嚴格了。」

「喔，那應該怎麼辦才好呢？」

「在這個國家能處理這個問題的，恐怕只有我一個人了吧。我跟美國各遊戲廠商的ＲＭＴ負責人關係很好，最重要的是，我跟ＧＯＭ的肯尼士・雅各・美林私交很好。」

「是嗎？」

「只要一天時間，我就能還原為真正的錢。」

「怎麼做？」

「要交給我嗎？」

「交給妳也無妨。可是我們才剛剛認識，要我相信素昧平生的人，實在有點困難。」

「這也有道理。」

「我有個條件。我受到賣家所託，他要我找一個住在東京的女性，而且知道賣家名字的人，來幫忙ＲＭＴ。」

「這我當然知道。我也找了很久啊。」

「那妳知道他發生了什麼事嗎?」

「大概知道。」

「賣家的名字叫什麼。」

「路波米亞・克拉巴希。」

「ＯＫ。」

「你叫什麼名字?」

「我是塞爾維亞人。名字說了妳也不知道吧。」

「既然這樣我就沒辦法相信你。」

「妳不需要相信我。妳沒有什麼可以給我,是我有東西要給妳。」

米麗亞娜聽了心懷警戒地沉默下來。

「要是不接受,就別拿我的資料。」

「那你想把那些虛擬貨幣怎麼辦?」

「我再另外想辦法就是了。」

「要是拖太久,帳號就會被廠商停權的。」

我沒說話。

「現在一般法律的解釋還認為虛擬貨幣屬於遊戲公司所有。既然如此,以我們的狀況來說,就算打官司也打不贏。現在應該已經被懷疑了,還差一步。一定要在幾天之內換錢才行。」

「為了塞爾維亞的勝利和獨立自由。我希望由妳來處理。」我說道。

「我會處理的。但是請告訴我你的名字。」

「約瑟普‧薩多卡魯。」

「約瑟普。你住哪裡？」

「莫斯塔爾。我不能再多說了。我還沒有完全相信妳。不過，我是亞多藍‧薩多卡魯的弟弟。這麼說妳應該懂吧？」

「嗯，我懂。你哥哥的事我覺得很遺憾。」

「那妳也知道匯款銀行吧？」

「當然。這些事我經常在做。」

「那這些錢也請妳照舊匯進去，為了塞爾維亞的理想。妳說得出銀行名嗎？」

「JK Wilson & Company。銀行帳號也需要嗎？」

「不用了。那這件事我可以完全交給妳了，對吧？可是，有件事很奇怪，日本的遊戲公司會判別ＩＰ位址，拒絕來自中國和歐洲的連接。對吧？」

「這種遊戲很多。那是為了避免機器人和打錢工人。」

「妳那台作為日本中繼基地的電腦裡，有沒有留下克拉巴希的各個帳號，和虛擬貨幣累積金額這些資料？」

「帳號都被鎖定，我看不到，克拉巴希是個很謹慎的男人，他不是不相信我，但是日本也有很多克羅埃西亞人。」

「嗯。」

「我們無法預料會有誰介入。克拉巴希說，萬一發生什麼事，他不希望變成我的責任。

ＲＭＴ也只在那邊進行，我只負責中繼線路和接收現實金額的匯款而已。我的任務就是將錢匯到瑞士。」

「所以每次都會換不一樣的戶頭。」

「那是當然。」

「但是那時候妳把貨幣賣給日本的仲介業者不是嗎？」

「沒錯。」

「但是這次卻不能這麼做？」

「現在和那時候狀況完全不一樣。當時大家每次的金額都不到一萬圓。每隔幾小時就賣五千圓、八千圓等等，每日不斷地賣出。所以我的戶頭總是像這樣，就算會有實際金額匯進來，最多也只有十萬日圓。這種程度的金額不會引人注意。可是，如果金額大到這個程度，就不太可能這麼做了。要做也是可以，可能要花上好幾年吧。」

「那妳打算怎麼做呢？」

「現在剛好有個好辦法。雖然有點麻煩，你要聽嗎？」

「好啊。」

「ＧＯＭ的肯尼士‧雅各有一個計畫，預計在明年能讓不同遊戲世界的貨幣都能互相交換。架構已經快要完成，也準備好付給賣家的資金了。所以我打算以個人身分請他動用這筆錢。如果是我來談，應該不會有問題。當然，手續費還是得付，但是可以大幅度壓縮時間，跟日本的ＲＭＴ銀行比起來，手續費也只要十分之一。」

「妳打算請肯尼士‧雅各換錢給妳？」

她搖搖頭。「這辦不到。現階段這麼做會給他帶來麻煩。我打算請他把這些貨幣全都換成EverQuest（無盡的任務）的貨幣，ZATO Dallars。因為ZD有一定的信用，所以可以跟Entropia Universe的PED交換。」

「Entropia Universe？」

「瑞典MindArk公司的遊戲。PED（Project Entropia Dallas）就是這個遊戲的虛擬貨幣，只有這種貨幣可以用Versatel的ATM，領出真正的美金。」

「真的嗎?!有這種ATM嗎？」

「確實有。能將虛擬貨幣換成真正現金，從ATM取款的，只有Versatel的ED一個。」

「取款的過程，就是對Versatel進行存取？」

「沒有錯。MindArk會提供一個免費的Versatel存取專用軟體可以下載。只要用這個軟體就可以了。」

「那妳手上也有這個Versatel的ATM金融卡？」

「有，我有戶頭，剛辦好的。」

「所以我們要把活動資金匯到妳名下的那個戶頭去？」

「對。」

「妳待會兒再告訴我吧。」

「好的。」

14

直升機進入塞拉耶佛上空。市區閃著燦爛的燈光。這就是城市正從戰爭的破壞中復興的證據。「看到醫院了。準備降落！」我們聽到士兵的聲音。

「要降落了，潔，我們到了。」雖然不知道他有沒有聽到，我還是大聲地說著。可是潔並沒有回應我。我繼續說著：「現場有幾項特徵，比方說把肉片放在玻璃瓶中，還有內臟也丟在附近。難道不覺得有太多更適合丟棄的地方嗎？其實並沒有非要將內臟藏起來不可的理由。藏起來真的是最好的做法嗎？如果內臟沒有出現，那麼或許會出現內臟買賣等等，其他可能的故事，呈現推理迷宮的狀態，讓追蹤者迷失方向。

接著潔說：「然而丁科並沒有這麼做。為什麼？因為他沒有時間了。玻璃瓶在四月六號早上被發現，而丁科的手術也一樣在四月六號早上九點開始。從這一點可以推論，他完全沒有充裕時間。真的一點時間都沒有了。你懂了嗎？海利西，你知道這其中的意義了嗎？」

「著陸了！」我們聽到士兵的聲音。

「潔，你等一下。」引擎聲越來越大，所以我請他稍待，因為越來越聽不清楚。直升機終於落地。機艙門間不容髮地打開，士兵們沒有發出一點腳步聲跳下屋頂。我們也跟著下去。

「確認樓梯間門有沒有鎖上！」聽到喬治的指示後，身穿清一色漆黑色戰鬥服的一位士兵，馬上跑向下樓的樓梯。

「是開著的。」聽到士兵的回答，喬治命令直升機駕駛員離開。直升機飛回上空，只留下轟隆聲響。

「已經到達，請準備部署。」喬治對著對講機說道。可能是命令地上部隊在醫院周圍部署吧。周圍頓時安靜了下來，於是我對著手機說：「現在安靜了，潔，你繼續吧。」

「你來回答我吧，海利西，這代表什麼意義？」潔說道。

「你是說，丁科沒有時間這件事嗎？」

「沒錯。你想，這是什麼意思？」

「我不知道。」

「你動動腦吧，海利西，很簡單的。」

我想了一會兒。可是自己正在參與一樁戰鬥行動的緊張感，阻礙著思考。「我不知道——」我話還沒來得及說完，潔便急著往下說：「那就表示腸子還在這間醫院裡啊。」潔說著。

我驚訝得說不出話來。「什麼?!」

過了半晌他才說：「丁科在莫斯塔爾沒有自己的家。放在莫斯塔爾當然很危險，因為他已經不太可能回去了。庫魯波的房間裡當然也不安全。而他可沒有時間慢慢去想、去找要藏的地方。既然是這樣，那東西一定只會藏在他的移動路線上。」

「原來如此啊。」

「而且腸子很長。從這種種條件去想，如果是你，你會藏在哪裡？」

「在這家醫院？醫院的建築物……而且要夠長……難道是導水槽嗎？」

「沒錯啊，海利西。跟我想的一樣。快去找找那屋頂上所有的雨水排水孔。」

「快檢查所有的雨水排水孔。看看蓋子下有沒有藏東西。把蓋子打開找找看！」喬治一聲令下，持槍的士兵們瞬間在屋頂散開，趴在欄杆旁邊。

「好像有東西！蓋子上掛著鐵絲，下面好像吊著東西。」其中一個士兵這麼大叫著。

「找到了！好像是用鐵絲掛在蓋子上。」我也大叫著。

「找到了嗎?!這真是太幸運了！」潔的聲音聽來竟有幾分意外。

「但是千萬要小心！慢慢拉，否則可能會斷掉。」潔說道。

「慢慢拉，不要弄斷了！」喬治下令。士兵們花了很長一段時間慎重地拉上來，鋪在屋頂上。那東西非常長，大約有十五、六英尺吧。

「拉上來了。」我向潔報告。

「真是驚險啊，最後一刻終於發現了。」潔說道。

「就是啊。真是好險啊！」我也說道。

「其實很有可能什麼也沒發現，我們實在太幸運了。不過接下來，還要請你們更小心一點動手。」潔說。

「發現了有力的物證，非常感謝你。」喬治・吉卜林也說。

「這麼一來也可以順利發出拘捕令了。」

「要證明腸子是貝凱爾・庫魯波的，應該很簡單吧。我要拜託你一件事，請從最邊邊拿出一個內容物，告訴我那到底是什麼？」潔問道。

「從腸子拿出個內容物。盡量不要傷到腸子，這可是重要的證據啊！」喬治命令部下。

「是硬幣。塑膠硬幣，看來是玩具。」士兵說著。

「好，拿到這邊來。」

「是玩具硬幣。」我向潔報告。

「是玩具硬幣？」潔說著，這可能沒有在他意料之中吧，他稍微沉默了一下。

「全部都是嗎？」

「全部都是一樣的硬幣嗎？」喬治聽了後詢問士兵。

「是的，都一樣。」士兵回答著。

「好像全都是一樣的硬幣。鍍著金漆。」我看著士兵交到喬治手裡的東西，傳達給潔聽。

「喔。上面有寫什麼嗎？硬幣的表面？」

喬治用手電筒照著開始讀著：「Rock'n roll Carnival……背面寫著momotaro PXrUQO。」

「Rock'n roll Carnival？」潔發出驚訝的聲音。

「上面還寫著十萬這個數字，這是原本就壓在硬幣上的浮凸文字，下面寫著基爾。都是用類似油性筆小小地寫在上面。」

「十萬基爾……」

「這問題請你晚點解釋吧。現在必須馬上去逮捕丁科，沒問題吧？」喬治問道。

「現在已經拿到有力證物，可以大張旗鼓地去逮捕了。」

「是啊，請便。」潔說道。

「可是，血型的問題還是存在啊……」少尉有點不安地說。

「你們正在進行戰鬥行動，不方便出聲音吧。不過還是需要有逮捕的根據，如果有需要，我很快就會解釋給你聽。但是在那之前，得先上一堂醫學課。我想十分鐘後你們就需要知道答案了吧。」潔說著。

我們走在屋頂上，往樓梯間的方向前進。

「丁科為什麼放著跟他有深仇大恨的克拉巴希不管，卻切開了沒有多大怨恨的庫魯波肚子，我現在就告訴你們理由。如同我剛剛所說的，這並不是臨時起意，而是丁科從一開始就決定的計畫。而且他切開庫魯波肚子後，原本不打算拿出內臟，應該是這樣沒有錯。丁科這麼做並非基於怨恨，而是有著實際理由。那是一個相當冷靜、嚴肅的理由。」

士兵們打開樓梯間的門，開始下樓。大家都手持附手電筒的輕兵器。下樓時每到轉角處就會稍事停留，確認前方後再轉彎。我和少尉跟在隊伍的最後方。

「這次丁科・米利塞維奇之所以想要逃過追捕，就是因為現場留下的犯人血型跟丁科的血型不同。雖然有成山的證據指向他就是犯人，可是這一個科學問題卻從根本推翻了所有證據，保護著他。我們這次所面對的，是一個相當令人驚訝的案例啊，海利西。原本的計畫就已經是包裹了兩、三層策略的巧妙計畫，而現場突然的發現，又讓情況複雜了四、五倍。

「丁科・米利塞維奇夥同貝凱爾・庫魯波一起襲擊路波米亞。克拉巴希，其實具有雙重目的。其目的不只在殺害克拉巴希。這次的事件看起來紊亂，其實這可是包含著前所未聞機巧的計畫。要完成丁科的意圖，以他一個人去襲擊是不可能的，而且，也不能和其他夥伴聯手，他有絕對的必要，非得和貝凱爾・庫魯波兩個人一起不可。一定要是庫魯波才行。理由就在於丁科・米利塞維奇和貝凱爾・庫魯波的骨髓幹細胞ＨＬＡ型㉔一致。所謂的骨髓幹細胞，是指骨頭的中心，負責產生血液和免疫細胞，是維持人類生命不可缺少的重要細胞。吻合的ＨＬＡ型，可能在數萬人中只有一個人，相當難得，幾乎可以說是奇蹟。

「如果ＨＬＡ型不吻合，放入體內時會產生強烈的排斥反應，相反的，如果吻合就不會有這些現象。這說明了什麼意義呢？這代表可以移植骨髓幹細胞。比方說有某位患者的這些細胞生病了，只要ＨＬＡ型一致，就可以取得健康人身上的骨髓幹細胞，更換新細胞。這些細胞的繁殖旺盛，所以捐贈骨髓幹細胞的人只要身體健康，稍微捐出一些也能很快再生。

「根據我的理解，這項周到的計畫，應是始於丁科羅患再生不良性貧血這種罕見疾病。再生不良性貧血這種病，就是骨髓幹細胞出了問題。丁科可能因為遺傳的因素，讓他的骨髓幹細胞無法製造出紅血球、血小板或者免疫細胞。丁科平常一定頻繁出現暈眩的症狀。再這樣下去，哪怕是盲腸炎或者得了重感冒，都可能讓他送命。

「所以丁科一直在找骨髓幹細胞ＨＬＡ型吻合而且健康的人，他必須移植這個人的骨髓。雖然這樣的人並不好找，但丁科意外地發現，沒想到近在身邊的貝凱爾・庫魯波竟然奇蹟似的和自己的ＨＬＡ型一致。因為丁科原本也是醫生，所以可能從病歷表等等知道這件事。骨髓幹細胞的型跟人種、血型，都完全沒有關係。於是丁科向庫魯波提出一起去襲擊克拉巴希的邀約。為什麼他要這麼做呢？這其中還有一個因素，那就是庫魯波的Ａ型血型。丁科的血型是Ｏ型。也就是說，他們兩人的骨髓幹細胞ＨＬＡ型雖然一樣，可是血型卻不同。所以如果移植庫魯波的骨髓，丁科的血型也會變成Ａ型。

「這代表什麼意義呢？——只要在還是Ｏ型的時候襲擊克拉巴希，在現場留下自己的Ｏ型血跡，然後再接受骨髓移植手術，只要手術能保密，就可以在手術後偽裝成跟事件毫無關係。而在波士尼亞赫塞哥維納的這間克羅埃西亞系醫院，不費吹灰之力就可以找到願意替他

譯註㉔：Human Leukocyte Antigens，人類白血球抗原。

守密的人。原是民兵的克拉巴希壞事做盡，所以回教徒裡一定也有許多對他心懷怨恨的人。庫魯波可能也是其中之一，當然也可能是被豐厚的報酬吸引。總之，庫魯波答應參與這個計畫。於是他們兩人侵入克拉巴希的藏匿所，殺害了克拉巴希和他的兩名夥伴，依照計畫，丁科也殺了自己的同夥庫魯波，為了就是偷取庫魯波的骨髓幹細胞。所以丁科在這次襲擊時，應該也帶了冰桶、抗凝血劑、注射針筒、裝骨髓用的塑膠袋等工具。

「然而，這時卻出現了一個大問題。通常採取骨髓都是從背後進行。在腰部的背骨上，把針打進骨頭與骨頭中間。而使用的這種針幾乎有牙籤那麼粗，會在皮膚上留下明顯痕跡。所以法醫檢查遺體時，馬上就會看穿遺體被動了什麼手腳。這可不行。要是抽取骨髓這件事被發現，血型不同這個藉口也不能用了。殺害庫魯波原本就是為了要保密。要是支付報酬給他，依照一般程序請他提供骨髓，那麼動手術這件事就會曝光，血型的機關便失去了意義。為了保護移植手術這個秘密，他決定要殺了庫魯波。因為對方原本也是敵兵，所以他有充分的殺人動機。總之，就是因為這樣，所以他不能從背後採取骨髓，因為會留下痕跡。那該怎麼辦呢？他想出的方法就是解剖腹部。

「從前方開腹後，將注射器插入內臟間的縫隙，從腹腔這邊往背骨和背骨之間下針，接著再採取骨髓幹細胞。如果可以殺了捐贈者，那麼這也是一種可行的方法。所以丁科打從一開始就決定殺了庫魯波，解剖他的腹部。這可不是一時衝動，而是相當周到縝密的計畫。然而，丁科在解剖前先發現了硬幣，同時也了解到這些硬幣的用途。對丁科來說，這完全是意料之外的事。丁科想了想，決定設法把這些硬幣秘密運走，奪取克拉巴希賺到的巨款。

「由於這件事原本不在計畫之中，所以必須重新動腦、準備，才能使計畫順利執行。既然抱著犧牲同行的克羅埃西亞人夥伴，就更需要周詳的思考。他所想出的方法就是庫魯波的腸子。這才是他在當場想出的點子，因為有了這個新的想法，讓事態更加複雜。為了掩飾自己使用腸子這件事，他必須一併把其他內臟也全都切下取出，並且一起帶離現場。如果只有腸子消失，那他的企圖很快就會被發現。庫魯波空蕩蕩的腹腔，也讓人聯想到克羅埃西亞流傳的童話。這就是他把許多雜物塞進庫魯波腹腔裡的理由。這也讓現場怪誕陰森的氣息更加膨脹，呈現出詭異奇怪的樣貌。這就是這次事件的來龍去脈，還有丁科之所以要這麼做的原因。」

聽了之後，我深深地佩服、感嘆。我甚至想替潔拍手喝采，很遺憾現在不能發出聲音。

「你們還有時間吧？說到移植手術進行的方式，首先，丁科必須照射強烈的放射線，將丁科自己生病的骨髓幹細胞和免疫細胞全部殺死，使其根絕。之後再將丁科親自採取的庫魯波骨髓幹細胞置入體內，等待這些骨髓幹細胞根植在丁科骨髓上。

「在這段期間中因為沒有免疫力，所以必須待在無菌室裡。只要走出一步，都會要了他的命。因為外面的世界充滿了危險的細菌。可是因為骨髓幹細胞HLA型相同，不會產生排斥反應，只要耐心地等，一定會植入、固定在丁科的骨髓上。當骨髓開始製造新的血液和免疫細胞後，來自庫魯波的免疫系統才會將丁科的身體視為自己的身體，支持丁科的生命。到了這個階段，丁科的血液已經從O型變成庫魯波的A型。這就是為什麼丁科的血型跟遺留在現場血液不同的原因。免疫機能增強、恢復到原本正常生活所需的時間因人而異，最少也需要半年時間。但是如果體質原本就夠強壯，一個月左右後或許有可能恢復到能在醫院餐廳跟北約搜查官見面的程度吧。總之，你們現在可以進行逮捕及護送，但是千萬不可以過於粗暴，否則會讓他送命。還有，拘留設施也必須有治療設備。」

「丁科・米利塞維奇！」從走廊衝進病房的北約士兵大喝了一聲。

這是一間單人房。四位士兵挺著槍瞄準一張病床，床上躺著一名滿頭銀髮，乍看之下還以為是老人的男人。男人的個子很高大，病人只有他一個。但一旁並沒有特別警衛。

「是誰？警察嗎？看來這個陣仗，好像不是呢。」他沉穩地說著。不過或許是因為生病，聲音聽起來顯得有氣無力。

「我們是維和部隊。聽說你明天一早要出院，想請你稍微早一點離開。我們會保證給你完善的治療，但是必須拘捕你。請跟我們一起走。」喬治・吉卜林少尉甚是威嚴地對他宣告。

「是你啊，少尉，好久不見了。請問我犯的是哪一樁案子啊？」丁科說道。

「還需要我再說明嗎，丁科？當然是殺害路波米亞・克拉巴希、貝凱爾・庫魯波、亞多藍・薩多卡魯，還有波里維・布克法的嫌疑。」

「這可會變成嚴重的國際問題啊，各位。你確定要這麼做嗎？」丁科的聲音雖然嘶啞，卻依然放肆大膽。

「我是一個癌症病人……」

「你不是癌症病人。我們已經都查清楚了。」喬治說。

「證據很明顯，我不可能是犯人。我是A型，現場留下的血型應該是O型吧。」

喬治舉起手，不耐地打斷他。

「你覺得我會毫無準備就來拘捕你嗎，丁科？這不是民族紛爭。我們則是根據冷靜的科學和物證，遵照國際法而採取行動。」

「喔喔。」丁科發出了很佩服的聲音。他雖然虛弱，卻還是用熾熱的眼光看著喬治。他的眼裡帶著挑戰的光芒，催促對方往下說。

「骨髓、骨髓……」喬治說著。

「幹細胞。」潔提醒著他。

「骨髓幹細胞的移植，讓你改變了血型，從O型變成A型。移植後的骨髓是庫魯波的，A型血液是……是庫魯波的。」

畢竟是剛剛才聽來的知識，喬治的台詞顯得有些生硬。

「你得的病叫作……」他又停住了。

「再生不良性貧血。」潔出聲提醒他。

「叫作再生不良性貧血。因為這個病才讓你構想出這次的計畫。雖然是相當巧妙的計畫，但是你可別想瞞過北約的眼睛。」

我忍不住看了一眼喬治的側臉。我心想，看破計畫的應該不是北約的眼睛吧。

「屋頂上的假硬幣我們也找出來了，就是你塞在庫魯波腸子裡的那些東西。我講到這裡，你還有什麼好狡辯的。」

於是丁科垂下視線，凝視著自己的腳趾，什麼也沒有說。

「總之，請你站起來。外面有車在等。我們很清楚你的身體狀況。只要你乖乖聽話，我們也不會對你無禮。」

丁科浮現一臉凜然的表情仰望天井，好像有話想說，最後他安靜地慢慢走下床，拿起身旁的皮包，只說了這麼一句話：「你還真用功啊！」

後話

路波米亞・克拉巴希以部署在日本的夥伴電腦群作為中繼據點，進入日本的線上遊戲。換句話說，就是偽裝成在國內參加的日本人。這是因為日本的遊戲公司禁止中國等海外落後國家參加遊戲。

至於禁止的原因，因為在落後國家人事成本很便宜，所以即使動員大批人力進行機械性手工作業，來獲取、儲存虛擬貨幣，ＲＭＴ後利潤還是很高。克拉巴希看上了日本這個市場，日本遊戲人口暴增，同時購買強化裝備的意願也相當過熱。他認為短時間內虛擬貨幣的ＲＭＴ應該是不錯的買賣，遠從波士尼亞赫塞哥維納侵入日本的遊戲，積極地賺取虛擬貨幣。

這種現象的起因，是因為日本線上遊戲玩家中熟齡層的比例越來越高，這些玩家雖然沒有時間，但口袋相對地比較寬裕。為了讓自己在虛擬世界中的分身越來越強，必須打敗無數小敵人累積虛擬貨幣，再用這些貨幣購買各種強化裝備，然後慢慢地才能趕上敵人的程度。不過對熟齡玩家來說，他們對打倒這些小敵人的手工作業相當不耐，所以寧可用真正的錢買來虛擬貨幣，購買強化裝備。因此，熱門遊戲的虛擬貨幣在日本國內市場上經常有高度需求，也出現了許多儲存虛擬貨幣，賣給玩家的仲介業者。

既然出現了想用實際金錢買虛擬貨幣的人，就會出現想要賣掉虛擬貨幣獲得實際金錢的人，而這種交易就稱為ＲＭＴ。克拉巴希將虛擬貨幣賣給仲介業者，利用這種ＲＭＴ行為賺取鉅款。

他賺取虛擬貨幣的方法，就是收集大批中古電腦，蠶食鯨吞地侵入日本熱門的遊戲世界，將稱為「機器人」的機械人物送進遊戲中。機器人這種角色，是一種經過設計的程式，會在小敵人面前機械性重複揮劍動作，看來雖然沒什麼特別之處，不過大量進行這種行為後，就能夠確實賺取貨幣。可是，這種行為不能算是在玩遊戲，所以對認真的玩家來說其實相當礙眼，經常有人為此抱怨連連。

遊戲公司方面派出巡邏角色，把這些機器人送進牢裡藉此排除干擾，克拉巴希便會再製作出新的機器人送進遊戲中，在廣大的虛擬空間中，巡邏者終究無法徹底地取締。再加上新手玩家的新角色，動作和機器人看起來很類似而難以區分，公司需要充分的時間來判斷是否要將一個帳號停權。在這段期間，克拉巴希的無數機器人就可以不斷在虛擬世界中賺取貨幣。

克拉巴希藉由大量生產這些機器人、人海戰術以及密技來賺取虛擬貨幣，再將日本的線上遊戲的強化裝備賣給貨幣匯率和日本有差異的馬其頓和蒙特內哥羅的玩家等等，看準時機大撈一票。來自外國這些以ＲＭＴ為目的的侵入行為，被稱為打錢工人，深受玩家厭惡，可是卻很難發現其違法的根據。遊戲世界中虛擬貨幣的所有權歸屬也尚在議論中，還沒有定論。

但無論如何，各家遊戲公司確實都禁止這種不以玩遊戲為目的，只是單純想要ＲＭＴ的打工行為，也祭出各種處分；日本玩家對強化裝備的狂熱想必也不會長久持續，所以在那之前，他們不分晝夜地瘋狂吸金，作為他們所主宰的地下組織「為了塞爾維亞的勝利和獨立自由聯盟」的活動資金。

在此同時，克拉巴希也設想到藏匿處受到敵人襲擊、電腦群被破壞時的狀況，所以製作了持有虛擬貨幣的備忘。上面記錄了以什麼帳號參加什麼遊戲、賺了多少貨幣等個人資料。

因為這是在沒有實體的世界裡所獲得的沒有實體的財產，派駐日本的機關完全不清楚工作內容和實際獲利。要是不這麼做，一旦莫斯塔爾的電腦被破壞，一切就會化為烏有。他將無限的機器人送進數千個虛擬世界裡，所以帳號也有無數個，貨幣單位一樣數不清，實在很難記住。這些塑膠假硬幣表面上寫的，就是他的備忘。看到這些硬幣，來襲的丁科・米利塞維奇完全看穿克拉巴希的工作內容，於是調整了自己的計畫，重新將自己的犯罪設計成如此複雜的形狀。

丁科在自己手術前極短暫的時間內，藏起塞在腸子裡的假硬幣，計畫出院後取出來，閱讀這些備忘資料，將克拉巴希賺來的虛擬貨幣換成實際金錢。

順利逮捕丁科歸案後，潔馬上進入日本主要線上遊戲內部，適度地撒下一些情報作餌，等待克拉巴希派駐日本的同夥上鉤。他的夥伴知道克拉巴希賺了大量的虛擬貨幣。因為這個人同時也是仲介業者匯錢的對象，所以他也知道那筆錢還沒有RMT。他一定很在意莫斯塔爾那批虛擬貨幣會如何處理。丁科的同夥終於上鉤。當然，這也是在虛擬空間、第二個世界裡發生的事。潔巧妙地問出她的往來銀行和現在開設的戶頭帳號，再藉由日本警察跟銀行交涉，獲得她的住址等情報，根據這些資料將她逮捕。

事件終於落幕，我們在非常短的時間內幸運地獲得驚人成果，因此獲得駐留波士尼亞赫塞哥維納的北約軍總司令官親自頒發感謝狀。不過潔看都沒看就直接給了我。

我了解了丁科殺害貝凱爾・庫魯波後又將其解剖，取出內臟再把各種日用品塞進腹腔中，以及他把這些內臟丟在夏霍伐尼薩大學泳池裡的理由。為什麼只有腸子被拿走、將鎧甲丟在窗下的原因也知道了。可是，還有一件事，依然讓我不解。在我心裡剩下的唯一一個未解謎題，就是排列在夏霍伐尼薩大學後方草地上，裝在玻璃瓶裡的四個男性性器官。

關於自己的行動和理由，丁科都能滔滔不絕地供述。關於自己的民族信念，也帶著驕傲的態度闡述。可是，只有關於這些玻璃瓶的理由，他始終絕口不提。

不只是他，就連塞拉耶佛和莫斯塔爾的退役軍人們，歷經戰火和許多紛爭現場的市民們也一樣。沒有人願意談起這件事，潔也是，堅稱他不知道，並且說這件事不及其他事重要，所以不願意推理。至於市民們的沉默，我並不認為這是因為他們不知情。他們的眼睛很明顯地訴說著自己知道些什麼。他們的態度露骨地呈現出蓄意的緘默。

我想起喬治・吉卜林少尉曾經說過，這場戰爭跟其他戰爭不同。一般來說，獲勝的市民對於落敗軍隊的殘暴，都會義正嚴詞地加以批判。但這場戰爭卻不一樣。這是一場包含三方勢力的紛爭，既沒有人獲勝，也沒有人落敗。每一邊都是被害者，也都是加害者。

然而，身為一名作家，我也有若干實績和自負，實在不想就這樣離開波士尼亞赫塞哥維納。雖然潔說這件事的優先順序較低，但我始終覺得，這個事實裡可能藏有事件中最重要、最不可忽視的要因，這種預感久久揮之不去。

然而不管我再怎麼四處詢問，還是沒有獲得任何蛛絲馬跡。人人都不願談起這件事，於是我想起原本就一直放在心上的那個貌似土耳其人的老人，決定開始找他。那位老人交雜著諦觀智慧的知性目光，深深吸引著我，在束手無策的現在，湧起一股想向他求援的心情。

可是我不僅連他的名字都不知道，甚至連他的住處、居住的區域都不知道。我完全沒有對他問起這些事。但我並不打算放棄，於是我來到夏霍伐尼薩大學後方的草地，坐在草地上一整天等著那位老人經過。連我自己都覺得這麼做很蠢，在我漫長的作家生涯中，還是第一次有這股傻勁。我從早上開始，連午餐也沒吃一直等到黃昏，自己都幾乎想抱著肚子大笑了。這比坐在喬治大罵「該死的肥皂箱」那台車上，屁股還要痛。

我生怕離開去買食物時，老人剛好走過，所以並不打算用餐。事件既然已經解決，喬治也因為公務繁忙，不可能陪我一起做這種傻事。就算告訴潔，他肯定理都不理我。因為坐得屁股越來越痛，我索性躺在草地上，呆呆地望著太陽漸漸落入附近回教人家房屋的背後。

過了不久，可能是因為累了，我開始打起瞌睡。我自認不是個神經特別纖細的人，但是旅途中在飯店睡得並不好，可能有點睡眠不足吧。再加上和潔一起辦案總是需要不斷腦力激盪，大腦也相當疲倦。我躺在草堆中，不知不覺中睡著了。突然感覺到好像有人在看我，一睜眼，不覺「啊」地驚叫了一聲。

我心想，這一定是作夢。那個土耳其老人蹲在我身邊，俯身細看著我的臉。我跳了起來。這時感覺到背後強烈的搔癢，忍不住搔著背後。好像有蟲子跑進去了。

「你在這裡做什麼？」老人一臉不可思議地對我說。

我看看周圍，附近已經是一片昏暗。「我在等您。」我說道。

「等我？」老人說。

「對，從早上開始就一直在等您。」

我竟然會睡著，真是太大意，差一點就錯過了他。要不是老人注意到我，我也不可能見到他。我這時深深地感謝神的保佑，不管是基督、阿拉，或者是其他的神都好。我能再見到他，只能說用神蹟來解釋。

「我還以為這個廣場又出現死人了，實在很不想走過哪。」

我從草地上起身，跟老人一樣蹲著。這時，老人頭上戴的白色小帽剛好在我的鼻尖位置。

「我就是想跟您請教這件事。我在這座城市裡問過許多人，可是沒有人願意跟我談這件事。我一個一個去找、去問，每個人都一個字不提。我只剩下您可以依靠了，請您告訴我，這裡到底發生過什麼事？」

老人聽了搖搖頭，慢慢地站起身來一邊說：「原來是這件事啊。」

我也連忙跟著站起來。「我能見到您真的非常幸運。我都快要放棄了呢。」

「我每天傍晚都會散步經過這附近，已經養成習慣了。」

「您願意告訴我嗎？」我問道。

「你已經知道了吧，這裡以前是公開行刑的地方，而且曾經有過好幾次。一開始殺人的是塞爾維亞人，接著是克羅埃西亞人。被殺害的對象就是其他兩個民族，這些你都知道了吧？」

「這些我知道。但這就是陳列那些玻璃瓶的理由嗎？」

聽了，老人又沉默地搖搖頭。

「到底是為什麼呢？上次您曾經說過。世界中有些事是不能說的。從那之後，這句話就一直迴盪在我耳邊。不能說的事，是指什麼呢？」

可是老人依然閉口不言。他沉默著，看來很痛苦地站在那裡好一段時間。接著他這麼對我說：「不能說的事，就是不能說。我不打算談那些。」

「一定要有人知道、把這些事流傳下去才行。否則，這場戰爭的真實就會埋沒在草堆裡。這麼一來……」

老人打斷了我的話，再次開始搖頭：「不管你怎麼說，我都不想談那件事。我不想再對人類更失望了。」

我不懂他的意思。「什麼意思？只要保持沉默，就能守住人的尊嚴嗎？」

「我不想跟你爭辯。而且也不是這個問題。」

「曾發生的事都是事實吧？難道你不說，這些事實就會消失嗎？就可以當作不存在嗎？」

「算了，不要再提這些事了。我是個老人，活得已經夠累了。我想回家了。」

「拜託您了。」我一邊說、一邊低下頭。然後又接連著對他低了好幾次頭。這是我到日本時跟日本人學來的方法，偶爾會帶來不壞的效果。特別是對老人和亞洲人，都可以期待這種方法的神奇。

「你就饒了我吧。別這樣老纏著我。如果想問出個究竟，去找別人還不是一樣？」他說著。

「不，非你不可。」我說。

「我？」老人說著，停下了腳步。「為什麼？」

他這麼一問，我頓時語塞。這很難說明。可是我並沒有說謊。蘊藏在老人眼睛裡孤獨的目光，對我來說就是最真實的證據。對於無可奈何的過往發出真摯的悲傷、寧靜的忿怒，可是，他卻未曾試圖掩飾自己的表情。從他的表情中，我不斷地感受到這種氣息。

「為什麼想知道？是好奇嗎？」老人一邊走、一邊問我。他的視線一直望著前方。

「我來自瑞典。如果只是出於好奇，就不會花這麼長的時間在外旅行了。」我說。

「為什麼要聽我說呢？」

「你打算把自己看過的東西，帶進墳墓去嗎？」

老人聽了點點頭。接著很堅決地說：「沒錯。」

「那實在太可怕了。光是回想起來，我的心都會因為嫌惡而顫抖。活了這麼長的一輩子，那是我生涯中所見過最糟的光景。戰爭我看了好幾次。人類變成動物的樣子也反覆看了好幾次。可是，那只是傲慢。像那樣的傲慢，實在讓人難以忍受。」

「會不斷重複的。」我說道。而老人抬起低垂的臉，看著我。「要是就此封印，這些事就會不斷重複的。」我又說了一次。「如果是沒有前例的行動，很容易找到正當化的藉口。因為沒有人能夠提出異議。所以既然是已經司空見慣的卑劣行為，就必須清楚指出這些司空見慣的事到底是什麼。」接著，老人靜靜地、默默地邁開腳步。

「身為一個目擊者，你有義務要告訴後人那到底是多麼卑劣的行為，不管說多少次，這就是你的任務。」

老人沉默了很久，終於輕輕地吐出這句話：「你說得沒錯。」

他又安靜地開始走著，然後對我說。「你說得對。跟我回家去吧。」

他又說：「我們到看不到這座廣場的地方，否則我什麼都說不出來。」

老人一個人住。他領我進到了玄關後緊接的客廳，我們坐在客廳裡一張舊桌子前，喝著老人泡的阿拉伯風味茶。屋裡的燈光只有一顆電燈泡，相當灰暗。所以老人的臉也顯得暗沉，讓我看不見他的表情。

回教徒不能喝酒，所以不能使出戒酒讓對方卸下心防的招數，但是我比較喜歡光喝茶的這種氣氛。雙方在頭腦清醒的狀態下，隨著對方說話的內容而感動。我雖然不是回教徒，但從以前開始就不曾用過酒這種工具。

「我是庫德人[25]。」老人說。「從亞拉臘山（Mountain Ararat）的山麓，輾轉到了這裡。」

亞拉臘山就是傳說中諾亞方舟最後到達的地方。「我們庫德人始終逃不過被其他民族統治的命運。我們受過土耳其和伊拉克的虐待，土耳其擔心我們獨立，所以奪去我們的語言、傳說、歌謠、舞蹈，說庫德語也會被罰。」

我聽著黑暗中傳來的老人聲音。「這片土地自古以來就是戰爭的主要舞台。古時候有亞歷山大，接著是羅馬、蒙古。我自己也看過許多戰爭，也看過同胞之間發生叛亂、夥伴的遺骸散落在大街上，就像落葉一樣任人踐踏。可是……」老人的眼神彷彿望著遠方。「在這裡看到的是其中最慘烈的。就在這裡，在那座廣場上。那座廣場是公開行刑的場所。夠寬闊、離住宅又近，剛好適合給居民埋下恐怖的種子。」老人又沉默了下來。緊閉的嘴始終沒有打開。

「就在那座廣場上公開行刑……」

「不是行刑，而是更殘忍的行為。沒想到人類竟然會做出這種事。」老人說。

「到底是什麼？」

「公開強暴。」老人像是鼓起了很大勇氣說出這句話，我聽了倒吸了一口氣。

老人慢慢搖著頭。他繼續說道：「女孩們被迫赤裸裸地排在圍牆前，兩手被綁在身後。其中也有老師、律師、醫生等，社會地位高的人。」

「為什麼要這麼做？」

「етничко чишћење[26]。」

「那是什麼意思？」

「民族淨化。那是這世界上最惡劣的欺瞞手段。目的是要淡化、淨化克羅埃西亞和回教徒的民族性。他們公然表示，要淡化低級民族的特質，讓他們更接近高級的民族，塞爾維亞人。」

我不知道還能說什麼。「真有這種事？」

「實在很難想像那是發生在這個世界上的事。就連希特勒也不至於那麼做。還有的克羅埃西亞人是夫婦一起被帶走。在妻子面前射殺掉丈夫，然後把哭泣的妻子扒個精光，讓她們跪在草地上，然後蒙面的塞爾維亞人再從背後侵犯她們。在圍牆前等待的女人們，就這樣依序一個接一個被侵犯。遇到哭著抵抗的年輕女孩，就毫不留情地射殺。那個時代塞爾維亞人的勢力很強，夏霍伐尼薩大學的建築系被用來當作女性的專用收容設施。他們把自己公開侵犯的女孩們像動物一樣帶到學舍裡監禁起來，在她們肚子大起來之前不許她們墮胎。等到已經來不及墮胎，再將她們赤裸裸地丟在大馬路上。我實在不敢相信，人類竟然可以做出這種事。到底是怎麼回事？為什麼人類可以傲慢到這種程度呢？」

又是一陣沉默。我努力尋找著該說的字句。

「如果說人變成禽獸了，那還可以理解。可是，這種正當化的方法，實在讓人難以原諒。」

「那些孩子們都被生下來了嗎？」

「嗯，都生下來了，如果女孩沒死的話。現在應該已經十三、四歲了吧。不知道那些孩

譯註㉕：Kurds，廣泛分布於土耳其、伊拉克北部、伊朗西北部等中東各國間，但沒有獨立成為國家而屬於世界最大的民族集團。

譯註㉖：etničko čišćenje，英文為ethnic cleansing。

子現在怎麼了？」

「您知道丁科・米利塞維奇這個克羅埃西亞人嗎？」

「知道。」老人說。「我在報紙上看到的。我對這個人不是很清楚，但是這種事在當時根本是家常便飯。強暴在民族淨化之名下被正當化，公然地進行。甚至還為了強暴而建造出專用的設施。在這裡男人也不蒙面了。他們侵犯女人，把她們關起來剝奪她們的自由，一直等到肚子大起來。」

「這些是塞爾維亞人所做的嗎？」

「不，克羅埃西亞人也設立了一個女人的集中營。對回教徒的女孩們做出同樣的事。」

我感到全身戰慄。

「大部分的女孩連對自己施暴的男人臉孔、名字都不記得。而那個男人現在還居住在同一個城市裡。很多男人的妻子、女兒都有過這種遭遇。很多女孩懷著十個月的身孕時上吊自殺，因為自己肚子裡有敵對民族的孩子。丁科這個人，想必也是這種女人的丈夫吧。」說完，老人安靜了下來。

「好了，我說完了。你滿意了嗎？」老人問我，「這就是你想聽的嗎？」

我仔細地思考著：「我不知道。」

一邊聽著，我腦中不斷地湧出喬治・吉卜林少尉的那句話：「這裡簡直慘不忍睹」。

「是你逼我說的。說出口，跟親眼看到是一樣痛苦的啊。」老人說著。我點點頭。

「我很抱歉。」我對他致歉。

「不過，現在我終於知道那些玻璃瓶的意義了。」我好不容易，才擠出了這句話。

克羅埃西亞人之手

1

乳白水汪 風車沾染鮮血
暗夜 哀鳴奔竄

這裡是克羅埃西亞城鎮卡爾洛瓦茨（Karlovac）的邊郊。崩塌的教會沒有天花板，石堆的牆壁上開著偌大的洞孔。

日落時分，空氣相當清冷。為什麼塞爾維亞人會來這種地方？伊文他們這群克羅埃西亞人一定會以為，是我告密的。如果他們知道，我就藏身在不遠處的黑暗中的話。他們勢必會想起，我體內那一半塞爾維亞人的血。

並不是這樣的。我的體內的確流著塞爾維亞人的血，但是，又有誰知道這代表什麼意義呢？這並沒有伊文他們所以為的意義。我對塞爾維亞人的民族勝利什麼的一點興趣都沒有，也從來沒有想過要將克羅埃西亞人一個不剩地趕離卡爾洛瓦茨。

像我這種人，作為一個民族淨化對策的對象，看起來象徵著什麼呢？淨化的方法不是肅清就是強暴，而兩邊陣營中竟然都嚴肅地認同這種奇怪的主張，在這種異常狀況下，說不定我才是真正經過淨化的人。淨化政策的輝煌凱歌，兩邊陣營的眼中，是不是也這麼看待我呢？

這實在太蠢了。在前南斯拉夫時代，這些事我一次都不曾聽過。因為彼此的怨恨太深，所以雙方都認為彼此是流著髒血的動物。不管任何民族，都會有好人跟壞人。這麼簡單的道理，竟然每個人都忘了。

我還小的時候，曾經聽克羅埃西亞人的祖父說過。戰爭結束時，敗者被迫剃光頭、穿著破破爛爛在街上遊行示眾。塞爾維亞男人們被棍棒毆打、踹踢，女人們則被吐口水。為了報復起源自祖父母時代的私仇，殺害對方的男人、單純想以暴力侵犯女人。而民族淨化等等口號，只不過是後來才想到的理由。連正常人都變得低能，這就是所謂的戰爭。大家都認真地相信這不知道是誰創造、而且一戳就破的謊言。

不是這些。

一直在我腦中盤旋不去的，才不是這種無聊的事。對我來說，所謂的真實，就是在塞爾維亞人、克羅埃西亞人這兩個彼此懷有深厚怨恨的陣營中，都有自己的親戚。跟我血脈相連、天真可愛得讓人憐惜的孩子們，在兩個民族裡都存在。

二十世紀末，在那場注定要發生的殺戮會戰中，只有這件事，才是對我有意義的現實。因為民族之愛這個甘美劇毒，還有洗刷民族百年屈辱的正義旗幟，年輕人變得瘋狂如惡鬼，只有我，能夠在每個陣營的槍彈和暴力之中保護那些孩子。

《伊索寓言》裡的蝙蝠，那就是我，在野獸和猛禽之間慌忙倉卒地來去。但我並非汲汲營營於自保，我只想保護這些我應該保護的脆弱生命。

克羅埃西亞的古老民謠中，有這樣一段歌詞，我從少年時就很喜歡：「請給我鳥的眼睛，替我覆上白鳥的翅膀。因為我要度過寬廣大海，在你頰上親吻。」我無法變成白鳥，一回神，自己已經成了一隻蝙蝠。在我完全沒有自覺、沒有期待之下。

卡爾洛瓦茨是個很棒的城市。我雖然不知道其他地方如何，但這是我最喜歡的地方。我生在這裡、長在這裡，雖然沒有發現想親吻的臉頰，可是也不曾想要離開這裡，到其他地方去。

山岳、森林、田園之間點綴著聚落的這片土地上，克羅埃西亞人、塞爾維亞人、還有回教徒，就像馬賽克一樣雜居在此，互相幫助，共同生活。早上到田裡去的時候，在路上遇到彼此會互相打招呼，蔬菜不夠的話會互相分享。烤了太多麵包、釀了太多葡萄酒時，都會踩著自行車越過好幾座山丘，送給親密的好友們。

然而某一天，情況突然轉變。友情如煙消霧散，大家互相殘殺、鮮血飛濺。這都是因為第二次大戰時發現了被巴維里契屠殺的大量塞爾維亞人骨。

大戰時，以希特勒的軍事力為後盾的克羅埃西亞人巴維里契將軍，宣稱克羅埃西亞要獨立，脫離塞爾維亞人的統治。到這裡為止都還好，但糟就糟在後來，崇拜希特勒的巴維里契，竟然製造了一個塞爾維亞人滅種集中營。死在這個仿效奧斯威辛集中營的塞爾維亞人，據說多達七十萬人。

克羅埃西亞人對塞爾維亞人的輕蔑，比納粹對待猶太人更加嚴重，甚至希望對方從地表上完全消失。

戰後，大戰中指揮對德抗爭的狄托當上第一任總統，宣佈建立新國家南斯拉夫共和國。克羅埃西亞取消獨立，再次被納入統治，成立了一個甚至包含回教徒的多民族融和國家。可是這時候，狄托實際上也仰賴著蘇聯的軍力作為後盾。

過了四十多年，蘇聯解體。偏偏在這時候，挖出了大量塞爾維亞人骨。上星期為止還一起做廣播體操的鄰家女孩們，在民族淨化這個美名下，成為雙方民族強暴的對象。什麼鬼民族淨化！世界上某個角落，可能會生下流著自己血脈的孩子，活在同一個世界裡，而施暴者難道認為這沒什麼大不了的嗎？

戰爭就是強暴，而結果就是這些被生下來、丟在世界上的孩子。流著兩個陣營的血脈活下來的我，深切地感到這一點。

雖然曾經體驗過南斯拉夫時代短暫的和平時代，生在兩民族之間的我，始終被不安所苦。當克羅埃西亞人的教師命令學生舉出塞爾維亞人所做過的壞事時，總是有人想到我體內另一半的血統，因而忐忑不安地不知該怎麼回答這種問題。強暴，就是讓世界上不斷出現這樣的孩子。

可是，每一個國民，甚至連老人們，都不曾懷疑兩民族之間確有強烈的怨恨。就我所知，雖然有程度上的差異，幾乎大家都抱著火山岩漿般的瘋狂氣性。這就是引起兩次事件的火種。

各自的陣營中都有年紀還輕的女孩、都有這些女孩的家長。孩子們什麼也不知道，還在外面奔馳嬉鬧，天南地北地隨口聊著、天真地笑鬧。孩子們不知道這個國家發生了什麼事。看到這些孩子，他們的家長和我都感到難以扼抑的極度不安。那些家長都是我的兄弟，或者我的表兄弟。

所以我甘冒自身的危險，把受媒體或政治家煽動、歌頌，腦袋變得不正常的年輕人動向，告訴這些家長，也就是我的兄弟或者表兄弟。

這叫作背叛嗎？對誰的背叛呢？對哪個民族呢？比起民族，背叛相信著我、或有著相同血脈的親人，罪孽難道不會更重嗎？

避開火藥味，對於他人和親人的不幸都漠不關心，躲在後山的洞穴像隻蝙蝠一樣只保護自己一個人的安全，這樣比較好嗎？把敵對民族的學生綁來射殺，再強暴他的姊妹，難道比較正確嗎？

戰爭改變了風景。

原本和平優閒的村落和街道，不知不覺中成了慘不忍睹的土地。像我這種半吊子，原本應該找個適當時機，離開這裡到外地去。我所進行的行動，會被意想不到的人以意想不到的理由怨恨。這些道理我都懂。

但是不管在外地或者外國，我都沒有可依靠的人。我也不是個受女人歡迎的男人，都已經年過四十，連英語都還說不好。

如果成了家，或許還會考慮，但我始終是一個人。我還能到哪裡去呢？我只能死賴在這個自己生長的土地，別無選擇。天真無邪的孩子們，這些我視為己出珍視的小生命就住在這片土地上，叫我怎麼捨得丟下他們呢？

那天晚上，被破壞的教會地板上躺著伊文的家人。他的妻子碧許娜抱著買完東西帶回來的紙袋。

塞爾維亞人的義勇軍把紙袋搶走，用力扔在地上。牛奶盒破掉，白色的液體蔓延在地上。這些液體和被擊中的伊文流下的鮮血混在一起。碧許娜和年幼的約瑟芬娜的哭聲撼天震響，伊文的慘叫也迴盪在四周。

這是一幅親密家人被侵犯的地獄畫卷。我可以發誓，這並非我的意圖，我只是想將克羅埃西亞義勇軍的動向，告訴塞爾維亞人的親戚而已。我只是希望女孩能快點逃走，如此而已。沒想到塞爾維亞軍竟然發動奇襲，這完全出乎我的意料。

在毫無防備的情況下受襲的克羅埃西亞義勇軍，全軍覆沒，其中也包括伊文的兒子馬林哥。

我完全沒想到仍是高中生的馬林哥也會參加。來襲的塞爾維亞軍火力空前，連戰車都開來了。雙方進入槍擊戰，碰巧受過前輩訓練的馬林哥負傷。而大驚之下前來救援的伊文家族被捕，伊文也被擊中。

企圖強暴伊文妻子碧許娜的集團中，還有馬林哥上的那所高中的學生會長。他名叫波里維，因為品行端正，曾經數次從校長手中接過模範動章。這樣的孩子竟然辱罵同學的母親是不乾淨的豬，吼叫要對方不要殘忍地虐待自己，一邊扯破了對方的褲子。可能是因為在同伴面前，不想示弱吧。

我從遠處的瓦礫堆後，靜靜地看著眼前的光景。歷史會不斷重演，這句話不斷在腦中迴旋。

年輕人的心深具可塑性，可能被任何思想渲染，很容易受到煽動。波里維即使在民兵組織中，也期許自己當個模範生。

碧許娜對波里維做了什麼嗎？

兩個民族互相痛罵指責對方的不當虐待和屈辱。波里維這毫無根據的忿怒，跟五十幾年前納粹對猶太人的忿怒一模一樣。

我到底能做什麼呢？我完全沒想過自己有能力阻止這一切。塞爾維亞人的人數眾多，又有武裝，現在正是極度亢奮的狀態。

在我視界可及的範圍內，塞爾維亞軍的戰車已經開始集結。要是不小心刺激到對方，連我也會沒命。

我集中全副精神，小心不讓伊文和妻子碧許娜看到我的臉。被他們怨恨，會讓我比死還難過。

到目前為止，我們就像兄弟一樣親密，感情很好，也享用過好幾次碧許娜的料理；我跟他們的孩子，也比跟親戚的孩子還要親。

他們的兒子馬林哥雙手被綁在身後，帶到外面去，跟其他軍隊一起被丟進卡車裡。能夠不看到這樣的地獄，或許也算一種幸運吧。

父親的腳和腹部被子彈擊中，渾身是血、氣如游絲，而母親則在大批男人面前被撕破所有的衣服，全身赤裸。

女兒約瑟芬娜則被其他兵隊壓住，哭叫聲猶如烈火燎原般慘烈。

對碧許娜的強暴結束後，應該就會放了他們一家。馬林哥是士兵，或許不能馬上放了他，而其他兩人應該隨即會被放走。

身受重傷的伊文應該也不會繼續受攻擊。到時候我一定要馬上跑上前去，替他們療傷。該怎麼假裝偶然遇見、發現他們呢？

我腦中不斷盤算著各種藉口。

就在這時候。

附近爆出一陣宛如千響雷鳴的轟隆巨響，幾乎要震破耳膜的衝擊波從其他地方逼近，壓垮我的身體。整片大地震動，周圍的樹木沙沙作響。北約軍的戰鬥機撼動著遠方森林，以超低空飛行的姿態現身，同時還有陣陣閃光，將世界照得比白晝還要光亮。是火箭彈。可是，我過了很長一段時間才終於進入狀況，知道出現了戰鬥機、北約軍隊、火箭彈空襲。在完全不知道到底發生了什麼的狀況下，我就這麼看著世界崩解、粉碎的光景。

我只能趴在震動的地面上。衝擊波和熱風幾乎要將我吹跑，一回神又滾落地面。束手無策的我，身體在空中高彈、落下，又再次飄在空中。眼前聳立著白色的巨大火柱，土塊堆得像怪物一樣高，接著崩解，世界頓時一片無聲。

我所能看到的，是近在鼻尖那高聳、巨大的白色火焰。附近竄升起好幾條同樣的火焰，填滿了我的視線。

教會牆壁的石片劃破了空氣，以比子彈還快的速度飛來，擦過我的耳邊。

我根本沒有時間感受到恐怖、或者悲傷。緩慢在山路上移動的戰車，也旋轉著砲台，升起白色火焰發砲反擊。可是，這樣的還擊並沒有意義。四處的戰車被彈入空中，露出底盤翻倒，在火焰包裹下滾落在草原上。

我望向前方，教會已經毫無痕跡地被消滅，只留下一丁點基礎部分還堪辨認。一瞬間，就只有短短一瞬間。

這是惡夢！

神的居處在一瞬間被毀滅殆盡。這是惡魔的手法，腦中浮現了這樣的想法，我開始懷疑起信仰的價值和力量。黑煙和火焰充滿八方，上空已經不見噴射機的蹤跡。

完全看不見月亮和星星，都被黑煙遮蓋住了。

火箭彈的攻擊地點也已經轉移到遙遠的其他地方，不斷裊裊升起的白色火焰、飛到空中的樹木、還有土塊，也都成了遠方。

這時候，遠方的聲音突然像是耳邊的轟聲一樣，不斷地覆蓋著我的耳朵。我的聽力突然恢復。捂著耳朵，連忙環視周圍，發現色彩也復原了。遠方升起的火焰是紅蓮，在附近燃燒的戰車與砲台相連處噴出橘色火焰。這時我才知道，剛剛我不只失去了聲音，也失去了顏色。

地面開始發熱。我稍微滾了幾下，接著用雙手抵住地面，撐起自己的身體。我揚起下巴，這時候我看到了。

上升的黑煙中，赤裸的碧許娜就像被釘在十字架上的基督一樣，保持著雙手往左右伸出的姿勢，從教會遺跡慢慢地、慢慢地升上天空。我一邊站起一邊看著她的樣子。全身赤裸的友人之妻升上天空，是一幕相當美的景象。

霎時間，我睜開了眼睛。原來是個夢。我感覺自己的額頭出著汗。還有一點發熱。我伸手碰了碰額頭，汗水稍稍濕潤了指尖。

我睡在教會遺跡上。地板不是磨光的木材，而有著泥土的味道。

泥土和某種燒焦的味道，我就直接睡在土上，所以全身沾滿了泥巴。這到底是怎麼回事呢？

我用右手肘撐起身體，環視著勉強用石頭基礎圍起的教會遺跡。於是，我竟然發現，伊文似乎就在近處的黑暗裡，忍不住發出了低沉的哀鳴。

仰躺著的伊文，只將臉轉向這邊。接著他睜開斗大的雙眼看著我。

「德拉岡。」

我聽到伊文低聲呢喃般的聲音。可是，與其說他是在叫我，那更像是一種充滿怨恨的聲音，只是喃喃唸著我的名字。他只是想把自己的心情傳達給我知道，一種克羅埃西亞人深深的怨恨。

「德拉岡，是你嗎？」伊文說著。我感到全身僵硬。思考著他這句話裡意義的同時，我靜止不動，好不容易奮力起身，用雙膝撐起身體。

「你果然還是塞爾維亞人……虧我那麼相信你。」伊文說著。

我感到全身被澆上一盆冷水般的衝擊和恐懼，就這麼往後方跌坐了下來。

「不是的。伊文，不是的！」我大叫著：「你誤會了。我不知道你是怎麼想的，可是你真的誤會了。」這充滿顫抖的聲音好像不是我自己的聲音。

「那你為什麼會在這裡？」

「我是來替你和你的家人療傷的。我還想叫人來……」我急忙說。

「叫人？塞爾維亞人？還是克羅埃西亞人？」伊文半帶諷刺地問。

「德拉岡，你是我從高中就認識的好友。但是你為什麼要對我做出這麼殘忍的事呢？為什麼要替那些塞爾維亞混蛋，這樣對待我們一家？」

「不是啊，伊文，不是。你要相信我。總之，先把人……」

「我已經受夠塞爾維亞人了。你看看。」伊文的臉一動都不動，只用瞳孔的動作示意要我看他的腳邊。於是我的視線隨著他的指示，游移到他所指的方向。然後，我忍不住叫了一聲。

土地上有一片略帶紅色、已經發黑的血泊。其中躺著約瑟芬娜小小的身體。她閉著眼睛，我很快就看出她已經沒有氣息了。那可愛的雪白臉頰還有金色的捲髮，也都被血和黑色泥土污染。我總是認為這孩子像洋娃娃般可愛，身體冰冷了之後，她看起來更像假人了。

「我恨你。」伊文的口氣彷彿不帶任何感情。

「我會恨你一千年。」他又說：「但是我已經無法勒緊你的脖子，你看我的右手。」

他稍微撐起身體的右側。那裡已經沒有手了。我流下了眼淚。為了我的朋友。

「民族之間為什麼要這樣互相殘殺呢？」伊文輕聲說著。

「因為宗教和語言不同……」我說著，看到伊文不說話，我想他或許不滿意這個答案，又繼續說下去。

「從奧匈帝國時代開始，塞爾維亞人就一直支配這片土地。」

第一次大戰前後，支配這片土地的是仰賴奧匈帝國勢力的亞歷山大一世，他就是塞爾維亞人。

在法國暗殺亞歷山大的，據說是克羅埃西亞人的民族主義者。為了塞爾維亞的獨立，在塞拉耶佛暗殺奧地利皇太子的是塞爾維亞人。

奧地利隨即對塞爾維亞宣戰，和奧地利有同盟關係的歐洲各國，紛紛選邊表明自己支持的陣營。這就是第一次世界大戰的導火線。

「聽來堂而皇之的美好故事，全都是騙人的。跟民族淨化的口號一樣。這算哪門子的淨化？互相殘殺的，只不過是生物的習性。耶和華創造的這個世界……」

伊文一不說話，我就可以聽到他的肺部痛苦地吞吐著空氣。

「哪有人會料想得到，一九九一年，在歐洲的文明國家會發生這種戰爭呢？這可不是羅馬或納粹時代，實在讓人難以置信。我一直以為，人類會從歷史中學習、成長，戰爭的危險離我們很遙遠。你也是這麼想的吧？」

我點點頭。

「人類一點都沒有成長，跟原始時代一模一樣。從原始時代到現在，一點都沒有長進。人就是動物，只會殺人、侵犯別人的野獸。為了語言、神話、宗教，還有一些連愚蠢都難以形容的理由，輕輕鬆鬆地互相殘殺，之後才去編造理由。」

我點點頭，我也有一樣的想法。

「我很快就要死了，就像碧許娜和約瑟芬娜一樣，馬林哥也會被殺。塞爾維亞人沒有養俘虜的錢和空間，如果放了俘虜，他們又會拿著槍回來報復。」

肺部依舊難受，但伊文的聲音聽起來已經不太痛苦了。對此我感到相當驚訝。

「克羅埃西亞人意凡強家的血脈就此斷絕。你滿意了嗎？」

我搖搖頭。我從來就不希望發生這種事。

「但是做出這麼殘忍的事後，你卻會活下來。這我絕對無法原諒。怎麼都不能原諒。」

我想再怎麼解釋都是白費，乾脆靜靜地聽下去。

「我就算死了，這斷裂的右手也會去殺你。永遠、永遠，我的右手會找上你，追逐你的蹤跡。不管你逃到哪裡，就算是逃亡到地球的邊緣、世界的盡頭，我的右手都會找上你，追著你到任何地方。你最好永遠痛苦下去，德拉岡。我的右手，將會追逐你到你死的那一天。」

接著，伊文突然安靜了下來，再也不動。

我靜靜地等待著。安靜地，等著伊文的靈魂離開他的肉體，升天而去。我深信，他一定會追隨妻子而去。所以我想親眼看到這一幕。不過我凝視著他很久，什麼都沒有看見。

伊文已經一動也不動。他的雙眼依然大大地睜開，盯著我不放。可是仔細一看，那筆直視線凝望的地方，似乎跟我所在的位置有點微妙的差異。

我試著忽左忽右地動了動身體，這才終於明白。他的眼睛並沒有跟著我動。但是可能從我剛剛聽到伊文聲音的那時候，就已經不動了。只是剛才沒有注意到罷了。他的嘴唇也完全不動。呈現微張的狀態，凍結著。

可是我又想，在我剛剛聽到伊文聲音的那段期間，他的嘴唇到底有沒有在動呢？——閉上眼睛，我想了一會兒。但是已經想不起來了。伊文可能打從一開始就已經死了。他可能只是張開了眼皮，眼睛碰巧朝向這裡，所以我才誤以為他還活著，其實他只是睜著眼睛，可能早就已經死了。

聽不見聲音後，我終於有精神看看四周，了解周圍的狀態。躺在血泊中的約瑟芬娜的遺體，還有她已經不再發出聲音的父親。

在我周圍，就只有這些。

被施暴後的碧許娜遺體不知去向。因為黑暗，也看不清四周的詳細狀況。但黑暗並不是理由。

在我視線可及之處，完全看不到有類似人類形體的物體。不只是教會遺跡，我周圍的地面上，不管是道路或者山丘坡面，四處都遍布著研缽狀的洞，就好像一群惡魔蜂擁而上，見土就挖的結果。

可是我馬上就找出碧許娜不在的理由。那就是剛剛我所看到的。我看到赤裸的她在冉冉黑煙上升中，往左右張開雙手升天而去。她一定是這樣往天國飛去了。

在那之後，我持續了一陣子放空的狀態，呆坐在現場。有一股燒完東西後彌漫的臭味，還有肉烤焦後的惱人氣味。

這不是動物的肉，而是人類的焦味。

微風乘著這個味道飄來。

很不可思議地，戰場上一定會有風。可能是因為有火焰的關係吧。火焰變成上升氣流，促進空氣對流。

我抬起下巴，望著天空。黑暗上空已經可以看見星星，掛上一輪清明的月亮。黑煙已經消散了。

旁邊的樹上，勾住一片不知從何處飛來的破布，在戰場的風中飄揚著。雖然骯髒，但是那塊布卻讓我覺得很眼熟。

可能是禮拜堂的窗簾布吧，偶爾發出的白色光澤，則是月光微弱的反射。

月光朦朦 戲風鈴

我很喜歡這句日本人創作的俳句。

出神地望著在微風中飄動的破布，讓我想起了這個句子。戰場上沒燒盡的破布，正被月光悠悠照映、把玩著。

微風輕撫著臉頰，也吹亂了我的頭髮。火焰的餘熱讓我不覺得冷。換作是平時，或許不是太不舒服。

可是，現在我卻身處在一種無法形容的極度絕望中。

四周一片靜寂。一點聲音都沒有，沒有爆炸的聲音、槍砲聲、兵隊們的叫喊聲，什麼都沒有，彷彿一切都死透了。克羅埃西亞的理想、塞爾維亞的理想，還有民族本身，現在都死盡了。

這時候，我聽到一些微弱的聲響。沙沙、沙沙的聲音。同時也聽到嘶嘶、嘶嘶，拖拉著某種東西的聲音。

在激烈絕望所帶來的疲憊中，我聽著這些怪聲。我不打算移動自己的身體，也不想去思考，是什麼東西發出了這些怪聲。

就這麼過了一陣子，那怪聲越來越清楚。好像朝著我這裡逼近。

我想起了小時候父親曾經帶我去過的避暑勝地，伊鳩島（Žirje）。亞德里亞海的波浪沖刷的岩岸邊，那時我也聽到寄居蟹在石頭上發出類似的聲音。當時寄居蟹奮力和不斷掏空腳邊的波浪搏鬥，還一邊拚命地搬運著昆布。

但這裡並不臨海，屬於內陸地區，而且這麼嚴重的爆炸和連帶而來的火焰，大部分的生物應該都死了吧。僥倖活下來的，應該已經到遠處避難了。

我慢慢將落在黑暗土地上的視線，轉向後方。試圖尋找聲音的來源。可是，我緩慢地環視周圍三百六十度方向，還是什麼都沒看到。沒有任何異樣的東西，其實周圍根本就沒有會動的東西。這裡是死亡之國。

可是，我還是一樣不斷聽到那聲音。偶爾稍微沉寂，但馬上又發出喀哩喀哩的聲音，而那聲音越來越大，慢慢朝我而來。

我突然發現，是爆炸造成的那些缽狀洞孔，聲音就是從那裡面傳出來的。我盯著洞孔的邊緣。

我有預感，會有什麼從那裡出現。

而它終於出現了。因為在石頭上，所以才會發出喀哩喀哩的乾硬聲響。

我寒毛倒豎，吞下想大聲叫喊的衝動。聲音的主人，看來好像一隻巨大的黑蜘蛛。它蠕動著粗大的腳，慢慢沿著洞穴的斜坡往上攀。在石頭上時它發出喀哩喀哩的乾硬聲響，但是在土地上時就沒了聲音。

我終於放聲慘叫。並不是因為無法繼續忍耐，而是由於產生了另一種恐懼。

因為我知道那並不是蜘蛛。那不是蜘蛛。在它後面，還緊跟著一個較大的物體。那是一隻斷掉的手臂。

我不敢相信自己所看到的東西，不禁睜大了眼睛。
那的確是人的手臂。而拖著這隻手臂前進的，就是排在最前方的五根手指頭。正確地來說，是其中三根指頭不斷地動著，手臂發出乾燥的聲音，一直往前進。手指將破碎的布塊拖在後面。
不過那布塊似乎很重，裡面好像還有東西。那是伊文的右手。可能是爆炸時被彈到洞底，現在想回到主人的地方去。
手臂只到肘關節附近。手指拖著這沉重的負擔前進。手臂好像認出了我，猛然提高速度往我逼近。
我不明就裡，下意識地想往後退。可是因為太過震驚，身體竟然無法動彈。
我站起來，企圖逃走。我拚命用雙手手掌撐著地面。可是，狀況不太對勁。我站不起來。
我驚叫了一聲，因為我竟然沒了腳。我的下半身不見了。不知不覺中，我的腳和腰都消失了，變成一個只剩上半身的人。
因為太過驚慌，我整個人就像俄羅斯娃娃一樣，頹然往後一倒。沒有辦法，我只能就這個姿勢轉過身，用兩手拚命想往後面逃。
但是，我後退的速度遠遠不及伊文的右手前進的速度。伊文的手指已經觸及我的腰。而就在我朝天仰望，發出慘叫的同時，它依然迅速爬上我的腹部。
我大驚，身體痛苦的扭動，發出慘叫。粗暴地爬上我腹部的那三隻手指，帶來相當奇怪的感觸。為什麼要找上我？伊文在那裡啊！

「不要過來、伊文，別這樣！你的身體在那邊啊！」我大叫著。可是那冰冷的手指還是依然故我地爬上我的腹部。然後整隻手臂都爬了上來，我的腹部可以感受到那沉沉的重量，像冰一樣冷的死人之手。

指尖一邊摳入我的肌膚一邊移動，又重又冰冷的手很快就通過上腹部，爬到肋骨上方。我再次慘叫。可是，它完全不顧我的反應，放肆地在我的身體上攀爬，終於接近了喉嚨。那速度簡直快得驚人。

我放聲大叫，試著用兩手用力抓住那手臂。想要把它剝離我的身體，丟到遠處去。這實在令人難以置信。我一抓，那冰冷的手臂竟然會反抗，毫不留情地用指甲摳抓我脖子的皮膚。劇痛讓我忍不住大聲慘叫。而這宛如大蜘蛛的手臂，只是越來越顯得兇暴，繼續玩弄我的頸骨。令人難以置信的痛苦和恐懼，這已經不是人類的手，而是另一種邪惡又殘暴的生物。

我覺得無法窒息，喉頭噎住，開始劇烈咳嗽。不，應該說我企圖藉由咳嗽來清喉嚨。但是整個喉嚨塞住，發不出聲音。我知道脖子上的皮膚汩汩流著鮮血。那力量實在詭異。手指進入我視線死角時，也一樣令人恐懼。

痛楚突然消失，指甲離開了我的肌膚。但是沒過多久，它又揪住了我的脖子，勒得死緊。

我很快就無法呼吸，連聲音都發不出來。血流也漸漸停止，大腦逐漸呈現缺氧狀態，視線越來越模糊。

我用嘶啞的聲音慘叫著。我覺得喉嚨已經拚命使盡想發出聲音，但是卻一點聲音也發不出來。我直覺知道，自己要死了。我命將絕，死期將近！

猛然驚醒，四周是一片黑暗。原來是夢。又是一場夢啊——

我呆坐了一會兒，繼續摸著脖子，確認自己能不能呼吸。我深呼吸了好幾次，就這樣靜靜地，什麼也不做。等到稍微恢復意識，才勉強撐起上半身。

我流了許多汗。伸手摸了摸額頭，指尖稍微有點濕。

我沒有躺在床上，而是睡在地上，不過是很乾淨的日本製棉被裡。明明是寒冬，因為不斷發出低鳴的安靜空調，讓房間很溫暖。

我覺得頭痛。可能是喝太多了，今天有人勸酒，我也不停地喝。

喀哩喀哩、喀哩喀哩，我一直聽到這個奇怪的聲音。

正覺得奇怪，那到底是什麼聲音呢？這時我發現，就是因為這個聲音，我才會作那樣的夢。

我躺在枕頭上側轉過頭，看著地面。

我凝神望向黑暗，「啊！」地驚叫了一聲。

我感到一股戰慄，渾身寒毛聳立。巨大的白色寄居蟹窸窸窣窣地在地上爬著。三隻腳頻繁地動著，喀哩喀哩、喀哩喀哩，不停地發出乾燥的聲音，在以植物纖維編成的東洋獨特地板上，不停地爬動著。

那是伊文的右手在地上爬著。他的右手一直追著我，到這個極東的城市來。

2

德拉岡·波佐維奇和伊文·意凡強回到位於深川的芭蕉紀念會館，時間是二月七號下午十一點多。

他們兩人都已經喝得酩酊大醉，原本支離破碎的日文，聽起來更加奇怪。

「我去歌麿歌麿喝酒了。」波佐維奇說。

「嗯，這我們都看得出來。」學藝員吉田說道。

「看你這個樣子就知道了。」

「波佐維奇先生，你好像很開心呢。」會館職員成田說。

「是，我很開心。」意凡強也說。閉館後的芭蕉紀念會館裡，成田和學藝員吉田一邊在事務所工作，一邊等這兩個克羅埃西亞人回來。他們怕後門不好找，所以沒鎖上正面玄關，一直等著他們兩人。安靜的會館大廳在這兩人回來之後，頓時變得吵鬧。

意凡強從剛剛就一直唱著歌，好像是這兩個日本人沒聽過的克羅埃西亞流行歌。歌聲一停，他盯著坐鎮大廳中央的水槽，對著水槽大叫：「哈囉！食人魚！」接著又說：「熱鬧一點，比較好！」

這是意凡強的口頭禪，他一天要說上好幾次。現在已經下班的克羅埃西亞語口譯朝田，平時一天得說這句話好幾次。

突然聽到「咚」地一聲，原來是波佐維奇倒在大廳的地毯上。

「波佐維奇先生。房間裡棉被已經鋪好了，不要躺在這裡，回房間睡覺去吧。」成田一邊說一邊將他抱起。

年輕的吉田也跑上前來幫忙。

「要動作快點才行，已經沒剩幾個小時可以睡了啊。」

這個名叫波佐維奇的克羅埃西亞人，醉得特別厲害。他說自己很喜歡日本酒，只要帶他到附近的居酒屋「歌麿」，他總是一杯接著一杯喝著日本酒。

可是，他從來不曾喝到這麼醉。這是他第一次喝到連站都站不住。也許是之前還有太多顧慮和緊張，住在日本過了兩個星期後，也漸漸習慣了。或者應該說，終於露出本性了。

「走吧，我們回房間去吧，回房間啊，波佐維奇先生。」成田和吉田說著，分別從兩邊以肩膀撐著波佐維奇，幫他站起來、往前走。於是波佐維奇又開始唱起民謠，歌聲還越來越大。兩個日本人心想，克羅埃西亞人還真愛唱歌啊。

他看來一點都沒打算自己走路，但還是在左右兩邊被攙扶的狀態下，被拉著往前進，蹣跚地走著。

背後的意凡強用克羅埃西亞語不知在大喊著什麼。這兩人已經知道，那可能是俳句吧。內容當然完全聽不懂，但是隱約能聽出五七五的節拍，所以大致可以猜得到。別看他們兩個醉成這樣，可也是代表克羅埃西亞的現代俳句才子。他們在俳句國際競賽中獲得優秀獎，受邀來日本接受表揚。

「意凡強先生，你還好嗎？」吉田回頭問他。意凡強舉起戴著手套的雙手，大聲地說：

「我沒事。」

接著他又說：「德拉岡，舉手！」

「唉，我才想舉手投降呢。」成田說道。

「這些外國人喝得真醉啊。」

他回頭看看，意凡強雖然腳步蹣跚，也好歹跟了上來。

「好了，波佐維奇先生，到門檻了，脫鞋吧。」成田說著，波佐維奇專心唱著歌，一點都沒有要脫鞋的樣子。沒辦法，成田只好暫時請吉田扶他站好，自己蹲下來替波佐維奇脫下鞋子。吉田確認鞋子脫下了之後，再讓波佐維奇往前走，好不容易才踏上鋪了木板的地面。

「拖鞋啊，拖鞋。波佐維奇先生，拖鞋！」

兩人大步大步往前走，成田則從鞋架上拿著拖鞋追在後面，套在克羅埃西亞人的腳上。自己穿的是涼鞋，所以脫下之後只穿著襪子，踏上了木質地板。這時成田再次用肩膀撐著波佐維奇，三人繼續前進。回頭看看背後，意凡強竟乖乖地脫了鞋，慢吞吞地拿出拖鞋來穿著。

穿過木板房間，進入鋪了綠色亞麻油毯的走廊，開始聽到拖鞋啪嗒啪嗒的聲音，而波佐維奇的歌還繼續唱著。

「好了，波佐維奇先生，你的房間到了，把拖鞋脫了吧。」

但他還是不脫，這時成田又蹲下來替他脫鞋，正打算把他扶到榻榻米上時——

「啊，波佐維奇先生，你要不要上廁所？」成田突然想起這件事。

「廁所，已經上了。」

意凡強的聲音來自隔壁房間。成田鬆下撐扶的肩膀，跑進隔壁房間。意凡強的房間就在隔壁，如果從大廳走來，會先經過他的房間。成田一看，意凡強已經進了房間，打開棉被。他脫下襯衫和長褲，正穿著最喜歡的那件浴衣。

「睡覺了好嗎？」成田看著坐在棉被上的意凡強，問道。

「啊？」意凡強回答。成田以為他沒聽懂，成田把手放在入口的開關上。

「Turn off the light. ok ?」他試著用英文問。這兩個人都會說英文。所以當日文說不通的時候，對話就會變成英文。

「Oh. That's ok, No problem. I'll do that.」他好像是在說會自己來，所以成田道了聲晚安，就離開了他的房間，回到隔壁波佐維奇的房間。

「晚安！」他聽到意凡強的大叫聲，接著也聽到喀啦一聲的鎖門聲音。波佐維奇已經躺上床墊，也蓋上棉被，但還是繼續在唱歌。吉田走到盡頭，關掉養熱帶魚的水槽燈光。

「那你也該睡了。我們要回去了，晚安。」等吉田來到身邊，成田說著。這時歌聲停止了。

「晚安。」波佐維奇應了聲。於是成田關掉入口處的燈光開關，關上金屬門。他走到走廊上，跟吉田兩人同時深深吐了一口氣。

「真讓人吃不消啊。」成田說。

「希望他們早點回克羅埃西亞。」吉田也說。

「再這樣下去我可受不了。我看我太太也快要發牢騷了，快點回家吧。」

「還好我沒有太太。」吉田說。他的妻子前年去世了。

「可是，克羅埃西亞人都那麼能喝嗎？」吉田說。

「嗯，也不是人人都這樣吧。可是，日本的俳句詩人，好像沒有人會這樣豪飲的吧。」

成田說這句話時，剛好聽到「鏗」地一聲，波佐維奇房間的金屬門也鎖起來了。

「啊，上鎖了。」吉田說。

「畢竟是不久前才發生過戰爭的國家，大家都很謹慎呢。」

「這麼一來，那間房間就變成徹底的密室了呢。」成田說道。

「聽說那間貴賓室以前是金庫。就算塞爾維亞的軍隊來也打不開的。為什麼要蓋一間這麼戒備森嚴的房間呢？只不過是間俳句紀念會館，又不是自衛隊。」

「就是啊。」

「我看那傢伙明天早上起不來了。上次也一樣，喝了酒後怎麼敲門都不起床。這次喝得又比那時候多，我看明天很難叫醒囉。」

「反正沒什麼特別計畫，也無所謂啦，回家吧、回家吧！」成田說著。走出大廳穿上自己的鞋子，再套上掛在角落衣架的羽絨外套。鎖上玄關的玻璃門後，從旁邊的後門離開。

穿著類似外套的吉田也跟了上來。鎖上後門後離開建築物，再牽來停好的自行車後，他很驚訝地說：「喂，外面下著夾著雪花的凍雨耶，難怪這麼冷。」

「要不要回去拿傘？」

「下得還不大，應該沒關係吧。」成田說。

「好啊，早點回去吧，可能睡不到六小時了，都是那兩個老頭害的。」

兩人跨上自行車，趕忙步上歸途。兩人住的都是公寓式房子，騎自行車大約十分鐘左右的路程。

隔天早上將近九點，睡眠不足卻還是出勤上班的成田和吉田，在芭蕉紀念會館前的步道上遇到彼此。這種情況偶爾會發生。凍雨還繼續下著。可能下了一整晚吧。

兩人互道了聲早安，撐著傘並肩小跑步到了紀念館前，看到館前的馬路上，竟然停著兩輛警車，另外還有一輛計程車。

「發生交通事故了嗎？」兩人一邊猜測著，依照慣例將自行車停在側邊後門前，拿出鑰匙進去。穿過通道走進大廳後，成田靠近玄關的玻璃門，正想打開門鎖。

「奇怪了，喂！」成田叫著。

「怎麼了？」吉田問。

「玄關是開著的！」

「什麼！」

吉田也很驚訝地趕來。一看，鎖的確都打開了。

紀念館的玄關玻璃門上，設了好幾道鎖。可是，這些鎖都不需要使用鑰匙，而是利用旋轉、滑動的方式來開關的形式。

「有人出去了嗎？」

「怎麼可能……我去看看那兩個克羅埃西亞人。」

於是兩人急忙朝貴賓室跑去。既然後門上了鎖，最早到達會館的就是他們兩個。而昨天晚上待在這座館內的，也只有兩個克羅埃西亞人。經過木板房間，走上了走廊，他們先試著敲後面那個房間，也就是昨晚醉得比較厲害的波佐維奇的房門。

「波佐維奇先生！波佐維奇先生！你醒了嗎？」吉田大聲地叫著。可是，屋裡完全沒有回答。兩人互看了一眼。這次換成田敲著金屬門，大聲叫著對方的名字。可是，一樣無聲無息。兩人都沉默下來時，早上的走廊一片寂靜。成田抓住門把試圖扭開。門一動也不動。

「不行，打不開，門還鎖著。」

他抱著姑且一試的心態，試著將門往自己的方向拉了拉。當然還是打不開。他反覆地進行了好幾次這種無謂的嘗試。

「真奇怪，那意凡強先生那邊呢……」說著，兩人來到隔壁房門前。成田敲著門，同時叫著名字：「意凡強先生，意凡強先生！」

裡面一樣沒有回答。

「還在睡嗎？」吉田說。

「如果只是睡死了，那倒還好……」

「那玄關為什麼會打開呢？」成田說著。同時他再次敲著門、叫喚對方的名字。不管他拍打得再怎麼激烈都還是一樣。沒有任何回應。

「嗯……」成田低聲沉吟了一會兒，握住門把用力拉。

「咦？」他發出疑惑的聲音。雖然完全不帶任何期待，可是門把卻輕輕鬆鬆被他扭開。

「沒鎖。」

成田打開門，點亮了燈光。於是，他看到一堆隨便摺起的棉被。接著，他環視著這空蕩蕩的和式房間。一個人都沒有。後面的水槽裡游著日光燈、帝王燈、紅蓮燈等熱帶魚。成田心想，水槽看起來還真擁擠呢，可是這時候他並沒有去細想其中的理由。這兩個房間裡都配有一張小矮桌，但是桌上現在什麼也沒有。平常總會有些雜誌、筆記、筆，或者英文報紙等之類的東西。

「行李不見了。」吉田說著。一看，壁櫥的門是開的。裡面的行李箱、衣物等等似乎都不見了。

「怎麼回事？意凡強先生不見了。」

「真奇怪，他到哪兒去了？」吉田說。

成田在房間裡走了一圈，觀察了一陣。房裡整理得異常乾淨。大型水槽前和旁邊稍微露出一部分的木質地板，好像都用抹布擦得很乾淨。打掃過了嗎？為什麼？成田心想。

「意凡強先生，是不是回克羅埃西亞了啊？」吉田低聲喃喃唸著。

「連聲招呼也不打嗎？」成田應道。

「也看不到字條之類的東西。一定是出了什麼事。」

「可能只是剛好出門去啊。我看我們再等一等，看看狀況再說吧。」

「會不會是喝醉了，發生什麼意外呢？」

「醉成那個樣子，除了睡覺還能幹什麼呢？」

「難道是喝醉了，搖搖晃晃出了門嗎……」

「在這種下凍雨的天氣裡嗎？準會凍死的。」

「隔壁的波佐維奇先生，會不會知道些什麼？」

「再過去敲門看看吧。」

可是，再怎麼敲都一樣，房裡一點反應都沒有。

「真令人頭痛，希望不要發生什麼事才好啊……」成田說。

「嗯，這可是國際問題呢。」吉田也附和著。他沉默地將雙手交叉在胸前。

「總之，我們先等一等，看看狀況吧。」成田說道。

「嗯，先回去工作吧，應該不會有事的。」

「好的。」資淺的吉田聽從了成田的建議。

回到大廳時，成田突然站著不動，「啊」地叫了一聲。

「怎麼了嗎？」吉田問他。

成田看著放在大廳正中央的大型水槽。

「你看，食人魚不見了！」

「什麼！」吉田也大喊了一聲。

「怎麼回事？」成田一個箭步筆直衝到水槽前，「不見了，五隻都不見了……」

這一瞬間，成田的腦袋裡突然閃過一個畫面，於是他不禁叫出聲來。

「啊！」他接著說。

「該不會是……」

「怎麼了？」

「那些燈魚，都擠在意凡強先生的房間裡……」

「好像是呢。」吉田說道。

「你也看到了吧？」

「是啊，看到了。那又怎麼樣呢？……」

「燈魚全部都在那裡。這麼說，該不會是……」

「該不會是什麼？」

「牠們該不會是為了躲避食人魚，才逃走的吧？」

「為了躲避食人魚？」吉田一臉疑惑，聽不懂對方的意思。

「那座水槽跟隔壁波佐維奇先生房間的水槽，底部有水管相連接。如果只有燈魚的話，因為身體比較小，應該可以通過水管。」

「只有燈魚？」

「食人魚是過不去的。」

「啊……你的意思是說？……」

「沒錯。食人魚可能在波佐維奇先生房間的水槽裡？」

「怎麼可能?!為什麼會這樣呢？」

成田也被問倒，不知該如何回答。「嗯……這……這我也不知道……」

「波佐維奇先生昨天晚上醉成一團爛泥，之後怎麼可能起來呢。」

「那這裡的食人魚，到哪裡去了呢？」成田指著空無一物的水槽。

「嗯……」

「總之，我看現在的狀況實在有點奇怪。剛剛外面馬路上有看到警察吧？要不要找他們幫忙呢？我也想看看波佐維奇先生的狀況，這樣下去實在很讓人擔心哪。」

「可是他們看起來像交通警察呢，外面應該在處理交通事故，他們會知道嗎？」

「至少會告訴我們該怎麼處理吧？」吉田顯得有點不情願，但還是跑向剛剛的交通事故現場，就在他站在人行道上，想向身穿制服及便服的警官說話時，吉田又「啊！」地叫出了聲。路上有一個燃燒後融化的行李殘骸，而那個行李的外觀讓他覺得似曾相識。

是那個克羅埃西亞人的。也就是說，在這裡遇到交通意外的人，很可能就是從會館裡消失的伊文・意凡強。

聽到吉田發出的叫聲，一名身穿外套貌似刑警的男人覺得可疑，走了過來，問吉田有什麼事。吉田轉而問對方，在這裡發生意外的，是不是個外國人。那刑警回答的確是外國人沒錯。吉田告訴這名刑警，自己在旁邊的芭蕉紀念會館工作，對這只行李箱有印象，很可能是暫住會館的伊文・意凡強這名克羅埃西亞人所持有的東西。

刑警露出緊張的神色，吉田繼續請求對方，現在館內的狀況很詭異，希望警方能一起來調查。

跟他一起進入館內的，是一位身材嬌小、名叫寄居的刑警。說明過食人魚的事後，對方感到相當驚訝。事態確實不太尋常。

吉田領著刑警來到波佐維奇房間前，試著敲了敲門，狀況依然沒有變化。

「要怎麼樣才能打開這道門？」寄居問。

「除非從房間裡打開，不然沒有其他方法。」成田回答。這是一間宛如金庫般堅固的密室，所以完全沒有能從外打開的方法，成田和吉田說明了這道門的裝置。

當初設計者並沒有設想這種狀況。既然發生了這種事，門是金屬製的，也無法用身體撞破。除非屋裡的人打開門，否則外面的人根本無從進入。換句話說，從房間外上鎖關住房間，也一樣不可能的。

這時候門井館長也來了，在取得館長同意之後，寄居請來火焰切割器的業者，準備把門燒開。因為寄居判斷，兩個克羅埃西亞人其中之一遭遇交通事故，顯然事態非同小可。業者到達紀念館再加上工作時間，總共花了大約一小時。不久後負責口譯的朝田也來了，他也站在走廊上加入觀望的人群中。

切割時會發出很大的聲音，也會散發高溫，所以如果屋裡的人在睡覺，不可能還不起床。但屋裡依然維持著沉默，走廊上成田和吉田的不安越來越濃。很明顯地，屋裡一定發生了什麼事。可是在這種狀況，這樣的條件下，到底能發生什麼，卻讓人怎麼想也想不透，毫無頭緒。

門終於被燒開。集中氣體噴出銳利的藍色火焰，業者拿開了擋在臉前的耐熱面具後，可以聽到「咕咚」一聲，金屬門稍微往前面突出。

業者將門稍稍打開，然後隨意地將嵌入門框凹槽中的金屬棒拉出來，放在走廊上，接著他站起身來，說了聲：「打開了。」

寄居領在前面，大家魚貫進入了波佐維奇的房間。屋裡沒有開燈。

「燈的開關呢？」寄居轉過頭來問。成田指了指旁邊的牆壁，寄居在手上捲了手帕，點亮房間的燈。

「啊！」大家異口同聲地叫了起來。

房間盡頭的水槽蓋子被拿起，一個穿著浴衣的男人上半身浸在水中，只看到他的背影。地上還鋪有床墊，衣服等波佐維奇的行李也都還在。房間右後角落有一疊摺起的毛毯。這是成田和吉田事先準備，擔心他們覺得冷。房間的配置完全都沒有改變。

「波佐維奇先生！」吉田叫著，正打算進到房裡。

「等等，大家都待在這裡！」寄居轉向背後嚴肅地說。「也不要碰到牆壁或任何地方。」下完指示後，寄居一個人接近穿著浴衣背向大家站著的克羅埃西亞人。

「啊！」成田好像發現了什麼。

「怎麼了？」寄居眼睛仍然看著前方同時問道。

「是食人魚。」成田指著水槽說。

「食人魚？」寄居回過頭，視線轉向他手指的方向。

「水槽裡果然有食人魚。」大家紛紛驚叫。館裡的工作人員常見的五隻怪魚，正悠哉地在大型水槽中游著。大家看到其中一隻正好離開克羅埃西亞人的臉，心裡都有了不好的預感，一陣發毛。而這個時候，每個人也都注意到了。水的顏色有了點改變，變得渾濁，還帶點紅色。

「喂、喂！」寄居並沒有如此叫喚對方。時間已經是九點半。看來臉已經泡在水裡很長的時間的這個人，不可能還活著。

寄居從左右兩邊挾起男人的兩臂，稍微把他抬離水中。接著，連刑警也忍不住「啊」地叫出聲來。

刑警的表情扭曲，似乎無法直視屍體。他保持著這樣的表情回頭。

「大家都先到走廊上去！」他的音量稍微大了些，於是大家紛紛回到走廊上。

看到大家都出去，寄居才將克羅埃西亞人的身體從水裡拖出，慢慢放上榻榻米。屍體已經開始僵硬，挺得筆直。

俯瞰這具屍體，實在令人覺得不敢置信。寄居的警察資歷經驗並不短，但這還是第一次看到如此悽慘的屍體。

寄居走到在走廊上等待的人們面前，對大家說：「他的右手被食人魚啃掉了。」

因為恐懼，現場湧起一片譁然聲。

「太可怕了……」不知道是誰，低聲地這麼說。

「可是，我們必須確認這個外國人是不是德拉岡・波佐維奇先生。」他宣告之後望著大家。「有哪一位很清楚波佐維奇先生的長相，有把握認出他的嗎……」

現場出現一陣沉默。

「最後見到他的是誰？」

「是我。」成田說。

「還有我。」吉田也站了出來。

「那請你們兩位來看看吧。」寄居說著。

「他的手沒了是吧？」成田向刑警確認著，似乎想給自己一些心理準備。

「不只是手。」寄居說。

「那還有哪裡？」

「上唇和眼瞼也都被魚吃掉了。」

周圍的眾人因為受到過大衝擊，再次鼓譟了起來。

「為、為什麼？……」

「可能因為是比較柔軟的部位吧，所以你會看到露出來的眼球和牙齒。」

大家同時發出作嘔的聲音。這是一具無法闔眼的遺體，又給整件事增添無法言喻的殘酷感。在這之後，又過了足足五分鐘時間。可是，總不能沒有人去確認遺體。成田和吉田鼓起勇氣進了房間，寄居也跟在他們身後。其他人都站在走廊上等待。

「啊啊！」

站在走廊上等待的人都聽到了一陣叫聲。大家聽著，忍不住縮起了身子，同時開始想像，波佐維奇的遺體會是多麼慘不忍睹的狀態。

但是那叫聲的理由，卻不是因為遺體的悽慘。入口處可以看到吉田慘白的臉。

「他不是波佐維奇先生！」

大家忍不住驚叫。

「是意凡強先生。」

每個人都呈現失神的表情。

「怎麼會……」口譯員朝田說著。

「為什麼會是意凡強先生？」

「我也搞不懂。」吉田也說。

「門明明是鎖著的啊。」他指著門被燒開的地方。

「這扇門絕對只能從裡面上鎖啊。簡直像變魔術一樣，昨天晚上我確實聽到波佐維奇先生進了這間房間、從屋裡上了鎖的聲音。可是，現在竟然變成意凡強先生！」

3

那是二〇〇六年的二月。雖然沒有飄雪，但馬車道上颳著濕冷的寒風，如果漫步在地面四處髒污的冰凍人行道上，就會覺得橫濱真是冷得讓人渾身顫抖。

回到一個人的房間裡，暖氣讓窗戶蒙上了一層薄霧。窗前的電話正好響起，接了之後，是一位叫寄居的人，他說從竹越前輩那裡問到了我這支電話。

他很有禮貌地致歉，說不好意思在百忙之中打擾我。接著，表明自己是警視廳搜查一課的寄居，目前在深川發生了一起相當奇怪的事件，所以希望能跟我請教一些意見。

這陣子經常有類似的狀況，但多半是已經認識的警官打來，素未謀面的搜查官突然來電，這還是第一遭。

「很奇怪的事件嗎？」我有點驚訝地問道。

「非常奇怪，簡直妙不可言。」寄居說著。

但是這又讓我更加迷惑，有好一會兒沒說話。

雖然我對妙不可言的事件有興趣，可是事情來得太突然，我滿腦子只有驚訝。

「呃……不好意思，敝姓石岡。我不是御手洗，所以……」我說著。

因為我知道對方一定是來找御手洗的。可是要找到現在身在遙遠異國的他，在電話上說明事件經過，對我來說可是件苦差事。但話雖如此，如果是我一個人去調查，只會丟自己的臉，該怎麼抉擇，總是讓我猶豫不已。

可是，寄居並不驚訝，他繼續對我說：「是，這一點我已經很清楚。御手洗先生現在在瑞典。」

「沒有錯，的確如此。」

「可是我想不管是御手洗先生或者石岡先生，應該都會對這次事件有興趣。冒昧打電話來說這些話，我知道實在很失禮，不過事件總是在毫無預警的狀況下發生的啊。」

「是，這我也很了解⋯⋯」我說著。

「石岡先生，請問您今天有沒有時間呢？」寄居單刀直入地問。

他的直接讓我感覺到，或許他現在正面臨著相當窘迫的狀態。我反射性地看看牆上的時鐘，現在還沒過中午。

「有⋯⋯嗯，我想應該有時間吧⋯⋯」

我是個不善於拒絕的人。因為我總是擔心自己說的話會讓對方覺得不舒服，或者失望。心裡雖然有不太好的預感，我還是怯生生地回答。

「太好了。如果您今天有時間，現場目前還保持原狀⋯⋯」寄居很振奮地說。

「您是說⋯⋯到現場去嗎？」我後悔地問道。

「我們面臨了相當棘手的事件，相信您也可以體會吧？這種狀況您一定有過許多次類似經驗。如果能聽聽您的高見，絕對可以給我們帶來莫大幫助的。」

寄居努力地挑選最有禮的用字，用謹慎的口吻說著。你是指我嗎？我只好吞下這個問句。我已經習慣了，對方所需要的，當然是站在我身後的御手洗。

「事件現場，那一定會……會滿是鮮血吧……」我問著。如果真是這樣，請容我推辭。

「不，現場沒有流血，可是，情況非常奇怪。」寄居又說。

「有什麼無法解釋的狀況嗎？」

「也可以這麼說。我們不了解為什麼會發生這樣的狀況，相當妙不可言的狀況。」

「妙不可言……是兇殺案嗎？」

「現場有死者。嗯，我不能確定是不是兇殺案，但應該是吧，看這個狀況，應該是他殺。」

聽他吞吞吐吐的語氣，又讓我更困惑。「什麼樣的屍體呢？」

「被食人魚啃過……」

「食人魚？」我不禁提高了音量。警察口中說出這些話，令我完全無法預料。

「沒有錯。我當警察這麼久了，還是第一次看到這種遺體，哎呀，實在讓我傷透腦筋啊。為什麼會是食人魚呢……？」

「地點在哪裡呢……亞馬遜叢林深處嗎……」

寄居苦笑著說：「不，在東京。在東京市中心，深川的街上。」

「那裡會有食人魚？」

「就是啊。」

「地點呢。」

「芭蕉紀念會館。」

「芭蕉紀念會館？寫俳句的那個芭蕉？」

「是的，寫俳句的松尾芭蕉。」

真是出乎意料的地方。

「被害人是誰？」

「是克羅埃西亞人。」

「克羅埃西亞人？」這又讓我不知該如何接話。連被害人也出人意表。

「沒有錯，死者名叫伊文・意凡強。」

「意凡強……」

從頭到尾都超乎常理，讓我又陷入了無所適從的迷惘。

這時我才了解，為什麼寄居會想找御手洗幫忙。他一定認為，說到跟外國人有關的事件，御手洗絕對是不二人選。

「深川為什麼會有食人魚？有人放流到日本的河裡嗎？」

「不是……」

「而且還是在芭蕉紀念會館？……」

「沒錯。就在全國俳句振興會的紀念會館內裡，食人魚就在這裡面。」

「芭蕉紀念會館裡有食人魚？」

「是的。」

「這又是為什麼呢？」

「被害人自己房間裡有一座水槽。」

「水槽？你是說食人魚就養在這裡面？」

「對，食人魚就在這水槽裡。」

「自己房間是指……」

「克羅埃西亞人住宿的房間，是會館準備給來賓住宿用的客房。」

「在這房間裡養了食人魚，是嗎？」

「沒有錯。」

「死者就是在這裡被吃掉的？」

「是的。而且，房間還是所謂的密室。」

「密室？可是如果是用針線之類簡單機關就能輕鬆形成的密室，那……」

「差得遠了！這間房間有堅固的金屬門，必須用盡全身力氣，使力扭轉門把中央的旋鈕，才有可能鎖住，相當厚實、牢固的一扇門。所以完全不可能從外面操作。這一點我敢斷言。絕對不是三兩下簡單技巧就能做出來的密室。」

「鑰匙孔呢……」

「沒有鑰匙孔這種東西。門只能從內側上鎖，是座媲美金庫般滴水不漏的密室。很少看到這樣的房間。」

「窗子呢？」

「沒有窗子。」

「房間跟走廊之間，有沒有類似氣窗的空隙？」

「完全沒有，真的就跟個箱子一樣，一個單純四方形的箱子。」寄居越說越激動。

「在這麼一間嚴密的密室裡，死了一個克羅埃西亞人。是嗎？」

「沒有錯。」

「而且是被食人魚吃掉的？」

「對。」

「那裡為什麼會有克羅埃西亞人在呢？」

「他們是被日本俳句振興會邀請來的。」

「邀請克羅埃西亞人？」

「是的。」

「為什麼要邀請他們？」

「克羅埃西亞很流行俳句。」

「喔？真的嗎？」

「是啊，其實我也是第一次聽說。」

「我從來沒聽過呢。應該……不是用日文寫吧？」

「當然是用克羅埃西亞文寫。他們兩位在俳句的國際競賽上獲得優勝，所以才受邀到日本來。」

「啊，兩個人？……」

「是的。伊文・意凡強和德拉岡・波佐維奇這兩個人。」

「兩個都是克羅埃西亞人嗎？」

「沒有錯。」

「而其中這個叫意凡強的人被殺了？」

「一點也沒錯。可是，我們還不清楚真正的情況。我本來以為也有可能是意外，可是又出現了新的證據，推翻我的猜測。」

「你說的意外，是指被食人魚吃掉這件事嗎？」

「對。不過被食人魚啃咬，並不是真正的死因。死因是溺死。當然詳細結果還要等解剖之後才知道，但因溺水而死這一點，應該是不會有錯。他的身體沒有外傷、沒有絞殺的痕跡，也沒有特殊的毆打傷痕。他掉進水槽裡，喝進了大量的水。」

「啊……那他喝進肚裡的確實是這個水槽裡的水嗎……」

「正確成分要等到解剖後才知道，但多半不會有錯吧，因為水槽裡漂著被害人的頭髮，不過，這些頭髮……」

「有可能是他一頭栽進食人魚水槽裡，造成的意外死亡嗎？」

「一般來說，是不太可能啦。」

「嗯，是不太可能。」

「對，但我們也不敢說完全沒有這個可能。因為聽說意凡強昨天晚上喝得爛醉，會館的人都看到他大醉的樣子。有可能是醉到打開水槽的蓋子看著魚，伸手到水裡去攪拌……」

「什麼！」我忍不住叫了一聲。

「這怎麼行呢，水槽裡養的可是食人魚啊?!」

「是啊，換作平常人，的確不會這麼做。」

「當然不會啦，只要腦袋正常的話。而且旁邊並沒有人看到吧？」

「沒有人看到。」

「那是座水槽對吧？想看魚從旁邊看就好，何必從上面看呢？正常狀況下怎麼可能……」

「當然不可能。可是，如果是喝醉了之後，或者是……」

「喝醉了會這樣嗎？」

「當然會啦，喝醉的人就是這樣，什麼事都做得出來，這就是所謂的醉鬼嘛。有可能是手被魚咬了之後，痛到讓他過度受驚，引起心臟病而失神，上半身掉進水槽而溺死。」

「啊……可是，怎麼會有這麼離譜的事……」

「我還看過更多喝醉的人會做的蠢事呢。」

「比方說呢……」

「比方說拿手去戳獅子，然後手被吃掉。」

「啊?!」

「或者腳被市區電車輾過等等。有些人一喝醉膽子就變很大，以為自己是整個世界的國王。」

「的確，有些人喝醉了就會做出許多危險行為呢。」

「所以我們一開始也想過這個可能。」

「那麼，那位意凡強先生被食人魚吃掉哪裡呢？或者是被啃了哪裡？」

「沒錯，的確被咬了。」

「咬到哪裡？」

「手，右手。右手全沒了。」

我不知該說什麼。

「一直被吃到手肘附近。」

「呃……」

「還有臉。」

「咦……」我全身一陣哆嗦，忍不住皺著臉。

「柔軟的地方，比方說嘴唇、眼瞼，這些部分的肉幾乎都不見了。」

「嗯……食人魚這麼有攻擊性嗎？」

「好像是呢。會館的職員以前打掃水槽時也被咬過大拇指，雖是短短一瞬間，可是還是滴了滿地的血，跑到醫院去。」

「為什麼要養這種魚呢？很漂亮嗎？」

「不，很醜。」

「我實在不懂。」

「臉長得很奇怪，顏色也很奇怪，有點像咖啡色、又像黑色。不過長得很大隻，而且總共有五隻。」

「就算很大……這算是寵物嗎？這種動物不太跟人親近吧？」

「完全跟人不親，就算叫名字牠也不會接近。」

「我不懂。」

「手一伸進去，牠就會上前來吃。」

「一點都不可愛……」

「每個人眼光不同吧……會館會養這種魚最大的理由，是因為有一首歌頌食人魚的近代俳句傑作，所以會員的詩人們都很希望能看到食人魚，因此才決定在會館飼養。」

「喔，原來是這樣啊。」這才讓我稍微釋懷。

「那你找到了什麼不是意外的根據呢？」

「是。其中有一件事，一直讓我覺得很奇怪，無法理解。」

「什麼事呢？」

「他們交換了房間。」

「啊?!」又是出乎意料的回答，我已經說不出話來。

「沒有錯，很奇怪吧。」

「交換房間?!你是說這兩個克羅埃西亞人嗎？」

「對。伊文‧意凡強和德拉岡‧波佐維奇兩人的房間。」

「為什麼呢……這兩個人都是俳句國際競賽的獲獎者嗎？」

「沒錯。」

「房間很近嗎？」

「就在隔壁。」

「隔壁……那你說交換房間的意思是……」

「死去的伊文並不在自己的房間，而是死在隔壁德拉岡‧波佐維奇的房間裡。」

「交換房間然後死掉……所以是在雙方同意下囉？……」

「不，如果是雙方同意，他就不會逃了。」

「他逃走了嗎？」

「沒錯。根據會館職員和學藝員兩個人提供的證詞，事先完全感覺不到任何跡象。喝得大醉回來後，他們分別讓兩個人就寢、關上門，然後也確實聽到兩個房間從裡面鎖門的聲音。」

「目前為止曾經交換過房間嗎……」

「一次也沒有過，而且他們說，那兩個人都喝得爛醉，實在不太可能做這種事。他們甚至覺得這兩個人早上一定起不來。」

「但是竟然交換了房間？」

「沒錯。所以我才覺得，這次事件如果是意外也未免太奇怪了。如果是喝醉了捉弄那些魚，發生意外死掉，那應該會是在自己的房間吧？不太可能會特地到別人房間去惡作劇吧？你不這麼認為嗎？石岡先生。」

「嗯。的確是……可是，喝醉的人做什麼都不奇怪吧……」

「是啊，話是這麼說沒錯啦……」

「不過等一等，寄居先生，那間房間是密室吧？」

「對。」

「不是用針線可以簡單完成的密室吧。」

「絕對不可能，那種簡單的工具，絕對不可能製造出密室。不管任何機關，都不可能用在這個房間上，如果您願意的話，請您親自來看一看。」

「那這不是很奇怪嗎？比方說，就算有人殺了那位……叫意凡強先生是嗎？那個人也不可能鎖上門啊，對吧？」

「嗯，沒有錯……」

「不管是在誰的房間裡，死去的意凡強如果自己不上鎖，門就關不起來，是嗎？」

「嗯……石岡先生，所以我們現在才會這麼苦惱啊。」

「所以說，現在你們想知道的，就是在這個密閉房間裡，有沒有可能經由從外部的操作，製作出密室嗎？」

「嗯……這也是其中之一……」

「可是聽完你剛剛說的，我想，其實事情會不會很單純呢？」我說道。

「是的。您想到了什麼呢？請說吧。」

「他們兩人半夜起來，互相交換了房間，然後那位……意凡強先生是嗎？這個人進了隔壁房間，自己從裡面上了鎖，然後把手放到水槽裡逗弄食人魚，被咬之後因為太過震驚而失神，不小心跌到水裡溺死，然後被食人魚吃掉手和臉……會不會是這樣呢？這種解釋，看起來應該沒有破綻吧？」

「為什麼他們要交換房間呢？」寄居說。

「這當然還是個疑點啦……」

「還有，為什麼要逃走呢？如果真是這樣，那波佐維奇跟意凡強的死就一點關係也沒有啊。而且他喝得那麼醉，實在不太可能半夜醒來。聽說之前他也曾經因為喝多了酒，大家怎麼敲門他都沒醒。既然如此，有可能兩個人同時醒來嗎？」

「是嗎？說不定就碰巧發生了這種狀況，所以才……」

「不僅如此，我聽說克羅埃西亞有一句俗話，『克羅埃西亞人不會離開家』。連夜逃跑、交換房間這種事，絕不是克羅埃西亞人會做得出來的……」

「是這樣嗎？可是……」

「石岡先生，您聽我說。我會這麼說，其實是因為有決定性的理由。」

「什麼理由？」

「我們從意凡強的喉嚨，取出了海藻。也就是水草的葉子。」

「嗯，這又怎麼了？……」

「這些海藻卡在他的喉嚨。但是，這些水草只有意凡強房裡的水槽才有。」

「喔……」

「還有，死者意凡強房裡的水槽，也漂著許多他自己的頭髮。」

「你說是意凡強先生的房間……」

「沒錯，不是發現屍體的房間，而是隔壁房間。所以溺死的現場是在他自己的房間。這就是我所說的，決定性的理由。」

「啊，原來是這麼回事。」

「但是，這麼一來，就表示遺體曾經移動過。移動遺體的人，應該就是犯人，不可能有別人了。也就是說，這不是意外，而是一樁他殺案件。不是嗎？」

「的確是。」我也同意了他的說法。

「可是，這就讓我更不懂了。為什麼犯人要這麼做？」

「嗯……」

「我不懂犯人這麼做的意圖何在。屍體直接放在原本的房間不行嗎？反正遲早會被發現的啊。」

「是啊！」

「而且，如果他真的這麼做，那他又是如何把房間門鎖上的？這也讓我不解。既然移動過屍體，就表示犯人放下屍體後，再把這間房間鎖上，不是嗎？」

「應該是這樣。」

「死人是不會上鎖的，意凡強被運到波佐維奇房間時，已經死了。從卡在他喉嚨的海草葉子等等看來，這一點應該不會有錯。所以犯人必須要從房間外來操作才行。可是，事實上並沒有這種方法。這間房間可不是那種隨隨便便的結構。」

「旋鈕和門把上的指紋呢？」

「對了，還有指紋，這又是另一個讓我不懂的事。不只是門把、旋鈕，房間裡完全找不到意凡強的指紋。旋鈕上也沒有。我們找到的指紋都是波佐維奇的。死去的意凡強完全沒有碰到旋鈕、門把。」

「喔？」

「所以我們才這麼頭痛啊。」

「如果這是他殺，那犯人又是誰呢？」

「應該就是另一個克羅埃西亞人了吧。」

「呃……你說他叫……波佐維奇……」

「對，德拉岡・波佐維奇。」

「這個人呢？現在在哪裡？」

「死了。」

「死了？」

「對。這也還是一個謎，他是被炸死的。」

「炸死？」我太過驚訝，不禁提高了聲量。

看來這是一樁驚奇不斷的連鎖事件，簡直像會發生在波士尼亞赫塞哥維納戰場上的事，可是，這個事件竟然發生在東京的深川。

「你說炸死，是怎麼一回事……」

「被車子撞到後，波佐維奇的行李箱突然爆炸了。」

「啊？難不成他行李裡有硝化甘油嗎?!」

「是啊，的確很像，這又讓我傷腦筋了……」

「事件是怎麼發生呢？」

「他在會館前的馬路上，被車撞到了。」

「發生了交通事故嗎……」

「對，因為馬路結冰，他正要跑著橫越馬路時，因為地下的冰滑了一下，今天早上的雨裡混著雪。剛好這時候有車子經過，對方雖然緊急煞車，因為路面凍結，所以車輪打滑，最後還是被撞到了。」

「啊，那個犯人，就是這位波佐維奇先生，是不是正打算逃走啊？」

「可能是吧，因為他的房間裡空無一物。不只衣物，幾乎所有行李都帶走了。所以很顯然是想逃走吧。」

「原來如此。那他應該就是犯人吧，既然打算逃走的話。」

「然而，這裡又出現了一個不可思議的事實。他拿的行李，全都是意凡強的東西，而不是自己的。

「這就讓我不懂了，所有行李都是死去被害人房間裡的東西，行李箱好像也是。可是，他拿的護照卻是自己的，這又很不可思議了……唉，我真是不知道該怎麼才好啊。」

「他的目的會不會是偷東西呢？意凡強先生是不是有什麼昂貴的東西，類似寶石之類的貴金屬呢？而波佐維奇先生為了搶走這些東西。這麼一來就有殺人的動機了……」

「但偏偏一點也沒有啊。行李箱裡只有衣服和雜誌，連一個日本紀念品、一個人偶都沒有，雖然有一個錢包，可是裡面只放了零錢和足夠買機票的金額；信用卡是有，但意凡強好像沒多少存款，反而是波佐維奇的存款比較多。會館職員說，他們曾經聽兩人這麼說過。當然也可能是說謊，不過，在他房間裡，還放著自己的錢包，裡面的錢還不少。」

「喔。」

「像那樣被車撞到，通常頂多骨折，不至於送命。可是，他卻死了。因為行李箱馬上爆炸了。」

「爆炸……」

「對，爆出火焰。然後他就死了。」

「利用爆炸來殺人嗎？」

「那到底是誰殺的呢？」

「行李箱裡有爆裂物吧。他會不會帶著炸彈？」

「我們也覺得可能是這樣。可是呢，鑑識科和科搜研、也就是科學搜查研究所，不管再怎麼調查行李箱，都完全找不到類似火藥、炸彈之類的東西。」

「裝硝化甘油的瓶子呢？」

「那個也沒有，就連個油瓶都沒找到。」

「喔……」

「波佐維奇的行李裡面，並沒有任何危險物品。會起火的東西，只有一個打火機，連一根火柴都沒有。其他都是衣物和雜誌。」

「這些不會有錯吧？」

「不會錯，我自己也確實調查過了。還有，芭蕉紀念會館的職員們也這麼說。因為在這座會館中，他們兩人住宿的來賓客房，根本沒有辦法上鎖。」

「啊，但剛剛不是說，房間是密室……」

「因為只能從室內上鎖，轉動房間裡門把的中央旋鈕。不過不能從外面走廊上鎖。因為沒有鑰匙孔，所以原本就沒有鑰匙這種東西，貴重品都規定寄放在櫃台的保險箱，所以說，住宿來賓的持有物品，會館的職員大概都會有印象。」

「喔。感覺很日式呢。」

「日式嗎？的確是，沒什麼隱私。可是，對於負責調查的我們來說，就方便多了。所以說會館的職員和振興會的人們都表示，意凡強和波佐維奇都沒有攜帶任何疑似炸彈的危險物品。」

「喔。」

「雖然只是個大概，但是事情的經過大致就是這樣。波佐維奇到底是怎麼到隔壁房間這個密室裡，殺害伊文•意凡強的呢？這就是最大的謎題。」

「嗯。」

「對方喝得爛醉，再怎麼敲門都叫不醒，當然敲門的人也好不到哪裡去，一樣很醉。而且殺人之後，還把屍體移到隔壁房間，讓房間恢復為密室，這又是怎麼辦到的？還有很多很多的謎團，不知道能不能有個合理的說明……」

「原來如此。」

「這個事件到底是怎麼回事。您覺得怎麼樣呢？石岡先生，您還在聽嗎？如果您馬上就能過來的話，我派車去東京車站接您。不，還是我自己去接您吧，現在這個季節，遺體繼續放一會兒應該不要緊。」

「放在水槽裡？」

「不，我已經從水槽裡移出來了。」

「我看……遺體就……就不用看了吧。」臉部被食人魚吃掉的屍體，我實在沒興趣欣賞。

「那我們可以直接送去解剖嗎？」

「嗯，不要緊。我只要看現場就行了。」說著，我告訴對方現在馬上動身出發，跟寄居交換了行動電話的號碼。

4

走出東京車站的八重洲口，車站前靠近神田方向的路旁停著一輛警車。我撥了行動電話，倚在車上一個穿著外套的男人接起電話，我確定他就是寄居。

寄居是個圓臉小個子的男人，頭髮稀疏，說話時總是會睜著圓眼、噘起厚厚的嘴唇，跟一般的刑警感覺不太一樣。可是，他不是個會賣弄自己的專業，或者借勢逞威風的人，所以我對他的第一印象還不錯。

「波佐維奇先生是因為身上持有的炸彈爆炸，才死的吧？」

我和寄居並肩坐進警車的後座，車子行進中我繼續問寄居問題。開車的是另一位身穿制服的警官。

「沒有錯。與其說炸彈，應該算是爆裂物吧……」寄居的語氣又顯得含糊不清，好像有點疑惑。

「波佐維奇先生是不是想在東京進行恐怖運動呢？爆炸恐怖事件之類的……」

「這我想應該不會吧，畢竟他完全沒有這方面的背景。九〇年代前南斯拉夫的內戰時，他也沒有參加戰爭。」

「可是如果是間諜或者情報人員、幕後的戰鬥聯絡員、專門負責爆破的人呢……」

「那也不可能。」

「工程師嗎……」

「一點也沒關係。他是個農民，相當平凡的人物，也完全沒有參加過戰爭。」

「這些情報可靠嗎？」

「沒有問題。還有另一位，已經死去的意凡強也是一樣。」

「那麼，他為什麼要帶炸彈來日本呢？」

「他並沒有帶進來，可能是在日本國內取得的吧。如果波佐維奇是回教徒，或者是土耳其人的阿爾巴尼亞人，那或許會因為怨恨自衛隊協助美國，想在東京進行恐怖活動，這種模式的確有可能，可他卻是個克羅埃西亞人，根本沒有理由這麼做。」

「你是說，他沒有怨恨日本的理由。」

「沒有錯。那場戰爭時，日本的明石先生也出力協助仲裁，而日本還以政府規模支援過戰後的重建。克羅埃西亞人如果要怨恨，應該會恨塞爾維亞人或者是回教徒。那場戰爭就是這三個民族的戰爭。對蘇聯人、美國人或許會有怨恨，可是日本對他們什麼壞事也沒做。波佐維奇和被殺的意凡強都經常掛在嘴邊說，自己很喜歡日本……」

「嗯，但是話人人都會說啊。」

「不，他們喜歡日本應該是真的。他們一直熱中於俳句的樣子也不假，而且持續了很長一段期間。尤其是波佐維奇，實際上他也創作了許多出色的作品……在南斯拉夫，不、應該是克羅埃西亞，在那種地方認真創作俳句的人，一定是個十足的日本迷。如果只是要做做樣子，是持續不了多少年的。像俳句這種東西，像我明明是個日本人，可連一句都沒吟過呢。」

「我也一樣。」

「就算說他喜歡日本是謊言，多少也對日本有點好感吧。他可是受日本人邀請而來的，如果是俳人，一定很嚮往日本的花鳥風月。既然如此，如果沒什麼特別理由，應該不會想在東京街頭放炸彈吧，這裡是俳句的正宗大本營。換句話說，這就像日本的古典音樂家到維也納去丟炸彈一樣。」

寄居的這個巧妙比喻，的確說服了我。

「如果裝置了炸彈……」

「那肯定會被我們逮捕。然後往後的人生就毀了，很有可能就這樣在日本終老到死。要是在波士尼亞赫塞哥維納的戰爭前，或者有什麼特殊理由，說不定有這個可能，但是現在戰爭已經結束，正是致力於觀光建設、舉國復興的時候。大家因為遠離了戰爭，所以才能專心地創作和平的俳句。在這種太平時候，會有什麼理由，讓他希望自己被逮捕死在異鄉嗎？」

「不管多麼兇暴的人，都……」

「不，石岡先生，聽說波佐維奇是位個性很溫和的人。他一點都不會給人兇狠的印象，是個很幽默有趣的人，對任何人都很親切，而且，波佐維奇的年紀也已經很大了啊。」

「喔，他是個老人啊？」

「嗯……這個嘛，以現在的眼光來看不知道該不該算老人啦，他今年六十歲。不管是態度或者待人處世都很溫和，所以會館職員和學藝員們都說他很像個老先生。」

「嗯……」說著，又讓我陷入思考。

「這麼說，那個爆炸物，可能是他的同伴……呃……是叫意凡強嗎？」

「對。」

「會不會是打算用在那個意凡強先生，而帶來的呢？我是說，作為殺害意凡強的兇器。」

「說到這個，那又奇怪了啊，石岡先生。」

「奇怪？哪裡奇怪了？」

「從頭到尾都很奇怪。首先，波佐維奇對大家宣稱意凡強是自己的好友。他曾經跟周圍的人說過好幾次，實際上的行為也表現出這樣的態度。他跟他相處時總是滿臉微笑，看起來也很依賴他，只要有什麼事，一定馬上跟意凡強商量。也處處照顧他。周圍的人長久觀察，自然也看得出這到底是不是演戲。因此，我們幾乎找不到波佐維奇殺人的動機。」

「這兩個人的家人呢？」

「兩個人都單身。意凡強在之前的戰爭中失去了妻子，波佐維奇則始終是一個人。」

「意凡強先生那邊怎麼樣呢？我是說他對波佐維奇先生的態度。」

「兩個人的態度好像都差不多，不過大家都說他比波佐維奇感覺更冷酷一點。意凡強比較冷靜，不像波佐維奇那麼黏人。」

「咦？所以波佐維奇先生很黏人？」

「嗯，對意凡強好像是這樣吧，畢竟是好朋友嘛。還有，波佐維奇特別愛喝酒，經常喝了酒後醉得不省人事。日本酒和日本的啤酒他都很喜歡，身上總是聞得到酒味。」

「喔，還有呢？」

「會館職員和學藝員經常得照顧喝醉的他。」

「他們都是日本人嗎？」

「對，當然是日本人。即使對方是日本人，波佐維奇也完全不顧忌的。」

「很會給人添麻煩。」

「沒錯，偶爾會有這種人呢。有些日本人也會這樣，很喜歡麻煩別人，依賴心很強。」

「的確有。」

「這個波佐維奇好像就是那種人。」

「他會說日文嗎？」

「只會說一點點，頂多是一些單字吧。」

「兩個人都是嗎？……」

「嗯，兩個人都是。我想他們日文的能力應該差不多。」

「所以這種人不太可能殺人嗎……？」

「我沒有這麼說，他個性怎麼樣都無所謂啊，石岡先生。重要的是，因為他是這樣的男人，所以波佐維奇帶來什麼東西，會館職員和學藝員早就知道得一清二楚。」

「喔，原來是這個意思啊。」

「是啊。所以大家都知道，他根本沒有攜帶任何危險物品。別說爆炸物或者火藥類了，就連一柄小刀都沒有。」

「兩個人都一樣嗎？」

「兩個人都是。」

「嗯，你剛剛也說過，他們沒什麼隱私。」

「完全沒有。這又不是飯店，再加上他又是一個很依賴身邊的人、喝得大醉的外國人。」

「嗯……」

「可是呢，雖然如此，今天早上還是突然出現了爆炸物。」

「可能是從哪裡找來的吧。」

「哪裡？這種危險物品，他能從哪裡找來這種東西呢？」

「說得也是。」

「外面可買不到這種東西，克羅埃西亞我就不知道了，畢竟那裡不久之前還有戰爭。但這裡是和平得快發霉的日本啊。」

「就是啊。如果有個外國人到商店裡問，請給我一個炸彈，一定會引起注意的。」

「當然，但更重要的是，日本根本沒有賣這種東西的地方。炸彈又不是關東煮，便利商店可沒賣啊。而且更重要的是，波佐維奇這陣子幾乎都跟日本人一起行動。」

「跟會館職員？」

「有會館職員，還有學藝員、負責口譯的朝田這個人。他們幾乎片刻都沒有分開，從早到晚一直在一起，完全沒有單獨活動的時間。他跟意凡強兩個人去喝酒，還是到日本來之後第一次，在這之前他根本沒有出去買東西的時間。所以不管怎麼想，他都沒有機會取得爆炸物啊。」

「喔，是嗎？」

「所以事情才會這麼奇怪。他是怎麼拿到炸彈的？還有，爆炸的行李箱裡找不出任何東西，一點線索都沒有，只有衣物和雜誌。到了，就在這裡。下車吧。」

警車停在路邊，寄居下了車後，我也跟著下了車。

車子停在罕見的喜馬拉雅雪松行道樹下。寄居走到馬路中央，我也靜靜地跟在他後面。剛好這時候沒有車輛通過。

「就是這裡。這就是燃燒過的痕跡。」寄居用鞋尖和手指示的地方，可以看到柏油上焦黑一片。其中一部分變成了灰色，應該是撒下的消火劑痕跡吧。

「爆炸之後有起火嗎？」我問。

「有。之後又被雨水沖洗掉。計程車猛一撞，波佐維奇就被撞飛到這裡、大概到這附近。」說著，寄居走了五、六公尺，停在馬路邊的下水溝上。我也跟了過去。下水溝被下到今天早上的雪微微沾濕，顏色顯得較黑。

「裂開的行李箱本來在這裡。」接著寄居又慢慢走回焦黑的柏油路面旁。

「行李箱裂成兩半。原本是樹脂製的硬殼箱子，鎖頭裂開，箱殼本身也破了。」他指著馬路。「計程車本來停在那附近，事發之後車子還發得動。調查之後，上面說可以移到修車廠去。如果您要看的話，現在車子應該在修車廠。」

寄居又走到計程車停的地方附近，告訴我位置。

「波佐維奇先生呢？」我稍微提高音量問。

「被救護車送到深川綜合醫院，但已經來不及了。包含頭部在內，全身都受到強烈撞擊，而且還有內臟破裂和燒燙傷。」

「最後有說什麼嗎？」

「好像有吧。好像說了些什麼，不過急救隊員說，可能是克羅埃西亞文，聽不懂意思。」

「喔，是嗎？」我說完後，寄居朝著我走回來。

「這邊看完了嗎？」他問我，但我總覺得有點奇怪，繼續問他。

「計程車是在那附近對吧？」我用手指著。那個地方距離我現在所在的位置，也就是波佐維奇倒下的地方，距離十多公尺以上。

「沒錯。」寄居說著，點點頭。

「因為撞擊的力道，飛到這裡來？」

「並不是。當時計程車急忙地往後退，才退到這附近。因為行李箱開始爆炸、起火燃燒。」

「車子沒有燒起來嗎？」

「有燒到引擎蓋的一小部分。不過因為車子馬上後退，所以火也熄了，幸好沒事。可是人卻被撞飛，落到這裡。」

「行李箱呢？」

「燒起來了。東西現在被送到科搜研去，正在調查行李箱的殘骸。」

「什麼也沒找到嗎……」

「沒有，完全沒有火藥或者定時裝置之類的東西。」

「嗯……」

「那這邊可以了嗎？您看到那棟建築了嗎？那就是芭蕉紀念會館。我們去裡面看看現場吧。」寄居說道。

5

進入芭蕉紀念會館的玄關，有一間大廳，後面可以看到一個鞋箱。我正打算脫下鞋子走向鞋箱，寄居告訴我不用脫鞋子。於是我跟在寄居身後，穿著鞋踩上木質地板，但總覺得怪怪的。我暗自考慮了一會兒，其實我不介意脫下鞋子啊。

通過木板房間，寄居大步走上一條鋪了綠色地板的走廊。大廳的後面，好像是展示資料的博物館空間。放在大廳後面的沙發上，有幾位老人家並肩坐著。不知道是不是會館的工作人員。

寄居很快地在進入走廊後右手邊第二個房間門附近停下腳步。旁邊的牆上裝了一座小洗手台。

「這就是發生事件那間房間的門。您看，是不是很堅固呢？」站在走廊上，寄居這麼對我說。

「這就是發現意凡強屍體的房間嗎？裡面有水槽的那間……」

「是的。」寄居點點頭。

「啊，這是？……」我低頭望去，驚訝地問。

門框的凹槽，也就是要鎖門時，旋轉旋鈕後金屬棒往旁邊突出嵌入的凹槽，而金屬門的這附近，包含門框上的凹槽，都全被燒斷、挖出來了。

「這是用火焰切割器燒的。因為這扇門從裡面被鎖住打不開，也沒有其他方法可以開門。如果要用蠻力破壞，可能需要很長時間，而且好像不太可能成功。」
「畢竟是金屬製的啊。」
「對啊，如果是木製的就輕鬆多了。」
「這扇門真是驚人啊，簡直像金庫的門一樣。發現屍體的是寄居先生你們嗎？」
「沒錯。因為外面馬路上正好發生外國人被計程車撞到的意外，而且引起爆炸，所以我們刑事一課也尾隨交通課到了前面的馬路上，鑑識科的人也尾隨趕來，進行調查。剛好會館的人從人行道上跑過來，說館裡發生了奇怪的事，要我們跟去看看，這時候他看到路上的行李箱說：『啊，這是住在我們館裡那個克羅埃西亞人的東西。』於是我們也連忙趕過來會館裡看看狀況。因為當時門被鎖住，怎麼敲裡面都沒有回應。大致經過就是這樣……」
「原來如此。」
「然後呢，我們先看了隔壁門沒有上鎖的房間，那是意凡強的房間，行李全都不見了。門從裡面鎖住打不開的，是波佐維奇的房間，所以大家都以為裡面應該是波佐維奇，而在馬路上被計程車撞到的應該是另一位伊文・意凡強。」
「嗯，聽起來應該是這樣。」
「沒想到呢，我們很快請來火焰切割器的業者，把門燒開進到房裡，只見一個頭栽進水槽裡溺死的外國人，拉起來後請會館的學藝員們辨認，結果死的竟然是意凡強，而不是波佐維奇。」
「喔。」
「我們問了好幾次，不可能吧，會不會搞錯了？但是他們很肯定，不會有錯，這的確是伊文・意凡強。」

「喔。」

「我又問，那這裡是意凡強的房間嗎？他們說不是，這裡是波佐維奇的房間。這就讓我搞不清楚了。」

「是啊。」

「我的腦中頓時一片混亂，這麼說外面馬路上被撞的，很可能是波佐維奇，我馬上請學藝員坐上警車到醫院去認屍，一點也沒錯，死在醫院的的確是波佐維奇。」

「原來是這樣。」說著，我也偏著頭苦思。為什麼會這樣呢？而這奇怪的事實，又代表著什麼意義呢？我一點也摸不透。

「總之，先請您看看這扇門吧。」在寄居催促之下，我仔細地看了這扇門。

這扇門還有一個明顯特徵。門片內側的邊緣，正好像畫框一樣，貼著一圈木製的雕龍。與其說是浮雕，其實已經稱得上是一種雕刻作品，龍背部有一部分幾乎到達門把的高度，感覺就像是門把剛好位於龍的縫隙之間。

「這還真是講究呢。」

「很厲害吧，應該花了不少錢。」

「我第一次看到這種門。」

「嗯，這個之後再慢慢看吧，還是請您先看看門把的部分。」聽到寄居這麼說，我先看看門的內側，也就是靠房間的那一側，門把的中心有一個旋鈕。

「這應該不能碰吧？」我用食指比著問道。

「沒關係，指紋已經收集完了。」寄居說。一看，的確到處有鋁粉的黑色污痕。於是我抓著旋鈕，試著用力轉半圈。沒想到很緊，比想像中還需要用力。

「很緊吧？」寄居看著我的眼睛問道。

「嗯，很緊。」我說。

「聽說用火焰切割器燒斷之前比這更緊呢。」

「喔，是嗎？有沒有可能先轉動旋鈕讓這個金屬棒彈出來，然後用力『砰！』地一聲使勁關上……」

「不可能。金屬棒一彈出來，關門的時候棒就會撞到門框。」

「彈出來之後，再怎麼用力壓金屬棒也收不回去嗎？」

「收不回去，會穩穩維持彈出來的狀態。」

「這樣的話的確不可能關上門。也不可能靠針線來扯動。而且……」說著，我扶著門，稍微動了動，看著門外。然後我發現門上的門把並沒有鑰匙孔。

接著我把門緊緊關上，可以看到門和周圍以及地板之間並沒有間隙。剛好嵌合在房間這邊的門框中，呈現密著的狀態。這狀態恐怕連一根線也無法穿過吧。看樣子想從外面操作是絕對不可能的，這就是我的感想以及結論。

「門幾乎看不到邊緣的縫隙呢。」

「對。不過如果在鎖上的狀態握著門把，往自己的方向用力搖晃，還是會有一絲絲縫隙啦，不過就算穿過了線也沒什麼意義，畢竟這旋鈕這麼緊。用線怎麼可能轉動呢？」寄居說道。這一點我也贊成他的意見。

「如果是鐵絲或許還勉強有一點可能啦，但是用鐵絲的話一定會在許多地方留下刮傷的痕跡。」

「沒有嗎？」

「完全沒有。」

於是我開始四處檢查，門把、旋鈕，還有金屬門的下緣，連一丁點疑似刮傷的痕跡都沒看到。接著，我仔細地看著門上貼的雕龍。上面一樣絲毫傷痕都沒有。

「不管用什麼方法，都不可能從外面打開的。這很明顯是從屋內上鎖的。」寄居說。

從走廊這邊看起來，金屬門只是一點都不起眼的單純黑色板狀，既沒有窗，也沒有裝飾，完全沒有文字或者繪畫，相當殺風景。可是房間內側卻加上了出色的裝飾。講究的雕龍塗上了亮光漆，繞著門的四邊。

「這種門真是罕見，竟然在外圍繞了一圈龍當裝飾。」

「就是啊。因為這裡是芭蕉紀念會館，所以當初好像認為只有一片金屬板太單調了，才請業者製作了這種裝飾板，用螺絲鎖上。」寄居說。

「好像畫框啊，很有中國風味。而且這隻龍，雕得栩栩如生呢。」

這已經不能說是浮雕了。這隻寫實雕刻的龍，在龍的腹部下方留有些微的空間。

「握著龍的身體部分，應該可以關上門吧？」我說道。

「是啊，應該可以。」

「這種裝飾在每一間房間的門上都有嗎？」

「不，只有貴賓室有。」

「貴賓室總共有幾間呢？」

「只有這裡和隔壁房間。樓上還有間大客廳，如果是團體可以在那裡睡大通鋪。這裡是專門給VIP住宿用的房間，所以比較氣派。那門這裡可以了嗎？」

「嗯，可以了。」我說。

「那請到這邊來，因為是VIP室，所以還設置了水槽。這就是我說過的水槽。」

寄居直接穿著鞋子就大步大步踩上榻榻米。我雖然不太願意，還是學著他穿鞋子走上去。看看腳邊，榻榻米還很新，但是因為寄居他們這些刑警直接穿著鞋子走上來，上面蒙了一層薄薄的細砂和黑土。

「沒想到挺寬敞的嘛。」我說著。

「榻榻米部分大概有三坪大，再加上放水槽的木板房間，所以會覺得滿大的。」寄居走向木板房間。那裡還鋪著布。右後方的角落則有一堆摺起來的毛毯。

「發現的時候就是這個狀態嗎？」我問道。

「是的。」寄居回答我。

「這個呢，就是發現死者的水槽。」

水槽右邊的玻璃緊接著牆壁，左邊剛好留有能站一個大人的空間，但是這裡現在卻放著一片黑色塑膠板，靠著立在一旁。可能是水槽的蓋子吧。平常這應該放在水槽上，覆蓋著水面。

「意凡強的遺體已經搬走了……因為石岡先生說不用看，所以……」

「嗯，沒關係。」說著，我點點頭，視線稍微離開了水槽，帶著姑且一看的心情，環視了房間一圈。

的確很像個四方形的箱子，完全沒有氣窗之類的東西，牆壁一直連接著天花板，所以房間沒有任何通往隔壁房間或者走廊的其他開口。空調裝在牆壁上方，跟天花板的交界處，但這也沒有與隔壁房間相通的開口。

接著，我又將視線回到水槽。水槽放在木板房間，前面左右方向有寬十公分左右的木板房間，從右邊牆壁一直連續到左邊牆壁。也就是說，木板房間比水槽底面還要稍微大上一些。

水槽裡很暗，但是始終有小小的氣泡往上升，應該是供給魚氧氣的吧，另外有個類似加熱器的東西，水裡還有一個類似日光燈的照明器具，不過現在並沒有點亮。想觀賞魚的時候，就會打開開關，點亮這盞日光燈吧。

不過我現在可一點都不想觀賞在水中游泳的東西，那是幾隻既大又毫無美感的魚。整體呈現褐色，腹部附近帶點黃色。這可能也是某種熱帶魚吧，但是看起來一點也不美。因為沒有點燈，所以魚看起來更漆黑，又粗又硬，感覺很不舒服。

數了數，總共有五條。除了這五條魚以外，其他的魚一條都看不見。想想也是當然的，對方可是名副其實的食人魚。同一個水槽裡如果有其他魚，一定會被吃掉的。

這些魚大得驚人。寄居說得沒錯，牠們身長三十公分左右。高度，也就是腹部到背鰭上端大約有二十公分吧。

「就是這些魚？」我問道。

「對，這就是有名的食人魚。」

一想到這些魚吃掉意凡強的右手和臉的一部分，我就無法直視牠們。眼角餘光裡看到這些令人發毛的魚，讓我不禁扭曲了表情。
「意凡強先生就是栽進這座水槽裡死的吧？」我說著，沒有看著水槽。
「沒有錯，大概是這個樣子。」寄居做出趴在水槽上的姿勢。
「頭在水裡，右手也像這樣放進水裡，所以才會變成食人魚的食餌。左手就像這樣放在水槽外，所以沒有被咬，還好。」
我沒能認真看。
「這裡就是在前面馬路上死亡的德拉岡・波佐維奇先生住宿的房間對吧？」我換了個話題，確認這一點。
「對。這就是德拉岡・波佐維奇住過的房間。」寄居用力地點點頭，確認了我的問題。
「可是，在這個水槽裡溺死的屍體，並不是波佐維奇先生，而是住在隔壁房間的意凡強先生？……」
「沒有錯，是伊文・意凡強。」寄居又大大地點了點頭。
「到底發生了什麼，實在是個謎啊。」
「就是啊。波佐維奇殺了意凡強，我想這一點應該是無庸置疑的，但問題是，他是怎麼辦到的。」寄居說。
「他人在隔壁房間，是怎麼殺掉身在隔壁房間的同鄉，又把房間弄成密室呢？還有，理由又是什麼？這些……」寄居說著。我突然、也終於發現一件事。
「啊，對了，我有一點不明白。」我說。

「為什麼要把房間弄成密室？我一直覺得這一點很奇怪。」

「什麼意思？」

「如果這具屍體是波佐維奇先生，那的確有其意義，讓這間房間成為密室的意義。」我說。

「因為這裡是波佐維奇先生的房間。如果是密室，那麼波佐維奇先生死在這座水槽，門又上了鎖，那密室的意義就成立了。喝了酒之後行為變得大膽的波佐維奇先生，在上鎖的房間裡一個人捉弄食人魚，然後發生意外死亡，這樣的故事就可以順利完成。不是嗎？」

「意義……嗯。」寄居說。

「一點也沒錯。」

「如果門上了鎖，一定非得是這樣才行不是嗎？」

「波佐維奇待在自己房間……嗯，沒錯。」寄居點點頭。

「然而，死的卻是住在隔壁房間的意凡強先生。既然如此，設計成密室就很奇怪了，一點意義都沒有。」

「完全沒有意義，的確是。」寄居也點點頭，表示同意。

「對吧？如果死者是從隔壁房間過來玩，那門上的鎖應該被打開了才對。」

「嗯。應該是這樣。」

「否則就講不通啊。」

「沒有錯。」

「什麼事？」寄居問。

「當然，喝醉的人會做出什麼都說不準啦。」

「嗯，這也是……」

「為什麼門會鎖上呢？」

「唉，這就是奇怪的地方啊。」

「如果說這是某種機關，也就是說，是某個人有意圖製造的密室，那也未免太沒道理，破綻百出，完全沒有意義啊。」

「嗯，的確沒什麼意義。」

「再加上，不可能有這種方法。這個房間是不可能從外面變成密室的。」

「問題就在這裡。完全沒有方法。可是，既然門關著，就表示這是某人在有意圖下製造的現場吧？難道不是嗎？」寄居問道。

「嗯，你說得沒有錯，如果是出於自由意志的行動，也就是意凡強先生自己到這裡來捉弄這些魚，那扇門大可不用鎖，開著也無妨。」

「就是啊。」

「但是門卻關著。也就是說，這一定是某個人蓄意的作為。」

「與其說某個人，應該就是波佐維奇了吧。」

「對，波佐維奇先生。所以說，利用某種方法鎖上那扇門，對波佐維奇先生是有利的囉……」我說著。

寄居聽了偏著頭，「喔，是嗎？對他有益？……」

「至少，他是這麼想的。」

「我認為您說得很對，就理論上來看很合理。可是，石岡先生，請您想一想。」
「好的。」
「意凡強在隔壁房間溺死，被搬到這間房間時，已經完全斷氣了。從他喉嚨卡住的水草就可以知道這一點。如果他還活著，就會把水草吐出來。」
「啊，對啊。」
「所以說，這表示波佐維奇希望別人這麼想，他希望我們以為意凡強是活著的時候到這裡來玩，戲弄魚然後被咬死，所以那扇門必須開著才行。」
「對，沒有錯。因為波佐維奇先生可能不知道他喉嚨卡著水草的事。」
我雖然這麼說，但卻覺得越來越不懂。
「這麼說，對波佐維奇來講，門開著反而比較好，不，應該說一定要開著才行，對嗎？」
「對，就是這樣。」我點點頭。
「可是門卻關著，這是因為波佐維奇把門關了，這……」寄居一邊想一邊說著。
「他覺得這麼做對自己比較有利……啊，不行，我好像越來越搞不懂了。」
「會不會他突然改變想法？有什麼理由，可能讓他覺得這樣對他有利？能想到什麼可能性嗎？」寄居問。
「嗯，好像沒有呢。」我也交叉起雙臂，仔細思考著回答。
「沒有呢，真的想不出來呢。」
「不，等一等寄居先生，那場意外！對了，會不會是因為那場交通事故？所以事態變得這麼混亂？……」

「交通事故……」

「在這種情況裡，是不是應該先想想如果他沒有遇到交通事故的情況呢？如果他沒有遇到意外，事情的情況會變得如何呢？」

「如果沒有遇到意外，那應該逃走了吧。」

「逃到哪裡？」

「應該逃到海外吧。如果在國內，不管逃到哪裡都會引人注意，畢竟他是個外國人。所以可能會逃回克羅埃西亞吧。」

「要逃回克羅埃西亞的話……」

「當然必須先到成田機場去。」

「到了成田機場呢？」

「買張到克羅埃西亞的機票……」

「對，買了之後能搭上飛機嗎？」

「肯定不行。」寄居肯定地說。

「不行？為什麼？」

「因為伊文・意凡強已經死了，而同行的德拉岡・波佐維奇下落不明。這麼一來德拉岡就成了殺害伊文最重要的嫌疑犯。波佐維奇既然死了，我們也沒有特別採取行動，但他要是活著消失，當然成田機場會指名通緝他。這麼一來波佐維奇在成田的出境櫃台拿出護照時，就會被逮捕。」

「喔，是嗎？那除了成田以外……」

「我們會在所有的國際機場部署。」

「是嗎？」

「這果然沒有任何意義啊。所以我們才弄不懂，啊……」寄居看著入口的方向，叫了一聲。

一位老人走進了房間。

「啊，您好！石岡先生，這位是館長門井先生。」

我一看，對方是位滿頭白髮的瘦小老人，他正從榻榻米上往我們這裡走來。接著他打量了我一眼，問道：「您也是警察嗎？」

「啊，我不是……」我說著。

「這裡是榻榻米。」他撇過臉去，丟下這麼一句話。他或許是想說，只有警察可以不脫鞋踩上榻榻米吧。

我當場覺得非常不好意思。我自己當然很想脫掉鞋子換穿拖鞋，是寄居說不用換鞋的，我只好照做啊。館長是穿著襪子進房間的。他在這間房間的入口把拖鞋也脫了下來。

「對了館長，這座水槽裡除了食人魚以外，沒有其他魚了嗎？」寄居一邊看著水槽一邊問。

「不，原本是有的，有很多燈魚之類的魚，像是日光燈魚、紅蓮燈魚、帝王燈魚等等，數量不少呢。」門井館長回答。

「喔……在哪裡呢？怎麼都沒看到……」寄居又往水槽裡望了望，說著。

「到隔壁房間去了，因為食人魚來了，很危險，牠們怕被吃掉。」

「啊，隔壁房間？怎麼去的？」寄居很驚訝，我也很驚訝。

「隔壁房間不是也有一座水槽嗎？」館長問我們。

「是，有的。」

「兩座水槽的底部，有水管相連著。」

「喔，真的嗎？」寄居驚訝地說著，這樣的說明也出乎我的意料。

「這座水槽緊貼著右邊牆壁對吧？」館長指著那個部分的牆壁。

「對，是貼得很緊。」寄居看看那個方向。

「隔壁房間的水槽呢，則是左邊緊貼著牆壁，牢牢密接著。」

「喔，是嗎？」

「那就是這面牆。所以說，兩座水槽中間夾著這道牆，緊緊地相連著。」

「喔喔，原來是這樣啊！」寄居說著，一邊點著頭。

「牆壁的這個部分開著洞，這座水槽在底部的地方，有水管跟隔壁水槽相連接。」門井館長用手指著牆壁底部，很是得意地說著。我心想，這還真是奇特的構造啊。

「為什麼會設計成這樣呢？」寄居問。

「那當然是為了方便讓魚來來去去啊。日光燈魚腹部的地方會發光對吧？這些光亮雖然很漂亮，但如果一直在水槽裡，很快就會看膩不是嗎？如果可以看到整座水槽，那魚就沒有地方可藏，看的人很快就膩了。但是如果和隔壁房間相連，就有可能從隔壁跑出許多還沒看過的魚啊。所以才會永遠看不膩，一直覺得有趣啊。」館長如此說明著。

「喔，原來如此啊。」寄居交叉著雙臂，點點頭。

「對住在隔壁房間的人來說也是一樣，所以啦。」

「是這樣啊。那這些燈魚現在呢……」

「應該在隔壁避難了吧，都利用水管的通道，逃到那邊去了。」

「原來是這麼一回事啊。可是，那為什麼這些食人魚沒有追著燈魚過去呢？」

「因為食人魚穿不過水管啊，這些傢伙身體太大了。燈魚比較小，所以這兩個水槽裡只放了燈魚。」

「啊，食人魚過不去？……」說著，寄居彎下身去，用眼睛尋找隧道的入口。

「嗯，這些食人魚的種類叫做黃肚水虎魚，體型特別大。所以很兇猛，我是不太清楚啦。」館長說。

「水管大概有多粗呢？」

「大概這樣吧……」門井館長用兩手的食指圍了個圈。

「從這裡可以看到，就是這個。」館長蹲下來，指給我們看水管的入口。我也旁邊稍微彎下身，在館長所指的方向附近，看到一個被綠藻包圍的小隧道入口。入口是圓形的，直徑大約十公分左右。的確，這樣的大小高達二十公分的食人魚是進不去的。

「等、等一等，館長。所以說……」寄居一邊想一邊說：「這邊的水槽，不就變得全都是食人魚了嗎？隔壁的水槽都是燈魚。完全不會來來去去啊。因為牠們一過來就會被吃掉。這樣一來讓水槽底相通，就沒有意義了不是嗎？」

「那當然啊，怎麼能放食人魚進去呢？」館長說著。聽了之後寄居很訝異地回頭看著館長的臉。

「可是裡面的確放了啊？為什麼要放食人魚進去呢？」

「這我怎麼知道，可能是克羅埃西亞人放的吧。」

「啊！這是克羅埃西亞人放的？」寄居驚訝地大聲說著，我也很震驚。

「是啊，我剛剛看到裡面有食人魚，我也嚇了一跳，平常是沒有的啊。我們完全不知道。你知道為什麼嗎？」

「這……您為什麼不早點說呢？」寄居說著。

「我是說過啦……」

「看樣子我們得從頭開始整理了啊，石岡先生。」

「是啊……」

「真是一個謎團重重的事件。克羅埃西亞人……是誰放進來的呢？是意凡強還是波佐維奇……」

「那我怎麼會知道呢。」館長說。

「那平常這裡面是……」

「平常只放燈魚。」

「昨天呢……」

「昨天也是一樣。這裡還有燈魚。」

「為什麼會有食人魚……是從哪裡弄來的呢？」

「那應該是從大廳吧。」館長不假思索地回答。

「啊？」

「那邊大廳的水槽裡，有食人魚啊。」

「大廳的水槽裡？所以是從那裡拿的？」

「沒有錯，這的確是大廳的食人魚。」

「大廳……這您能肯定嗎？」

「不會有錯，我天天在看啊。」

「那現在大廳裡？……」

「當然什麼也沒有啦，水槽裡空空的。」

「啊……他為什麼要這麼做呢？」寄居交叉著手。

「這我倒是可以猜到原因。」門井館長說。

「您知道理由嗎？為什麼呢？」

「我是說，或許有這種可能啦，他可能是想讓食人魚吃燈魚吧，所以才把大廳的食人魚運到這裡來。」

「讓食人魚吃掉燈魚?!」寄居發出幾乎失控的聲音。

「這麼做很有趣嗎？」

「可能很有趣吧。常常聽到這種事啊。我們是不會這樣做啦，但是有些養食人魚的人會把活的家鼠丟到水槽裡，看牠被食人魚虐殺的樣子，覺得很有趣，整缸水都會變得血紅。」

「啊……」聽著聽著，我忍不住歪了臉。

「雖然令人不敢恭維，但是一聽到食人魚，好像很多人都會受到這種誘惑。」

「可是，客人會做這種事嗎……」寄居說道。

「嗯，因為那些外國人好像喝醉了啊。」

「對，聽說醉得很厲害。」

「照顧他們的學藝員說，昨天晚上他們兩個在這附近一家叫歌麿的居酒屋喝酒，好像喝到神志不清才回到這裡。他們兩個都很醉，所以學藝員還扶著他們走回房間，好不容易才讓兩個人躺上床，被子也替他們鋪好了。」

「那時候，房間裡有什麼奇怪的狀況嗎？……」

「他們說什麼異狀也沒有，跟平常一模一樣。從他們進房替他們鋪棉被的時候開始，就一點異狀都沒有。」

「食人魚呢？」

「那時候還不在這房間裡。」

「兩個人誰醉得比較厲害呢？」

「差不多吧，不過波佐維奇可能醉得更厲害一些。」

「波佐維奇，就是住在這間房間的房客吧？」

「對。」

「也就是在外面馬路上被計程車撞到的人？」

「沒錯。」

「從大廳水槽把食人魚帶過來的，會是哪個人呢？」

「嗯，比較可能做這種事的，應該是波佐維奇吧。」

「因為他喝得比較醉嗎……」

「這也是一個原因，另外，德拉岡・波佐維奇是個很有意思的男人。」

「有意思？」

「這個男人可有趣了呢。」

「他看起來像是會殺人的男人嗎？……」

「完全不像。一點跡象也看不出來，是個十足的老好人。」

「老好人是嗎？對了，館長對這次事件有什麼看法呢？」

「所以我是完全看不出個所以然哪，壓根搞不懂。我想這不是單純的殺人。因為他們兩個人感情不錯，可以說相當好。特別是波佐維奇，他絕對不可能殺人的，我一直都在觀察他們兩個。」

「那如果說是意凡強殺了波佐維奇，會不會比較有可能呢？」

「不，應該不會吧，不過……」館長開始吞吞吐吐。

「不過，到底是誰把食人魚拿過來的呢……」寄居說著，又陷入了思考。出現了片刻的沉默。

「這間房間是波佐維奇先生的房間吧？」我這時插了嘴。「而食人魚不可能到隔壁房間去，所以波佐維奇先生是兇手的可能性，不是比較高嗎？」說著，館長對我投以銳利的目光。

「這麼說，你是警察囉？」

「啊，不是，我不是警察……」話題又繞了回來。館長似乎認為，除了警方相關人員以外，其他人都不能有意見。

6

在館長介紹之下，昨天晚上照顧波佐維奇和意凡強兩人的兩位，名叫成田比較年長的會館職員以及吉田這位年輕學藝員，還有克羅埃西亞語的口譯朝田，再加上寄居刑警及我，共計五人，有機會在大廳討論。所幸，這時館長已經離開了。

「波佐維奇先生和意凡強先生，都完全沒有攜帶爆炸物之類的東西嗎？」我問道。

三人馬上就搖頭。接著，成田沒有面對我，反而是面對著寄居回答：「他們兩個連香菸也不抽，所以連一個打火機、火柴盒也沒有。持有物品中完全沒有任何易燃物或者危險物品。」

「他們的持有物，你們都完全清楚嗎？」

「嗯，都很清楚，其實最後每個人都知道了。」

「有沒有可能藏起來呢？」

「如果像硬幣那種小東西，或許可能吧，但如果是炸彈，就不可能了，東西大，也沒有地方藏。」

「可是，波佐維奇先生一定是從哪裡取得了爆炸物，否則……」我說。

「但是他完全不可能有時間做這件事。」回答的是朝田口譯。

「我一直都跟他們兩人在一起，自從他們到日本以後，幾乎從早到晚都在一起。到了晚上，就換成會館的人跟著他們。」

「所以你認為波佐維奇先生不可能有時間去買爆炸物？」

「絕對不可能，這一點我可以保證。」

「可是，昨天他單獨跟意凡強先生兩個人在一起，對吧？」

「沒錯。我們常去附近一家居酒屋歌磨，他們好像很喜歡那裡，跟那邊的媽媽桑也很熟了，昨天晚上好像只有他們兩個人去喝酒。不過這還是到了日本以後第一次自由行動。」

「去喝酒的時候有可能取得什麼東西嗎？」

「你是說危險物品嗎？有可能賣那種東西的店家，都已經關門了吧。」朝田說完後，成田他們繼續補充：「他們兩個人回來的時候，什麼也沒帶，兩手空空，手上的東西只有錢包而已。」

最後連寄居也拿出了否定的材料。「關於那間居酒屋歌磨，那裡的媽媽桑證實，這兩個人一直都在店裡。」

「嗯。」我低聲沉吟著。

「那喝酒的時候，兩個人的樣子、或者對話，有什麼異常嗎？……」寄居問。

「對話都是克羅埃西亞語，所以旁人也聽不懂內容，但是他們兩個人看來非常要好地在聊著天，一邊說話一邊喝酒，然後說說笑笑地，感覺心情很好。」

「嗯，那昨天晚上喝酒的時候，沒有發生任何奇怪的事，對嗎？」我問。

「你是說在他們兩個人之間嗎？」寄居問。

「對。」

「那時候好像並沒有什麼奇怪的地方吧。一直感情很好的樣子，並肩坐在歌磨的吧台邊。」

「回到這裡時，也沒有任何異常嗎？」我問成田。

「他們兩人之間？」成田反問我。

「沒錯。」

「一點都沒有。」

「完全沒有尷尬的氣氛？」

「完全沒有。他們搭著肩，看起來真的很融洽。」

「您一直陪他們到房間去嗎？」

「對。我和吉田攙著波佐維奇先生。」

「當時一直都沒有特別的狀況？」

「很平靜，他們還唱著克羅埃西亞的民謠，開心得很。」

「進入房間之後呢……」

「我讓他們在床墊上躺下，他們還用日文跟我們說晚安，等到我們出了走廊，不久後就聽到鏗地一聲，從屋裡上鎖的聲音。」

「看樣子早上可能起不來。」

「嗯，看那醉態，感覺一定起不來。跟我們說話的時候，也是好不容易撐著的感覺。」

「那間房間鎖上門之後，會變成完全的密室吧？」

「是的，是個完全的密室。」

「那為什麼要交換房間……」

「這……這就是我們搞不懂的地方啊！」成田說道。

「波佐維奇先生進了房間，自己從裡面鎖上門，而這扇門並沒有從外打開的方法。不管裡面發生什麼事，應該都叫不醒他。沒想到打開門後，裡面死的竟然是隔壁房間的意凡強先生。簡直像變魔術一樣嘛。」

「兩個人完全看不出要交換房間的樣子？……」

聽到我的問題，吉田噗哧一笑。

看到他這個樣子，成田也笑了。

「完全沒有那種感覺。」

「應該根本想不到那裡去吧，感覺他們醉得一塌糊塗，接下來所有的力氣，只能花在睡覺上了。」

「兩個人都是這樣？」

「兩個都是。」

「那有任何跡象看出波佐維奇先生想殺意凡強先生嗎……」

這時吉田又笑了：「怎麼可能？他們感情一直很好啊。」

「那兩個人到底是怎麼交換房間的呢……」我問。

「要把這兩個人叫醒，就已經是很吃力的事了。尤其是波佐維奇先生，之前也曾經因為喝多了睡得很沉，隔天早上很難起床，光是敲門是很難叫起來的。我們昨天還在說，看樣子明天又要辛苦了。」吉田說。

「克羅埃西亞有句格言，說『克羅埃西亞人不會離開家』。克羅埃西亞人不是喜歡換房間的人啊！」口譯員朝田說道。
「意凡強先生當時有辦法一個人走路嗎？」
「嗯，雖然有點搖搖晃晃的，還是勉強可以走。」
「所以是波佐維奇先生喝得比較醉？」
三人同時點點頭。
「沒有錯。」
「為什麼會發生這樣的事呢？」
「我不懂。一點也沒有頭緒。」
「這是他殺嗎？」
「我想應該不是，但是實在想不通。」
「那些食人魚，是原本在大廳裡的嗎？」我問道，這兩人點點頭。
「的確是原本在大廳的。因為我們天天看，還負責照顧牠們。」
「聽說被咬過手指？」
「是我。」吉田說。
「就是這根手指嗎？」
「是這裡。」吉田伸出大拇指給我們看。指尖有道已經變白的傷痕。
「食人魚很兇猛的。」
「看起來既兇猛又危險呢。」
「被咬的當時，只是短短一瞬間吧？把魚從水桶放進水槽時。」

「只有短短一瞬間。我不是用水桶，是用一個四角形容器，牠們緊貼在底部的角落，我用力想把牠們甩下來，就在掉下來的時候狠狠被咬……」

「被咬了一口……」

「對，就像剃刀一樣。」

「會痛嗎？」

「很痛，血都滴到地板上去了。」

「意凡強先生的右手手肘以下全都被啃個精光，那應該是被食人魚吃掉的吧。」

「魚這麼大，如果有五隻之多，應該是被牠們吃掉的吧。像人的一、兩隻手臂，牠輕輕鬆鬆就可以吃掉的。每週一定會餵牠們一次生肉，分量就差不多是這麼多，從右手肘到手指尖左右，然後把肉切碎……」

「不對吧，應該更多吧？」成田在一旁說道。

「嗯，好像更多一點吧。」

「您喜歡食人魚嗎？」

「並沒有特別喜歡，看到就生氣。」

「喔，是嗎？」

「一直到現在傷還會隱隱作痛。真想有天把牠們烤來吃算了。」

「食人魚入口，猶聞淺草寺鐘響。㉗」成田說道。

「聽說食人魚還滿好吃的。」吉田說。

「您怎麼學會照顧魚的方法？」我問道。

「問寵物店的人，或者上網找資料、看書等等。」

「他們兩個人，尤其是波佐維奇先生，對食人魚很有興趣嗎？」

這時兩個人馬上用力地搖搖頭。

「完全沒有。」

「他從來沒有表示過興趣？」

「平常根本連看都不看一眼。」吉田說。

「兩個人都一樣嗎？」

「兩個人都一樣，一點興趣都沒有。」

「如果要把魚帶回房間……」說到這裡，我突然想到一個問題：「對了，要怎麼把魚帶回房間呢？」

「我們有網子，就在那邊的清潔用具室裡。可以用網子撈起來放進水桶，再提走。」

「那麼，這位波佐維奇先生看起來並不像會做這種事的人囉？」

「不像，我個人認為啦。」吉田說。

「各位看到魚被搬到那間房間的水槽裡，都很驚訝嗎？」

「那當然啊，嚇了一大跳呢。」

「有可能是死者把手伸進去戲弄魚……可是，真的有人會這麼做嗎？」

譯註㉗：本句改自近代俳句創始者正岡子規知名俳句「紅柿子入口，猶聞法隆寺鐘響。」（原文為：柿食えば鐘が鳴るなり　法隆寺）

「我是不會啦。」
「因為你被咬過手指啊。可是意凡強先生他……」
「是不太可能做這種事啦……哎呀，不過很難講，他是個外國人，又喝得那麼醉。」
「朝田先生，您認為呢？」我問了口譯員，而他也搖頭。
「不太可能，我也認為他應該不會這麼做。先不說德拉岡了，伊文是個很小心謹慎的人，所以我想他不會做這麼荒唐的行為。」
「意凡強先生的右手，幾乎完全沒了。雖然還浮著一些脂肪和血，可是連骨頭都被吃乾淨了。是吧？寄居先生。」
「嗯，骨頭也被吃掉了。」
「食人魚會連骨頭也吃掉嗎？」我一問，大家都安靜了下來，現場一片沉默。顯然沒有人能回答這個問題。
「連骨頭都吃掉啊……」寄居自言自語著。
「所以我才希望請御手洗先生也來調查這件事。因為他也是知名的學者。不過，水槽底部並沒有留下類似骨粉之類的東西呢。還有，意凡強右手骨頭露出的部分顯得參差不齊，所以我才想，有可能是被魚啃的吧。畢竟那些魚的齒列驚人得很，凹凸不平的尖齒，就像鋸齒一樣。」
「食人魚的英文piranha，就是『牙齒的魚』的意思吧。」成田說。
「嗯，pira是『魚』，nha是『牙齒』吧？我記得是這樣。」
可是吉田卻歪著頭，「但是，就算是食人魚，真的會連骨頭都吃掉嗎？」

這時大家都望向吉田的臉。

「我的意思是說，當我們餵牠生肉的時候，如果有骨頭，都會事先剔掉不是嗎？」

「所以說，那可能是多餘的動作吧，說不定不拿掉骨頭就這樣丟進去，那些傢伙就會連骨頭都啃乾淨。」

「真的會嗎……」

「可是你看，如果魚不吃骨頭，那意凡強先生的骨頭又到哪裡去了呢？」成田說著。

吉田認真地想著：「所以骨頭可能還在某個地方吧？」

「在哪裡？」

「比方說房間的角落？」

「這不可能，房間裡沒有這種東西，我們已經查得很徹底了。」寄居說。

「那這座會館裡的其他地方呢……」

「全部都查過了。」

「清潔用具室的角落、壁櫥的角落呢？」

「全部都看過了。」

「會不會是波佐維奇先生拿著呢？」

「他為什麼要拿著這種東西呢？」

「沒有。他的行李箱裡沒有，其他地方也一樣。」寄居又說。

「你確定嗎？警察先生。」

「我敢肯定，甚至可以賭上我這份工作。」寄居斷言。

「我們已經很徹底地調查過了。不只是行李箱，連這條街都查過了。我敢斷定，以事故現場為中心，半徑一百公尺以內絕對沒有人的手骨存在。」

「那會不會是丟進隅田川之類的地方……」吉田說。

「那也不可能。」寄居慢慢地搖頭。

「啊，為什麼呢？」這次輪到我發問了。

「人行道上有足跡。因為從昨天晚上開始就下著雪，所以人行道變得一片白。而從會館玄關到他被撞的路上，一路都可以看到波佐維奇的足跡。發生意外的現場距離很近。」

「喔，原來是這樣。」

「他直接走向現場，途中並沒有繞道。但是也不能說百分之百啦。所以現在我還是請人一直調查到隅田川河畔附近為止。可是，我想應該不太可能，因為今天早上清晨時分，這條路上行人並不少，現在正在附近問話調查，可是還沒聽到有人看到過類似的人物出現，對方是引人注目的克羅埃西亞人，可是並沒有人看到。」

「嗯，那果然還是被食人魚吃掉了吧。」吉田說。

「嗯，我也這麼想。」寄居說。

「我知道了，那今天就暫且假設是被食人魚吃掉的。」

「就先這樣處理吧。」寄居說。

「問題不在這裡吧？」吉田說。

「我之後會把今天聽到的事情，問問御手洗的意見。」我說。

「麻煩您了。這次的事件對我來說，好像是一連串艱深刁鑽的謎題一樣。我這邊之後還會繼續調查關於爆炸物的問題，可是，怎麼說呢，真能找出什麼線索嗎……」

「他們到日本來多久了？」我又問了。

「到今天大約兩個星期吧。」

「他們一直很忙嗎？」

「來日本以後一個多星期，行程都排得滿滿的。國際競賽的表揚典禮上，還有電視來採訪。接著還有雜誌採訪，也排了電視通告，又參加了埼玉、千葉、橫濱等等地方性的活動。還有談話性節目和在大學裡的演講等等。一直到最近才終於比較空閒了。」朝田說。

「有時間的話會一整天待在會館裡嗎？」

「只有星期天會這樣。」

「只有星期天。」

「基本上幾乎不會發生這種現象。他們會去淺草觀光、參觀鬼子母神或者不動尊、逛百貨公司、銀座等等，大概都是這樣過的。說是希望將來有一天能把在日本看到的這些東西，寫進作品裡。」

「那他們曾經買過什麼私人的東西嗎？」

「經常會啊。每次出門的時候，大概都會買些紀念品吧。可是，他們兩個人在祖國都沒有家人，所以在我看來，其實也沒買多少東西。」

「他們有沒有買過什麼奇怪的東西？」

「沒有啊，比較特別的，大概就是進了園藝用品店吧。其他大部分都是禮品店或者餐廳，像漢堡店或者咖啡廳這種地方吧。再來就是書店了……」

「他們在那裡有買到什麼嗎？」

「在書店嗎？」

「不，在園藝用品店。」

「有呢，買了肥料。說是日本有很稀有的肥料，他們想帶回去。」

「嗯，買肥料的是誰？」

「是伊文。」朝田說。

「嗯……」

「還滿大一袋的，差不多這麼大吧。」朝田用兩手表示著大小。

「那差不多了嗎？今天就問到這邊。」寄居打斷了我們。他這個人似乎有點性急。

「其他沒有什麼奇怪的地方嗎？」我最後再問了一次。

「奇怪的地方……比方說什麼事呢？」成田問。

「關於這兩個人的事。任何事都可以，不管多小的事。」

「我想到一件事，不過不是關於他們兩個人的，可以嗎？」吉田突然開口。

「當然可以，請說。」我說。

「燈魚死了呢，兩隻紅蓮燈魚。」

「啊，對了！」成田也在一旁表示同意。

「剛剛看到牠們肚子朝上浮在水面上。是因為被食人魚追趕的精神壓力嗎？」

「可能吧。」成田說。

「今天早上進房間時發現的嗎？」我問道。

「你是指，今天早上來到會館後進入貴賓室的那時候嗎？」

「是的。」

「不，那時候還沒有死。」吉田很肯定地搖搖頭。

「對，那時候還沒有死。」成田也說。

「進入門沒鎖上的那間房間的時候嗎？」我再次確認。

「對，那是意凡強先生的房間。已經空無一物的那間房間。」

「嗯。」

「因為波佐維奇先生的房間鎖著，所以我們到另一間房間前去敲了門，因為沒有回答，本來以為門應該也是鎖著的，不過試著轉了一下門把，沒想到竟然打開了。於是我們進了房間，正覺得奇怪，怎麼沒有人在呢？這時候我看了一下水槽。」

「是，然後呢？」

「我那時候想，燈魚怎麼都擠在這裡啊。」

「嗯，我也一樣。」成田說。

「之後走出大廳時，成田先生說，該不會所有的燈魚全部都集中到這個房間來了吧。」

「嗯，我的確說了這些話。」成田點點頭。

「嗯。過了不久之後，那些魚就死了？」我繼續問。

吉田點點頭：「沒有錯。我剛剛去看過了，都死了。」

「嗯……為什麼呢？真的是因為壓力嗎？聽說熱帶魚是一種很敏感的魚。」

「還有，我剛剛又想到一點。」

「什麼事？」成田側過臉去問吉田。

「就是那時候看到的燈魚啊，你不覺得牠們全都擠在上面嗎？」

「上面？……啊，你這麼一說……」成田說著，交叉了雙臂。

「也不知道為什麼，當時只覺得，牠們怎麼都集中在水槽上方游著。所以，看起來很擠很窘迫的樣子。」

「的確都擠在一起呢。對對對，現在想想真的都集中在上方呢。」

這時候，寄居拍了一下膝蓋：「啊，聽你們這麼說，剛剛那些食人魚，好像也都集中在上面呢。」連寄居也這麼說。

我雖然沒有說出口，可是聽到他們這麼說，我也覺得好像如此。剛剛的食人魚，確實都擠在水槽上半部。不過我以為食人魚的天性就是如此。

「牠們怎麼了嗎？」吉田問著。

可是沒有人能回答。

「說不定是水質變糟了？」吉田悄悄說著。

「你說什麼？」成田問他。

「這我也不是很清楚啦……」

「那最好趕快把食人魚移回大廳這邊比較好，那些魚可不便宜呢。」成田說。

「嗯。」我一邊點頭、一邊說著。對我來說，今天差不多可以告一段落了。

不過這時候吉田又繼續說：「啊，對了對了，還有一件奇怪的事。」

「什麼事？」

「意凡強先生他經常說，自己有幽閉恐懼症，你們記得嗎？」他問成田。

「對，他好像說過呢。所以意凡強先生一向不喜歡去安靜的地方。比方說深夜的寺院或者隅田川河邊之類的。他最喜歡熱鬧的酒店或者人多的地方，老是去這些地方。」

「喔。」

「以一個喜歡俳句的人來說，這是很特別的習慣，所以我記得很清楚。」

「確實很不一樣。不知道其中有什麼意義呢……」我認真地思索著。

又是一陣沉默。

「那今天的調查，到這裡就差不多告一個段落了吧。」寄居又打算作結。

這時，始終安靜低著頭思考的朝田，突然開了口：「我有一個疑問……」

「什麼疑問？」寄居說。

「我一直覺得很奇怪。伊文他是上半身浸在水裡對吧？」

「沒錯。」寄居一邊站起來一邊回答。

「因為水裡有食人魚，所以他的手才會被吃掉……」

「這有什麼問題嗎？」朝田仰起臉來說道。

「既然如此，食人魚不是應該先吃掉臉的部分嗎？眼瞼和嘴唇因為柔軟，所以才會被吃掉不是嗎？這麼的話，臉的肉應該比手指或者手臂的肉軟吧？」

聽了之後，我們頓時陷入一片寂靜沉默。因為大家都認為，確實應該是這樣沒錯。

7

凍雨之樹
克羅埃西亞人之手
俯瞰不見廢墟的街道

我將目前為止的事件經緯，以及所獲得的知識逐一書寫成文章，整理成Word檔資料寄給身在瑞典的御手洗。並且在推測他差不多已經讀完的時間，打電話到大學去，努力想找到御手洗。

可是我好不容易找到的御手洗，他心情卻是前所未有的惡劣。

「石岡啊，我這邊的工作現在進行得很不順利。所有事要上軌道，需要一段時間，也需要人手。現在我可沒有那種閒工夫去處理那些小謎題啊。」電話那頭御手洗的聲音，比往常還要來得冰冷，顯得相當焦躁。

「所以才需要你的頭腦啊，御手洗。東京的警視廳現在很需要你的頭腦。」

「我的頭腦可不借。我的頭腦現在全力處理這邊的問題，這裡的人才需要我的頭腦。雖然我很懷疑他們自己對這一點了解多少。」

「頭腦不能借？」

「對，如果是手腳倒是可以，不過日本遠在海的另一邊。你要不要自己試試？」

「我……你說我？」

「我不是常常說嗎，你已經跟在我旁邊看我工作幾年了啦？得回想起來才行。」

「回想？」

「沒錯。」

「要回想什麼？……」

「首先，這種時候應該先做什麼？」

「做什麼呢？……」

「觀察啊！先觀察，然後收集材料。收集什麼材料？推理的材料啊。正確的推理需要正確的材料。大家都費盡心思思考，但是卻什麼答案也得不到，這就是因為沒有正確的材料，所以才會拘泥於過去的例子等等型式，把精神放在自己注意到的地方。但是這些並不叫發現，只不過是將過去早已體驗過幾百次，生活中的瑣碎事物，重新想起來而已。」

「理論思考……」我下意識地說出這個詞彙，想要曖昧地混過去。可是令人意外地，御手洗竟然表示同意。

「沒有錯，所有的一切都歸根於理論。世界就是理論所形成的。一個一個去發現這些必要的部分，然後轉換成語言。這麼一來，一定可以導出答案。」

「答案？」

「對啊，很簡單吧？那你加油囉。拜……」

「等一等！不要掛啊！」

「你知不知道你這樣打擾我，是多麼大的罪過啊？」

「可是這邊的問題也不小啊。這又不是你討厭的那種調查外遇的案子。」

「我並沒有說他沒有價值。忙我會幫，但還是要由你自己來做。不能以我為主體來調查，我覺得這種傾向一年比一年嚴重了。」

「我真的能做到嗎？」

「當然可以。我看你寫來的東西裡，全都是我們以前有過無數次經驗的事。如果把頭腦花在這種過去的事件上，我的腦袋會報銷的。」

「啊……」我不知道該怎麼接話。「你已經知道這次事件的真相了嗎？」

「要是知道，我早就說了啊。」

「所以說，是還沒解出來囉？」

「還沒。」

「你看了我寫的東西吧？」

「也不能說是看了啦……該怎麼說，就是大概翻了一下……」御手洗說。

「你認為如何？」

「跟往常一樣，相當地混亂。用那種方法來看事情，當然搞不懂啦。還需要經過整理，抽取出需要的材料，再加以細分。分成需要的東西和不需要的東西。」

「這樣真的能把謎題解開嗎？你看，連你都還不能解開呢。」

「我當然還解不開謎題，又沒有各個現場的圖面。可是謎題一定能解開的，像這類的問題，一定可以解得開。」御手洗充滿自信地斷言。

「真的嗎？該怎做呢……」

「所以說，要先抽取出材料……哎！算了！我不講了！講這麼多，這些時間都可以拿去解決問題了啊。你現在最想知道的是什麼？」

「所以說，這次事件的重點……」

雖然試著這樣起了頭，但我當然不可能已經標出事件各個要素的優先順序。我只是隨便想到其中自己印象最深的部分，然後脫口說出來而已。這我自己當然也知道，可是這種時候，除此之外我什麼也想不到了。

「為什麼要製造出密室？……密室真的是犯人所製造的嗎？」

「這是一定的，當然是犯人製造的。」御手洗如此斷定。光是這樣，就已經讓我很驚訝了。

「那麼，那是經由外部操作所製造出的密室嗎？」

「當然。」

「可是……這麼做並沒有意義吧？」

「為什麼？」

「因為那是波佐維奇的房間啊。意凡強從隔壁房間過來，死在這裡，照理來說門應該不會鎖上才對啊。不是嗎？」

「沒錯。狀況不錯嘛，石岡君，就照這樣推理下去。然後呢？」

「沒什麼然後啊，接下來我就不懂了啊。」

「不是不懂，石岡，這不就是個好提示嗎？問題之後再討論。房間被變成密室，就表示犯人可能想讓別人認為，死的不是意凡強，不是嗎？」

「什麼！死的不是意凡強？……」我聽不懂他的意思。

「沒有錯。」

「那會是誰？」

「是誰呢？你仔細想想。你不是也說了嗎，門是從裡面被鎖上，能辦到這件事的死人，會是誰呢？」

「那當然是這間房間的房客……」我整個腦袋發愣。

「房間的房客是吧，那會是誰呢？」

「波佐維奇……」

「對了。只要讓大家以為死人是波佐維奇，不就成了？」

「啊？……可是……」

「為什麼不相信呢？石岡，房間的房客死了，這間房間上了鎖，那這個假設應該很合理啊，你不是也這麼說嗎？難道不是嗎？」

「讓大家以為死的是波佐維奇？有這種方法嗎？要怎麼辦到呢？不可能吧……」

「當然有啊，只要看不到臉就成了吧？」御手洗很不耐煩地說著。

「沒有臉，這……」

「會館借給他們兩人同樣款式的浴衣穿對吧？他們的體型不是也很像嗎？差不多的身高、胖瘦程度、年齡，再加上又是同一個國家的人。

「對日本人來說，看起來就跟雙胞胎沒什麼兩樣。這些事才是所謂的正確材料，在你的文章裡，就非常缺少這些資訊。」

「可是指紋那些……」

「日本怎麼會有他們的指紋和DNA呢？他們是短期間來到日本的外國人，應該也還沒去看過醫生吧。」

「等一等啊，御手洗，你說的這些我懂，可是，臉是不可能消失的啊？」

「石岡，你振作一點，就是為了要讓臉消失，才需要有食人魚不是嗎？」

我短暫地頓住之後，大叫了一聲。

「啊!!」

雖然可以感覺到御手洗出於不耐的沉默，但我現在可沒有心思想那些。

「所以才會把食人魚抓來啊！」

「對，就是這樣。」我可以聽到御手洗冷靜的聲音。

「所以才會有食人魚啊！因為這樣，所以有食人魚！」

「這麼一想，一切就都說得通了吧。行李消失的，是隔壁房間意凡強的東西。波佐維奇的東西原封不動地留在貴賓室裡，連裝了錢的錢包也留著。」

「為了讓人以為死的是波佐維奇，才從大廳抓來食人魚，原來如此。這實在……呃……等等，是誰這麼做的呢？」

「喂，石岡，有人會讓魚吃掉自己的臉，假裝是死人嗎？」

「是波佐維奇嗎？……」

「當然啦。被搬到這個房間時，意凡強應該已經嚥氣了，對吧？」

「難道是吃到一半的時候、魚吃到一半的時候，屍體就被發現了嗎？」

「也可能是，魚並沒有如波佐維奇所預期地吃得那麼多，或者吃得太慢了。」

「但是魚先吃了右手，然後才吃臉，這……」

「這也是其中一項重要的材料啊，石岡，相當重要的線索。我敢跟你打賭，你最好牢牢記住這一點……不過看樣子是不太可能吧，你看起來整個很投入、很亢奮嘛。」

「不過，要讓人以為死的是波佐維奇……這是什麼意思呢？在這之後……他有什麼目的……」

「所以我現在不是正在說明給你聽嗎！」我可以聽到御手洗焦躁的聲音。「如果想讓大家誤以為屍體是波佐維奇，那逃走的也就是波佐維奇。而這個逃亡者，就必須讓大家以為是伊文·意凡強才行。」

「啊？什麼？」

「所以波佐維奇才會帶著意凡強的衣物逃走啊。意凡強的行李不見，剛好可以補強這個假象。」

「真複雜。」

「一點也不複雜。主要人物只有兩個人。」

「為什麼要這麼做呢……」

「理由有很多啊！你想想，伊文·意凡強死了，殺人的是波佐維奇。如果你是波佐維奇，你會怎麼辦？」

「逃走吧。」

「逃到哪裡？」

「北海道？」

「波佐維奇可是個白人啊。不管去澡堂還是便利商店，都會引人注目。」

「那，應該會逃回克羅埃西亞吧。」

「那發現逃亡的你之後，寄居先生會怎麼想呢？」

「呃……會怎麼想呢……」

「你不適合當警察。」御手洗很乾脆地說。

「我知道。而且我也不適合當銀行行員，我應該比較適合當……」

「那不關我的事！意凡強死了，波佐維奇如果消失，這等於在告訴大家，波佐維奇就是犯人啊。」

「喔喔！」

「這時候寄居先生就會在各大國際機場指名通緝德拉岡・波佐維奇。即使他的部署晚了一步，讓波佐維奇幸運地離開成田，那在飛行機降落之前也還來得及。到時候他就會在降落機場被逮捕。」

「喔，原來如此……」

「所以這條路行不通。既然如此，只好留在現場，佯裝一無所知，跟警察纏鬥到底。」

「但這是不可能的啊？」

「怎麼會不可能。只要讓現場變成密室，就可以拖延好一段時間，波佐維奇當初一定也是這樣想的。伊文喝醉了之後把食人魚運到密室裡，因為捉弄魚而引發意外死亡，最好的證據就是這間滴水不漏的密室。」

「嗯。」

「除了伊文以外，沒有人能鎖上門。可能在設計這個機關時，波佐維奇又進一步延伸，反過來一想，才想到了這個點子。他想，既然如此，不如讓自己來當那個荒唐的醉漢。」

「啊……」

「這麼一來他就可以殺了自己。如果自己是被害人，那就可以名正言順地逃走。被指名為殺人嫌疑犯通緝的不是波佐維奇，是意凡強，而這個人已經死了。除了成田機場之外，其他的地方國際機場應該只會注意到殺人犯意凡強，拿著波佐維奇的護照，很有可能順利通關，他應該是這麼想的。」

「頭腦真好啊。」我忍不住佩服了起來。

「是嗎？地方機場也很有可能連被害人的名字一併被知會啊。」

「可是克羅埃西亞人的名字對日本人來說很難記啊。我想光是記殺人嫌疑犯的名字，就已經夠吃力的了。」

「光是他克羅埃西亞人的身分，就已經夠醒目的了。波佐維奇並不知道日本人的這些習性。不過，如果是為了掩飾突發性的殺人，而臨時想到的辦法，這已經算相當高明了。」

「總之，依照這個方向去想，就可以合理解釋現場的各種現象了吧？消失的衣物行李，不是波佐維奇，而是意凡強的東西。

「可是，兩個人的護照他都拿著。這是因為他要在深川的現場製造意凡強逃亡的假象，又必須在機場的海關以波佐維奇本人的身分通關的緣故。」

「喔，原來是這樣，所以房間也是……」

「交換房間也是為了這個原因。波佐維奇的房間如果出現一個臉被吃掉的克羅埃西亞人屍體，那這具屍體就有壓倒性的高機率，會被認為是波佐維奇。」

「密室也是……」

「對，只要有了密室這個補強，這些假象的說服力就更強了。在波佐維奇的房間裡出現了一具疑似波佐維奇的屍體，而這間房間是從外面絕對無法鎖上的嚴密密室，既然如此，轉動旋鈕鎖上門的，一定就是波佐維奇本人。好了，差不多了吧？我很忙的，剩下來你就自己搞定吧。」

「還有一點……」

「不行。」

「我把圖面寄給你……」

「要寄不寄是你的自由。」

「我寄了，你會幫我看嗎？」

「那就是我的自由了。不過應該差不多了吧？還剩一點點就解開了，加油吧。那就再見囉！」他掛上了電話。

8

掛上和御手洗的電話，我放空了半天。

他的推理一點都沒有錯。聽了他的答案，不但讓我很容易理解，也很能接受。什麼啊，搞了半天，原來是這麼簡單的事啊，每次聽完了我都會這樣想。

可是也不知道為什麼，在別人說出來之前，自己怎麼都想不到。這頭腦的差異，到底是怎麼產生的呢？我完全無法理解。

我到櫻田門去找寄居，他在刑事一課的房間請我喝了點粗茶，我將從御手洗那裡聽來的事一五一十地告訴他。

聽了之後，寄居也拍著自己的膝蓋大叫著「對啊！」他不斷說著：原來如此、沒錯、的確是這樣、當然只有這個可能等等。可是，他也是一樣，在聽到別人說之前，都想不到這些簡單的道理。跟我一樣都是凡人，這應該是人之常情吧。

這次的事件中，連御手洗也確認無誤的犯人已經死了，所以寄居並不焦急。只要事件整體可以獲得合理的說明，他的工作就算結束了。

然而，要解釋整件事並沒有那麼簡單。御手洗的解釋雖好，但也只處理了一半，剩下的另一半，還是一個大難題。

但是面對著這道難題，寄居卻穩穩靜坐，絞盡腦汁地深究事件的晦暗不明之處。看他的樣子，好像很享受這種思考過程，一點也不像個現任警官。加害者、被害人都是外國人，可能更加深了他的樂趣吧。他說，這是第一次遇到這種事。可是多虧了御手洗先生，可以順利地寫出報告書，實在幫了大忙。

御手洗說得沒有錯，事件骨架部分的謎已經解開。大廳食人魚被移到貴賓室水槽的理由已經很清楚。

同時，我們也了解為什麼不放在意凡強的房間、而必須放在波佐維奇房間的理由，也了解意凡強房間行李消失的理由。現在還不了解的，就是密室了。我雖然知道這間房間必須被塑造成密室的理由，但是到底是怎麼製造出這間密室的，我還完全摸不透。

御手洗說，那是蓄意創造出來的密室。也就是說，他斷定這間密室一定是經由外部的某種操作，將門鎖起來的。可是，這樣我就更加不懂了。世界上真的存在這種方法嗎？我實在不認為。

寄居目前正在向克羅埃西亞的警察詢問波佐維奇和意凡強這兩人的資料，爆炸物方面也還在積極調查中，他認為等到這兩項都有了結果，或許可以有更新的進展吧。可是，我實在不這麼認為。因為這些都只是材料，我心想，既然這樣，就只好等所有材料都齊全了之後，再打一通電話給御手洗吧。

我收下了交通課所製作的交通事故現場分析圖，和寄居製作的意凡強屍體發現密室現場圖面影本後，回到橫濱，將這些資料掃描成電子檔，再加入附檔寄郵件給御手洗。

寄出去了之後，看看時候差不多了，試著打了一通電話，但不知為什麼，並沒有找到御手洗，也有可能是他故意不接我電話。

一想到這裡，就忍不住想，原來我的問題，對他來說只有這種程度的重要性，就覺得無比悲哀。

到了二月十號，我房間裡的電話響起。原來是寄居打來的，說是知道爆炸物的成分了，聽說是園藝肥料的生石灰。這是一種特殊物質，具有遇水起火的性質。波佐維奇在紙袋裡塞滿了大量的生石灰，再裝進行李箱中，因為被計程車撞擊的力道導致行李箱破裂，結果裡面的紙袋也破掉，露出生石灰。這時候因為下著雪，讓生石灰起火，因為量實在太多而造成爆炸。

寄居說，爆炸的原因應該就是這樣沒有錯，而不是炸彈。他接著又問，現在打算再到深川現場去看看，石岡先生要不要也一起來呢？我看了看時鐘，時間接近正午，於是回答寄居，待會兒吃過午飯後馬上過去。

我們約在芭蕉紀念會館的大廳會合。到了之後會館職員成田和學藝員吉田也在。可是，口譯員朝田並不在，聽說還有其他工作。我看了看水槽，五隻食人魚都安全無事地游著。大家又在前幾天的沙發上聚集，我到了之後，寄居再次向大家解釋生石灰的事。說完之後，他轉而問我御手洗先生那邊的進展，我對他報告，已經將上次準備的圖面掃描寄去，之後也打了電話，但是還沒有找到他人。寄居說，既然這樣，那從現在開始就試著靠我們自己的力量來推理看看吧。大家也都贊成他的看法，紛紛提出了許多不同意見，但是現場除了寄居以外，全都算外行人，發言實在不得要領，說不出確實的意見。在事態毫無進展之下，輪到了我說話，我試著告訴大家御手洗曾經對我說過的話。

「御手洗告訴過我，理論思考需要有正確的材料。應該要徹底抽取出這些材料。」

「正確的材料？……」寄居說。

「對。雖說是材料，但不能光把各種冒出來的想法排列起來，從中仔細挑選必要、而且重要的部分，用在推理上。」

「必要、而且重要。嗯，很有道理。把一堆垃圾丟進推理機械裡，出來的也只是垃圾而已。」寄居說。

「應該就是這個道理吧。」

「我們現在有些什麼材料呢？」成田問。

「那不如現在大家先來講講，有什麼材料吧。」吉田說。

「剛剛說到生石灰，算是新的材料吧。」寄居說。

「嗯，應該就是新材料吧。」我說。

「遇到水就起火，這……」

「嗯，生石灰這種東西，有這樣的特殊性質。這的確是可以運用的推理材料之一。」我說。

「對。其他還有呢……密室嗎？」成田說。

「那是一種替換身分的手段，在這種時候，該怎麼歸類呢？」

「不算嗎？」

「應該算是已經用過的材料吧？」吉田說。

「那食人魚也是？」

「那也是替換用的材料，也已經用過了吧。」

「右手！應該是右手吧？意凡強沒有右手這個事實。」寄居說。

「啊！對了，這算吧，這應該是重要的材料。御手洗也說過，這非常重要。」我說。

「非常重要？這當然啊。不過我倒是很好奇，他的手真的全都是被食人魚吃掉的嗎？連骨頭都啃得乾淨？」成田說出了自己的疑問。

「真的會連骨頭都吃嗎？」

「成田先生，你上次不是說，食人魚會吃骨頭的嗎？」吉田說。

「嗯，上次我好像說過。不過現在想想，又覺得不太可能。御手洗先生怎麼說？」成田問我。

「啊，我忘了問這件事。」我說。

「那就先把這一點看成材料吧。其他呢？」

「幽閉恐懼症！我一直在想這件事。」吉田說。

「對了、對了，那到底是什麼啊？平時意凡強先生又不是個愛熱鬧的人啊，如果是波佐維奇先生，那我還比較能理解。」成田說。

「嗯，硬要比較的話，你說得的確沒錯。意凡強先生是個很文靜的人。可是他卻討厭安靜，好像也絕對不去安靜的場所。」

「幽閉恐懼症。如果說那是在演戲的話，其中有什麼意義呢……」寄居自問著。

「在自己的周圍，必須經常保持安靜才行。」吉田說。

「嗯，這麼做有什麼意義呢？」

「如果周圍安靜下來，就有什麼會被發現？……是不是這樣……」寄居說。

「應該是吧。」我說。

「安靜時容易被發現、吵鬧時不容易被發現的事，會是什麼呢……」

「聽起來好像腦筋急轉彎呢。」

「會不會是他自己經常發出聲音呢？」寄居說。

「對，應該是這樣。不過……會是什麼聲音啊？」

「嗯，這就不知道了。」寄居交叉起雙臂。

「可是意凡強先生並沒有發出什麼聲音啊。」吉田說。

「我們一直都跟他貼身在一起啊。」

「還有，水槽裡好像有骨粉，雖然非常少量。仔細想想，這也挺奇怪的，食人魚咬過之後，會出現骨粉嗎？」寄居說。

「只不過是魚，又不是電鋸。」吉田說。

「沒錯。」

「更基本的問題是，如果食人魚根本不會連骨頭一起吃，骨頭應該還留著啊？」

「那他的骨頭到哪裡去了？」成田又說。

「也就是說，骨頭消失了？」

「消失到哪裡去了呢？」

「至少不在這座館內，事件之後我們找得很徹底。」

現場一片沉默。

「呃……不過，我們拿這些材料，要推理什麼呢？」吉田問。

「一定是這樣。」

「感覺越來越不懂了，真是個複雜的事件啊。」

「密室。密室到底是怎麼製造出來的？現在只剩下這個謎了。」我說。

「啊，對了、對了，一點也沒錯，就是密室。可是，這些材料，能夠製造出密室嗎？」

「右手骨可製造不出密室來啊。」成田笑著說，大家也跟著笑了。

「大概只能拿來煮湯吧。」

「幽閉恐懼症也製造不出來，一點關係都沒有。這條路行不通啊。」

「生石灰也不可能。」我也說。

「生石灰、右手骨……」

「還有幽閉恐懼症。」

「這些能夠製造出密室嗎？現在大家來想想看吧。」寄居說。

這時大約歷經了五分鐘的沉默，大家都拚命試著絞盡腦汁思考，結果沒有人能想出答案。

「這樣下去不行啊。我們投降了，完全理不出頭緒。」成田舉手投降。

「手骨、生石灰，和幽閉恐懼症，不可能製造出密室的。這根本是雜燴鍋嘛。」

「畢竟房間裡有那麼堅固的旋鈕和鐵門啊。」吉田也說。

「這樣不成。石岡先生，可以再打通電話，請御手洗先生幫幫忙嗎？」寄居問。

「我看御手洗先生應該差不多有空了。」這時我看了看牆上掛的時鐘。「瑞典現在……還不到早上八點，那傢伙不知道起床了沒有……」

「差不多是大學上課前的時間，應該起來了吧，今天也不是週末。可能打到他住的地方比較保險吧。」

「好……」我從口袋裡掏出行動電話撥了號，但馬上放棄：「不行，這支手機不能撥越洋電話。」

「啊，那我把館內的電話拿來。」吉田說著，馬上站了起來。「我們有子機。」

他消失在接待櫃台中，不久便拿著子機回來。我接過他遞來的電話。我一邊按下御手洗在烏普薩拉公寓的電話號碼一邊想，希望他心情不要像上次一樣糟。

越洋電話在接通電話之前需要一段時間。等了一會兒，終於開始聽到接通聲，大約響到第四聲時，有人接起了電話，「Hello」，聽到這個類似海盜般粗暴的聲音，讓我慌了手腳。因為那很明顯不是御手洗的聲音。

我急忙在腦中試著回想著英文句型。

「Can I talk，啊、不對，應該是May I……」我混雜著日文亂七八糟地胡說八道了一堆，對方聽到一個奇怪的人不知道說些什麼，可能也猜到應該是日本打來的，於是換了御手洗來接電話。

「石岡嗎?今天又有什麼事啊?」御手洗有點不耐煩地說著。

「呃，你今天有時間嗎?我有點事……」我問道。

「要問什麼?」他很斷然地問。

「我盡量長話短說。」

「那最好不過了。」

「就是上次我跟你提的那個事件……」

「上次？哪個事件啊……」

「哪個事件？就是那個克羅埃西亞人死掉的事件啊。」

「克羅埃西亞人……啊？」御手洗的聲音突然變大。

「你想起來了嗎？」

「想起來了。」

「我現在正跟寄居先生他們討論這個事件……」

「你現在在哪裡？」

「在現場。深川的芭蕉紀念會館。」

「嗯。」

「因為你說過要有材料，所以現在大家正整理的現有的材料。」

「喔？比方說呢？」

「比方說意凡強的右手消失了之後，消失的骨頭……」話到了一半，我突然想針對這一點問問他。「對了，御手洗，食人魚吃不吃人的骨頭啊？」

「不吃。」御手洗說。

「不吃啊……這樣嗎……」

「這又怎麼了？」

「如果魚沒有吃掉，就表示骨頭被藏在某個地方吧？」聽我這麼說，御手洗稍微沉默了一下子，然後說：「關於這個問題呢，石岡，答案既是對、也是錯。」

「既是對、也是錯？什麼意思？」

「這個待會兒再說吧，先說說你們找到了什麼材料？」
「還有生石灰，跟幽閉恐懼症……」
「不錯嘛，很不錯啊，石岡。收穫很多啊。還有呢？」
「還有……就這樣而已啊……」
「石岡，你忘記一件很重要的事了。一件最重要的事。」
「很重要的事？食人魚嗎？」
「不對。」
「……密室？」
「不對、不對，石岡。是水槽！底部相連的兩個水槽啊。這才是最重要的材料啊。以這個為主體，其他什麼手骨、幽閉恐懼症或者生石灰，都是附帶的東西。補充性材料的重要度會低一級啊。」
「補充性材料？」
「先要有底部相連的水槽才行啊。光有生石灰或者幽閉恐懼症，還是製造不出密室的。」
「喂，御手洗，你的意思是說，你已經知道了嗎？」
「知道什麼？」御手洗疑惑地問。
「這個謎題的答案啊，你已經知道真相了嗎？」
「答案我倒是知道了。」御手洗若無其事地隨口說著。
「啊，你已經知道了！」聽我這麼一叫，在一旁聽著的大家也一陣騷動。

「你的意思是說，幽閉恐懼症或者消失的右手骨還有生石灰，都是製造密室需要的成分？」

「水槽啊，還有水槽。」

「對，還有水槽。用這些東西，就能做出密室來了嗎？」

「可以。」御手洗說。

「真的嗎？你不是在開玩笑吧？」

「我當然是認真的，可以做出密室的。」御手洗笑著說。

「怎麼做？快告訴我啊，寄居先生也很想知道。」

「熱帶魚是不是死了？」御手洗突然問了這個問題。

「啊……」我頓時語塞。

「我忘了有沒有告訴過你，有兩隻燈魚死了。」在一旁聽著對話的吉田這麼告訴我，「在那之後又死了五隻。」

「聽說又死了五隻。這又怎麼了？」

「最好換一下水槽的水，裡面有氯。」

「氯？」

「對，是一種毒。魚是不是都往上面跑？」

「沒錯。」

「因為熱帶魚用的水有溫差。有溫差的水，短時間是不會混合在一起的。在下方的冷水比較危險。」

「水不會混合……」

「燈魚類必須在將近三十度的水溫裡才能存活。只要倒進冬天的冷水，就足以要了牠們的命。」

「冬天的冷水……」

「沒錯。」

「難道這跟意凡強的死也有關係嗎？」

「那當然。」御手洗說。

「是怎麼扯上關係的?!他該不會是被毒死的吧?!」

這時我看見寄居臉色大變。

「說來話長。我這邊有客人在，得一起到大學去，要走了，現在沒有時間，下次再說吧。」

「這怎麼行呢！我們現在可是相當頭痛啊、非常煩惱啊！我們也沒剩多少時間了，你就幫幫忙吧。」

「這句話應該是我說的吧，石岡。你們自己想想辦法吧，我已經給你很多線索了吧。這邊的工作也很吃緊的。」

「拜託了，我現在只能依靠你了。拜託你啦。我把電話給寄居先生，讓他直接……」

「不要、不要！」御手洗急忙阻止我：「我也不是故意不告訴你，是真的沒時間了，我說這邊工作狀況吃緊，也是真的。你就算請警視總監來聽，我的回答也是一樣。」說著，御手洗輕輕地嘆了一口氣。

「你們真的不能自己來嗎……」我又聽到他這樣低聲唸著。

「就是因為辦不到，才打電話給你的啊！」我幾乎對他大叫著。

「好啦、好啦。那我就告訴你一個最重要的材料吧。知道這個，你們應該也能找出個眉目吧。」

「有這種東西嗎？」

「當然有。我現在說的就是最後的答案。與其我從頭一字一句開始講解，還不如這個答案來得更直接、更確實。」

「我實在不覺得可能有這種材料存在……」

「那就是消失的右手骨啊，石岡。意凡強的手骨。只要有了這個，你也可以知道剩下所有謎題的答案了吧？」

「意凡強的右手骨？」

「嗯。」

「現在還找得到嗎？」

「我這不是在告訴你，它確實存在嗎？」

「那你知道它在哪裡嗎？」

「知道。我現在就把地點告訴你。」御手洗說著，我聽了又驚訝得不知該說什麼。

「要是真能辦到，就像在變魔術了嘛。」

御手洗聽了輕笑了兩聲：「這句話你以前不知道說過多少次。不過，你曾經看過我猜錯過嗎？」

「是啊，你總是充滿自信呢。」

「沒時間了。你現在站起來，石岡。」御手洗命令著我。於是我半信半疑地站了起來，在場的大家似乎也都隱約聽到了御手洗的聲音，大家都互相看了看彼此的臉，從沙發上起身。

「該不會，就在這座館裡吧？……」

「就在附近。你就這樣往前進，走出玄關。」

「什麼？玄關？」

「沒錯，動作快一點。出門了嗎？」

寄居小跑步地領在前面，推開玻璃門用手撐著。我穿過他身旁，走上外面的人行道。

「出來了。然後呢？」

「你眼前是不是有一棵喜馬拉雅雪松？」

我看著前方，「有。」

「其中偏右邊的……」

「右邊、嗯，我看到了。」

「你往右邊方向前進。包括右邊這棵喜馬拉雅雪松的第四株，你走到人行道上右邊第四棵杉樹前面去。」

「第四棵……電話收得到訊號吧……」我一邊說、一邊戰戰兢兢地前進。大家也都魚貫跟在我身後，表情也都顯得半信半疑。

「到了，在第四棵前面。」我說著。這時電話裡的雜訊很多，御手洗的聲音也明顯地變小。

「啊！不行啊，石岡，我該出門了！」御手洗的聲音好像是從遙遠的彼方傳來。

「等一等啊！我接下來該怎麼辦呢？」

「去撞那棵喜馬拉雅雪松。」

「什麼?!」我慘叫了一聲。

「用你全身的力量去撞它。我該走了，你好好加油吧，石岡，再見了！」他隨即掛上了電話。

我滿腦子茫然，覺得全身虛脫，眼前一陣黑，忍不住當場蹲了下來。都這種時候了，他還玩這種把戲。御手洗肯定在開我玩笑。我明明這麼認真地請教他、求他幫忙，而他竟然……

不只是我，現場所有人都一樣。大家都不是抱著隨隨便便的心情聚在這裡的。大家都乾嚥著口水，同心相信御手洗所說的話，生怕聽漏了任何一句話。然而，御手洗他到底是用什麼樣的心情、基於什麼想法跟我開這種低劣的玩笑呢？到底要玩弄我到什麼地步，他才滿意呢？

我的頭腦當然遠不及他，這一點我承認。可是，也犯不著在這麼多人面前，讓我丟這麼大的臉啊！我犯了什麼錯嗎？雖然說我夜以繼日一直纏著忙碌的他，給他帶來不少麻煩。這我也承認。可是，難道這就是他的報復嗎？他是這樣對待三十年來的朋友嗎？我呆站在人行道上。

我感覺淚水湧上了眼眶。

「怎麼了？石岡先生？」一無所知的寄居問我。

「沒什麼，御手洗他開我玩笑……」我只能勉強說出這些話。要是再繼續說下去，一定會因為眼淚而越說越不清楚。

「外面很冷耶。」吉田抱怨著。我心裡也覺得，真是的，何必這樣整人呢。

「我們回去吧。」我對大家說。

「不過，御手洗先生剛剛到底說了什麼？」成田問。

「沒什麼，他只是在捉弄我……」我小聲地說著。

「他是怎麼捉弄你的？」

「他叫我去撞這棵樹。」

一聽，大家頓時激動了起來。

「撞這棵樹？」吉田說著。我稍微笑了笑。這時我心裡呆呆地想，我跟御手洗的友情，或許就到此為止了吧。

我再也不要打電話給他了。御手洗這次的態度是那麼冰冷，一副覺得我很煩的樣子，他這態度看來不像是開玩笑。我感覺自己被朋友討厭。像我這種人，只會對他需要高度智慧的活動造成干擾，所以他才藉由這種手段來教訓我，要我別再打電話給他吧。

我悄然垂下肩頭，背向喜馬拉雅雪松慢慢地朝芭蕉紀念會館的方向走回去。

走了好一會兒，突然發現周圍異樣地安靜，一轉身，身旁和背後沒有半個人跟上來。咦？大家都到哪去了呢，回頭一看，大家正合力相準時機，同時用身體撞向那棵喜馬拉雅雪松的樹幹。

我回過頭去，站在那裡半晌不知該說些什麼。這是在開什麼玩笑嗎？或者是大家認真地聽信了御手洗的捉弄？芭蕉紀念會館的這兩人好像還滿愛開玩笑的。我感到一陣類似貧血的暈眩，慢慢就地蹲了下來。

就在這時候。聽到了「啊！」地一聲，我抬起頭來。聽到輕微地哐啷一聲，有個東西落在石頭上。

「石岡先生！」有人急忙喚著我的名字。「快過來，你快到這裡來啊！」

我站起來，慢慢地走在人行道上，回到剛剛的地方。這時我的腦中，什麼也沒想。大家在人行道上圍成一圈蹲著。我一走近，寄居馬上抓起某樣東西給我看。

那是一隻手，人的右手。手的下方，也就是手肘附近，垂著幾條類似電線的東西。

「這、這是什麼？」我問。

「是義肢，看來應該是義肢吧……」寄居一邊仔細看著，一邊用亢奮的聲音說著。

「製作得相當精巧，手的內部還有機械。這是義肢啊，石岡先生，由機器來操控的義肢……」刑警抬起頭來，望著我這麼說。

「在哪裡找到的？」我問。

「就在這棵樹上，它被樹枝勾住了。」寄居一臉茫然地說。

我站在原地思考著這些話的意義。可是，一度冷卻的頭腦很難恢復原有的思路。

9

「手」在日本人稱為榻榻米的地板上，仔細地撒著某種白色的粉末。看起來已經大部分撒完了。它到底在做些什麼呢？這些白色粉末又是什麼？

有可能是毒物，不能輕率靠近，也有可能是火藥。不管是什麼，看來都不是安全的東西吧。

在這種大半夜裡，做出這種令人費解的行為，不可能是出於對我的善意。

我慢慢地、小心不發出聲音地推開棉被，悄悄地站起來。不能發出聲音。「手」說不定有耳朵。接著，我解開這稱為浴衣的日式睡袍腰帶。拿著腰帶，繞到「手」的後方。在我這麼做的同時，「手」依然專注地撒著白色粉末。慢慢地、慢慢地，我從背後接近「手」。站在上方往下看，「手」只有到肘關節附近的部分。我小心不被它發現，慢慢地蹲下，輕輕地抓住手腕附近。被我提起來之後，「手」可能察覺到指尖開始空轉，覺得奇怪，猛力掙扎著想要逃跑。可是，手腕位於五隻手指動作範圍的死角，所以再怎麼努力指尖都碰不到手腕。

我用浴衣的腰帶迅速綁住手腕，並且就這樣把腰帶綁在旁邊小桌子的桌腳上，讓它無法動彈。手指空虛地動著，抓著地板。不過，它已經無路可逃了。打結的地方也是，五隻手指碰觸不到的死角。所以它應該永遠無法解開這個結。

我站起來，吸了一口氣後覺得頭痛。相當嚴重的宿醉。我一邊俯瞰著手，一邊用疼痛不已的頭拚命思考著，想要比伊文的計策先一著棋。在隔壁房間的他，下一步會做什麼？他在打什麼算盤——

我下意識地看看背後，不禁「啊！」一地叫了一聲。我發現了不對勁的現象。水槽的水增加了！發生什麼事了？

我馬上就弄懂是怎麼一回事。伊文那傢伙在隔壁房間往水槽裡加著水。隔壁房間也有一個水槽。而這兩個水槽的底部是相通的。

水很明顯地逐漸增加。看這增加的速度，應該不是用水桶裝水，而是拿著水管灌水吧。我看了馬上就知道。因為底部相連，所以當伊文往自己房間的水槽注水時，這間房間水槽的水位也會提高。

伊文沒有右手，右手現在在我這裡，所以那傢伙現在只有一隻手。用水桶裝滿水龍頭的水，再搬來倒進水槽裡這些作業，對他來說一定非常困難。

水槽上有厚厚的塑膠蓋，蓋子邊上繞著一圈透氣用的小洞。一看，蓋子的位置有點偏移。應該是「手」移動的吧。「手」就是從這個縫隙跑進來的。水位很快就要到達邊緣。接著又慢慢一點一點地毫不停止地往上爬，這果然是水管，不是水桶。這時我注意到，「手」要從水槽底部爬到這裡來，必須要有接近邊緣的水位。需要有水的浮力助陣。所以他才繼續加水。可是，水依然繼續增加著。他加水一定還有其他的理由。我開始思考伊文所在的隔壁房間。接著，也想起了就在門外走廊上，裝設有水龍頭的小水槽。那個小洗手台。伊文應該是從那裡用水管把水引到水槽的。對，一定是這樣沒錯。

這麼說，伊文的房門現在應該是開著的。我猶豫著，該不該反擊呢？

等等，不對啊！我已經知道水位增加的理由了。可是，即使如此，我還是不懂伊文這麼做的理由。伊文將自己房間的水槽加滿水，於是隔壁房間中我的水槽水位也會隨之增加。這個我也懂，但是，伊文為什麼要這麼做？「手」的侵入，應該已經完成了啊？

我努力轉動因為宿醉而疼痛的頭，拚命思考著。繼續這樣加水的話，會怎麼樣呢？水當然會溢出水槽邊緣。然後我的房間就會浸水。把我的房間地板浸濕，這對他有什麼好處呢？

——

這裡是一樓，不是地下室。所以即使房間滲水，再怎麼樣我都可以開門從走廊逃走。就算有什麼東西在走廊上擋住門，水也會從門下方或者旁邊的縫隙流到走廊上，房間並不會變成巨大的水缽。所以說，我並不會溺死。

他到底在想什麼？我看著水即將溢出的水槽，和讓我房間地面變得雪白的粉末，思考著。水從水槽溢出來後，水當然會弄濕地板，而水也會慢慢接觸到地板上的這些白色粉末

——

我把指尖放進蓋子被移開的水槽裡，接著走了幾步，在毛毯上稍微擦了兩下後，將手指移到面前的白色粉末上。我讓從指尖掉落的水滴，剛好落在白色粉末上。

一滴水滴滴落在白粉上。於是，「砰！」一地燃起了一抹小小的橘色火焰。

燒起來了?!——我心想。粉末燒起來了！原來這些白粉會燃燒啊。

我從長褲口袋中取出在歌磨拿的火柴點火，然後將少量白粉集中在一旁，拿著火柴的火焰接近這些粉末。可是，白粉並沒有燃燒。遇火不會燃燒，只有接觸到水的時候才會著火。

一想到這裡，我馬上就想起來了。我知道這是什麼物質，因為我以前也從事過農業。

這是生石灰，想改良酸性土壤時，會在田地上混入這種東西，然後就可以有中和效果，

可以更新土壤。可是因為遇水就會起火，所以總是會再三被提醒，保管時必須注意不被雨淋到。

因為自己的土地上不曾使用過，所以這還是第一次實際看到，可是，相關知識還是有的。伊文瞞著我，在東京某個地方偷偷買了這些。這下子我終於知道伊文的計畫了。他先在我房間裡撒遍生石灰，然後讓水槽裡的水溢出來。作為客房用的這間房間裡，跟同為客房的隔壁房間，各有一座水槽，這兩座水槽的底部剛好互相連通。熱帶魚水槽需要費心照料，可能是想藉由這種設計，節省設備和照料的功夫吧。

而現在放的這些日光燈魚、紅蓮燈魚、帝王燈魚等都是小魚，這麼一來這些魚就可以在兩邊來來去去，客人便可以看到較多的魚種。俳句詩人對美麗的魚，應該會很有興趣。

所以只要往自己房間的水槽裡加水，自己水槽的水固然會滿出來，但隔壁房間水槽的水也一樣會溢出來。兩座水槽的邊緣應該是同樣高度，水面的高度也當然會一樣，這是連通管的原理。這麼一來，撒了生石灰的那間房間便會起火，也就是我的房間。量如果夠多，應該會爆炸吧。而我這個告密的小人，殘殺了他妻子和女兒，又奪走自己右手的可恨的塞爾維亞人，德拉岡・波佐維奇，便會死在房間裡。

我走到放在房間角落摺疊好的毛毯，摸了一下。是濕的。剛從水槽爬出來的「手」，和放了生石灰的塑膠袋在這上面擦乾了水氣。

可能還多等了一段時間，直到完全乾為止。看看水槽，水位上升得差不多，已經快接近邊緣了。沒有時間了，得讓水停住才行，否則這間房間就會爆炸。

我急忙解開綁住「手」的腰帶。因為我看穿了伊文的計畫。「手」的任務已經完成，接下來只剩下撤退了。

一看，「手」果然開始往上爬，朝水槽方向上升。在電線牽引之下，沿著水槽壁面上升。義肢好像有防水功能，畢竟人總是得洗手、清洗東西，有防水功能也是當然的，如果沒有這種功能，馬上就會被發現手是假的。

跟他相處多年的我非常了解。在這之前伊文可能先讓義肢藏在什麼地方吧。他絕對不認為剛剛爛醉如泥的我有辦法做什麼。他心裡一直認為，我是個頭腦遠不及他的人。或許是因為，我體內流的是塞爾維亞人的血吧。

為了確認一件事，我急忙走到門旁，但也不忘壓低了腳步聲。我小心不發出聲音地解開鎖，推開門後，順利地開了。門沒有被擋住。我戰戰兢兢地探出頭，看了看走廊，果然，裝在牆壁上的小洗手台的水龍頭上，裝著一條藍色的水管。我放著門沒關，躡手躡腳地走上了走廊。鋪著綠色亞麻油地板的水泥地上，不會發出腳步聲。我走到水龍頭旁，很快地扭緊，關上了水。走廊雖然黑暗，但我還是可以清楚感覺到水管抖動了一下後，停止出水。

伊文很可能正在房間最後面的水槽旁邊，他應該不會馬上發現到水停了。可是，不久後他終究會知道，然後一定會覺得很奇怪。但他並不會馬上聯想到會是隔壁房間的德拉岡・波佐維奇搞的鬼。因為在幾個小時前，他才剛看過我爛醉的樣子。

首先，他很可能會懷疑是水管，或者是水龍頭出了問題。我推測，這麼一來他一定會走出走廊來看看狀況。

我決定要瞄準這個瞬間。事情到了這個地步，只能跟他一決勝負了。他打算殺了自己。要是不殺了他，就是我被殺。

現在沒時間想東想西了。可是一方面因為知道他的殺意，讓我感到憤怒，再加上頭痛，頭腦沒有能力思考。

要是真的那樣睡著，我必死無疑。就算不死，全身也會嚴重燒傷。如果沒有被那個惡夢驚醒，我現在一定還在沉睡。

因為昨天晚上被伊文灌了不少酒，喝得大醉。也說不定酒裡被下了什麼藥。我現在還站不穩腳步。他不能在眾目睽睽的酒店裡殺人，或許不是毒物，但是這些物質和酒現在還留在我體內，加上憤怒，頭痛遲遲不退。

昨晚喝酒的時候，我們一直聊著小時候的回憶，但顯然這席酒並非出於友情，想讓戰時的恩怨付諸水流。那傢伙雖然滿口這麼說，其實都是天大的謊言。那傢伙並沒有忘記戰時的怨恨，酒的背後藏著報復的殺意，實在是卑劣無比的策略。克羅埃西亞人最擅長搞政治，從巴維里契那個時代開始就是如此。臉上掛著和煦親切的微笑，可是肚子裡卻藏著滿腹惡意。

所以他們才會創作俳句，說什麼克羅埃西亞有創作「Ganga」這種短詩的傳統，其實都是騙人的。那都是因為長篇文章容易被看穿他們的黑心腸。如果是五七五左右的短詩，當然可以說些漂亮的場面話。伊文房門打開時，我站在一旁，在暗處裡安靜等著。

門終於慢慢地打開，露出了伊文的鷹勾鼻，我用整個身體撞門，迅雷不及掩耳地快速欺身到他背後。我用左手摀住他的嘴，用右手勒住他脖子。我很快就放開摀住他嘴的手，押住他的左手。伊文已經上了年紀，身體虛弱，尤其是心臟特別不好，又沒有右手，所以需要警戒的只有他的左手。再加上我年輕時練過摔角，雖然年紀大了，只要有那個心，要殺伊文一個人，根本不需要費什麼力氣。

而我並沒有對他做出任何事，我甚至覺得伊文應該要感謝我才對。他對我的怨恨根本就沒有道理，而且完全是出於誤解。我不是為了殺害伊文的妻小，才去跟塞爾維亞民兵告密的。我只是為了幫助自己親戚的女兒和小孩們而已，除此之外沒有其他的理由了。

我們兩個人激烈地扭打著，就這樣進了伊文房間，伊文猛然想倒下，但我沒讓他稱心，我拉著他，逼著他走到水槽邊。我看見房間裡床鋪整理得很乾淨，水槽的蓋子已經被取下。跟我猜想的一樣。我就在水槽邊，用力將他的頭強押到水中。

他在水裡拚命地叫喊掙扎。水泡聲讓我什麼都聽不到，不管那是乞求活命的哀號，或者是對塞爾維亞人的咒罵，我都不在意。我已經受夠了。伊文妻子的死不是我的錯，我也充分受到罪惡感的折磨，所以我一直對他百依百順。可是他從來不曾感謝我。我再怎麼退讓犧牲，也只是增加他對我的怨恨而已。就這樣過了五分鐘，伊文很快就溺死了。伊文的心臟已經虛弱到這個地步了。不只是心臟不好，他還有糖尿病之類的老毛病。這樣的身體狀況竟然想要出手攻擊我，我看他是想早點到妻子身邊去一家團聚吧。

我把伊文從水中拉出來，讓他躺在地上，接著我開始想，該怎麼處理現在的狀態？時間已經沒剩多少了。我看看時鐘，已經快接近清晨四點。再怎麼晚，到了九點都會有人到會館來，口譯的朝田先生也會在十點來。喜歡俳句的多半是老人，而老人習慣早起。以前還曾經有日本人在早上六點到這裡來。

不能再拖下去了。

伊文已經死了。

為了躲過殺人的嫌疑，只好讓伊文看起來像是死於意外，或者是自然死亡。而且還不是死於跌倒或者交通事故，必須是溺死才行。一般來說，很少會出現溺死的意外。可是在這種狀況下，為了讓自己不被懷疑，只能讓伊文意外溺死。該怎麼辦好呢——

不管怎麼想，逃亡都不是一個好辦法。雖然我很想逃，但是這一逃，就等於宣告自己是犯人。同鄉友人死了，隔壁房間的男人沒有跟邀請自己的日本人打聲招呼就消失，這不等於承認自己是犯人嗎。而且這裡不是歐洲，而是極東的島國日本。跟日本人長得很不一樣的我，不管逃到多麼鄉下地方隱居，都一樣醒目。這樣根本逃不開。真要逃，一定要逃到國外才行。但是要逃回歐洲，還要面臨在成田機場提出護照這一關。這麼一來，我離開日本、飛到哪裡，追蹤的人都會一清二楚。

在我降落在歐洲某處的機場之前，伊文的屍體不可能還沒被發現，不管估算得再怎麼充裕，當我搭機在天空中時，日本方面一定已經在目的地機場打點好。我將會在海關被扣留、遭到逮捕。總之，先得把門關上。現在這裡沒有別人。這個時間芭蕉紀念會館裡只有我和伊文兩個人而已。

可是，也可能發生了某種緊急狀況，讓日本人提早過來。而這裡是市中心，隔壁大樓也可能有人在。要是太大聲，或許會被別人聽到。會館一樓裝著大片玻璃窗，從外面的人行道可以清清楚楚地看見大廳。我現在所在的地方，離大廳也只有一呎之遙。

我馬上趕到廁所，打開旁邊清掃用具室的門，拿著藍色塑膠水桶回來。我記得這裡放著水桶，我也知道這裡有藍色水管。為了以防萬一，我沒有開燈，也盡量不留下指紋小心地確認著，不出我所料，水管消失了。伊文果然拿了放在這裡的工具去用。

我拿著水桶回到伊文房間，開始將增加的水舀出來。剛剛殺害伊文時，因為他的掙扎，潑了大量的水在地上。

我仔細不要再潑出更多水，謹慎地作業。我在水槽和走廊流理台之間來回好幾次，好不容易才讓水位降回平常的高度。現在沒有爆炸的危險，我也稍微鬆了一口氣。接著，我開始慢慢地思考如何善後。我首先想到的，是把伊文的屍體丟在附近的河裡。那條河好像叫作隅田川吧。可是，雖說在附近，走到隅田川邊也至少要五分鐘，途中難保不會遇到路人。

再說，我現在倒這些水的時候也明白了，熱帶魚用的水乍看之下很清澈，但其實有許多很明顯的特徵。

這些水進入伊文的肺，留在裡面，很明顯地可以檢測出跟隅田川河水不同的成分。這麼一來，還是會知道是我下的手。因為不可能有其他人會這麼做。伊文只有一隻手，但這件事他卻瞞著所有日本人，只有我曾經懷疑過他的右手可能是義肢，這是因為我們兩人相處的時間長，而且我知道伊文在之前的內戰中失去了一隻手，也知道他原本是個右撇子。我是因為有這些背景知識，才能猜到他的右手是義肢，要是什麼都不知情，我可能也不會注意到吧。而我也沒有把這件事告訴日本朋友。

現在是冬天，伊文總是戴著手套，要不然也會把手放進口袋裡。對伊文來說，他應該很慶幸日本人並沒有握手的習慣。無論是初次見面或者重逢，大家都只是互相低頭行禮而已。就算是左撇子，握手還是得用到右手。一握手，他的義肢就會露餡了。

伊文成功地扮演了左撇子，平常也用左手寫字，這十年來練得相當純熟，所以文字雖然寫得還不太好，但是就算寫得醜，如果是日文，以一個外國人的身分寫不好也沒有多大問題，也正好呼應我們說得這一口拙劣日文。而克羅埃西亞文字的美醜，日本人根本看不出來。

伊文右手的義肢是美國製，集結了現今最高技術精華的最新機型，所以非常精巧。它可以讀取斷面附近肌肉的微細動作，利用內建的電腦來判斷控制，呈現出相當細緻的動作。現在幾乎能依照伊文的意志來活動。如果是輔助左撇子的簡單動作來說，已經毫無瑕疵，如果不是有意識地帶著懷疑眼光去看，根本不會知道是義肢。

可是，這種最新科技的義肢也有弱點，那就是聲音。驅動時會發出「吱吱」的馬達聲。非常安靜的時候，在他身邊的人就會聽到這種聲音。我就曾經在他身邊聽過好幾次。所以伊文跟日本人在一起的時候，絕對不去安靜的地方。他甚至宣稱自己有幽閉恐懼症什麼的，總是在挑選熱鬧的地方跟人見面，故意裝出開朗的樣子，大聲跟人說話。而在安靜地方的時候，他的右手一定會放在口袋裡，絕對不拿出來。盡量不去動到右手。

現在回想起來，我終於恍然大悟。我原本以為他只是想掩飾自己肢體殘障的事實，但並非如此。這些都是為了殺掉我的事前準備。

他的義肢相當特殊、精巧，所以可以用作完全犯罪的機關使用。利用義肢和跨越兩個房間、底部相連的水槽，即使殺了我，也有辦法讓日本警察相信他不是犯人。來到日本被帶到這間房間，看到這座特殊水槽時，伊文腦裡就浮現了這個計畫的靈感。

他的計畫是這樣的。伊文右手義肢的連接處裝有感應器，使用義肢時這些感應器便連接在右手斷面的肌肉各處。在手肘處被切斷的手臂筋肉，已經無法控制手腕及每根手指的活動。因為這些部分已經不存在了，當然無法控制。

也就是說，上臂的神經或筋肉雖然已經不需要控制手前端部分的動作，但是如果出於他本人的意志想要進行某種動作，比方說，他心裡想要動右手食指，只要把這個想法傳達到右手，雖然已經失去了能動的食指，不過手肘附近的某部分肌肉，將會出現特定的動作。而這個部位只會在想動食指的時候出現動作，只要他本人的腦中想動的是食指，就不可能隨便動到其他地方。

當他想動大拇指的時候，實際上出現動作的肌肉又是另一個地方。想動大拇指時，動的會是其他部位的筋肉，兩個地方絕對不會重複。小指動的又是其他部位，中指的部位也不一樣。每個地方都固定連接到特定動作部位，絕不會隨機更換部位。想要彎曲五隻手指時，這些部位就會同時一起出現動作。換句話說，原本應該各自驅動五隻手指的信號，現在將轉而驅動無用、但特定的手肘周邊某些筋肉。

等到筋肉安定下來之後，這些部位既不會移動，也不會重疊，或者交換。

而伊文義肢的原理，便是基於這種現象而研發，將各個手指的感應器貼在這些筋肉部位，這些筋肉的動作可讀取為本人意志的訊號，將這些訊號傳到義肢，便可重現動作。剛開始使用時當然無法順暢使用。可是，長時間持續練習之後，人體本身其實就是一具巧妙的機器，身體本身會產生變化，自動去配合、適應這樣的機制。

想動食指的時候，手肘附近筋肉的動作就會越來越大，方便感應器去感應這些動作。義肢的動作越來越熟練，錯誤動作也慢慢變少。

再加上內建的電腦，可以在晶片裡記憶、儲存這個人右手的動作模式，即使筋肉的動作有點彆扭，或者反應略微遲鈍，都可以藉由電腦晶片輔助推測，順利地驅動。這就是義肢的設計。

伊文將義肢接在感應器上的電線增加得相當長。只要這些電線在中途沒有因為放電而流失電流，不管拉得多長，理論上效果都應該是一樣的。就算義肢繞到地球另一端，它的動作和驅動方式、動作時的感覺，都跟直接接在手上時沒有兩樣。伊文先確認我鎖上了門，然後把義肢放進水槽，讓手拿著一個裝滿生石灰的縱長塑膠袋前進。如果只有義肢，勉強可以通過連接兩座水槽的狹窄水管。

伊文的義肢就這樣進入我房間。利用水槽邊緣的石頭以及水的浮力往上游，抓住玻璃邊緣，爬了上來，將塑膠蓋往上推，往旁邊推，從這縫隙侵入了我房間。它先到了放置毛毯的地方，在上面仔細地擦乾水分，再等到完全乾燥後，弄破塑膠袋前端，將生石灰遍撒在房間地板上。已經能熟練操縱義肢的伊文，想必能毫無困難地完成這些作業吧。況且根據目前的狀況，伊文很容易想像自己的右手現在在哪裡、是如何動作的。因為以水槽相連的這兩個房間，不僅大小完全相同，格局也一模一樣。

而伊文也來過這間房間好幾次，親自用肉眼確認過細節。他連我鋪床的位置都掌握得一清二楚，也知道我備用毛毯放的位置。

撒完生石灰之後，伊文讓義肢回到自己房間，利用連接走廊洗手台水龍頭的水管，往自己房間水槽裡加水。最後水將會溢出水槽，接觸到我房間裡的生石灰，房間將爆炸起火。憑聲音和感覺確認作業完成之後，伊文就可以逃出房間避難。

這就是他的計畫。

一樁相當完美的計畫，伊文他完全不需要離開自己房間，即使待在上了鎖的隔壁房間，也可以殺了我。先讓義肢回到自己身邊，再引發爆炸，就不會讓自己的義肢受到損傷，往後右手依然能留在自己身邊。但是，我房間爆炸的理由，伊文打算如何解釋呢？他是不是打算告訴大家，曾經是波士尼亞戰爭士兵的我，偷偷在房間裡藏了炸彈呢？在這個和平的東洋都市裡，除了這個說法以外，似乎找不到其他理由。

可是無論他如何解釋，爆炸房間的房門確實從內側上了鎖。門把內側裝著緊實的半月形旋鈕，必須使出相當大的力量旋轉半圈，才能鎖上，所以隨隨便便用針線等道具是無法製造出密室狀況的。如果以開著門的狀態先旋轉旋鈕，那麼金屬棒會突出門外，無法關上門。就算對這個同鄉感到懷疑，實際上伊文好像也無法從隔壁房間利用爆炸殺害身在密室中的我。前提是，如果伊文四肢健全的話。

晚上十一點多，在伊文攙扶下，我喝得爛醉回到會館時，這裡還有兩個日本人在，他們撐著我帶我回到房間。很親切地照料我入睡，我道了謝後，本想就此睡下，但還是改不了戰爭時代的謹慎多疑，勉強起身爬到門邊，鎖上了門。接著我沉沉睡去，甚至夢到被伊文的「手」繞在身邊追趕的夢，完全沒有睜開眼。跟喝醉的我一起進了房間的兩位日本人，當時也進了我房間，確實沒有看到任何危險物品。伊文任由兩位日本人照顧喝醉的我，當時並沒有進入我房間。

日本人們還在走廊上時，我就上了鎖。日本人之後一定會將這些事實，作為證詞提供給警方吧。起火之後，這間房間將會因為滅火的需要，大量灑水。沒有燃盡的可燃物和煤將會大量堆積在地上，萬一有沒有燃燒完的生石灰，也都會被乾淨地沖刷掉，剩下的部分也會埋沒在黑色煤炭中，很難察覺吧。再加上消防人員或警察也會確認，因爆炸而扭曲的金屬門上確實上了鎖。在這種狀態下，伊文不太可能被懷疑。他這個計畫，的確相當周詳完美。

也就是說，伊文為了實行總有一天要殺害我的計畫，將自己的右手為義肢的事實瞞著芭蕉紀念會館的日本人，他們以為伊文兩手都健全。因為他雙手都在，所以不可能從隔壁房間進入我上鎖的房間內部撒生石灰、點火。畢竟右手跟自己身體分離這種把戲，對四肢健全的人來說是完全無法想像的。既然如此，我就不妨反過來巧妙利用這個伊文致力隱瞞的事實。我蹲在地上，拚命地思考。

好像就快要想起什麼點子，但怎麼也無法順利想出來，這實在讓我不甘心。酒意還沒消退的宿醉頭痛，再加上殺了朋友的震驚也讓我受到影響，頭腦比平常還不靈光。

總之，得先把水桶和水管拿回廁所旁的清掃用具室，於是我拿著水桶走到洗手台邊，拔下水管，一圈一圈地繞起，塞進水桶底部。我記得平常都是這麼收的。

我提著水桶走向廁所，打算先在廁所的洗手台洗掉自己的指紋。穿過大廳時，看到了那個大水槽。這裡也養著熱帶魚，不過可是相當特別的種類，竟然是食人魚，而且還是非常大型的五隻食人魚。不知為什麼，聽說日本人很喜歡食人魚，全國都有食人魚迷。

這座會館中的食人魚，屬於黃肚水虎魚這種種類，聽說飼養相當困難。館員們總是用袋子上寫著「Carnival」的人工飼料來餵養，不過因為是肉食魚，光靠這些人工飼料還不夠，偶爾還會從市場買來牛的心臟部分、或者雞肝、鮪魚切塊等來餵養。

光是靠人工飼料似乎無法滿足魚的需求，仔細想想，原本活在自然環境中的食人魚，當然不愛吃人製作的飼料，但並不是任何肉都適合當飼料，有些肉的脂肪會浮在水面上，導致水質惡化，所以會特意挑選脂肪較少的種類餵養。水質惡化，對魚的健康也會有影響，但最令人擔心的還是對人的危險性。因為有可能在清掃水槽時被咬到手指。

為什麼芭蕉紀念會館裡會有食人魚這種魚，讓我感到很不可思議，聽說是因為日本曾有以食人魚為題的出色俳句，因此引起了一陣歌詠食人魚的風潮。俳人們希望能親眼看到肉食魚的真面目，芭蕉紀念會館無法對大家的意見視而不見，於是跟專家商量後，開始在大廳水槽裡飼養食人魚。

有一次因為飼料的油分弄髒了水槽，必須換水清掃，學藝員暫時將食人魚移到塑膠容器中，等到清洗完水槽，換了新水，要將魚放回水槽時出了問題。

學藝員在水槽上傾斜著放有食人魚的容器，水都已經倒光了，但是食人魚還緊貼在底部的角落，不掉下來。

為了讓魚掉下，學藝員把水桶放得更斜，並且搖了搖，這時他將手指放進了容器裡。就在魚落入水槽的那一刻，短短一瞬間，食人魚咬了學藝員的手指。

魚隨即落入水槽，但是因為魚的牙齒相當銳利，學藝員的指尖登時噴出鮮血，馬上趕赴醫院，縫了好幾針。水槽下的地板積成了直徑兩公尺的血泊。傷口相當深。這種魚似乎遠比想像中危險。

就在這時候，我忍不住驚呼了一聲。

腦中浮現了一樁巧妙方案。

10

廁所旁的清掃用具室裡，有食人魚水槽用的網子。我用這個網子將大廳水槽裡五隻食人魚一隻隻放進水桶中，搬運到伊文房間的水槽裡。之後，再用廚房裡的菜刀在伊文右手斷面上切割出一道道縱橫不等的傷口。伊文已經死了，所以幾乎沒什麼出血，所以不需要特別在水槽上進行這道手續。我聽說猝死時體內的血液會較晚凝固。可是，我曾經在戰場上看過路邊的士兵屍體被機關槍子彈射到、或者被切斷。士兵雖然是遭到射殺而猝死，而且才剛嚥氣不到三十分鐘，但幾乎沒什麼出血。那具屍體死後經過的時間，就跟現在的伊文差不多。可能是因為心臟停止的緣故吧。

所以，即使我在伊文手上切割出傷痕，也幾乎不會流出血。完成之後，我將伊文變短的右手插入水槽中。這時，血的味道一定會吸引食人魚聚集上前，啃咬手的斷面。

這麼一來呢，因為日本人並不知道伊文的右手是義肢，所以看起來是不是像右手完全被食人魚吃掉了呢?!

右手的骨頭到哪裡去了？——大家可能會覺得奇怪吧。可是，已經沒有其他方法了。這是在時間緊迫的狀況下，臨時想出的辦法，無法連這個疑點都處理完全。但是幸運的話，說不定大家會以為食人魚連骨頭都吃掉了。一般人不太了解食人魚的習性，但還是有著模糊的印象，認為這是一種極為兇猛的肉食性魚，所以也有可能認為食人魚真的連骨頭都吃吧。

不過為了保險起見，等到魚啃完肉，最好再把伊文從水槽中拉起，用清掃用具室裡的鎚子敲碎露出的骨頭前端。這樣看起來就更像兇猛食人魚連伊文的骨頭也啃得精光了。

可是，光是這樣還不能結束，還不足以讓自己洗脫被懷疑的可能。要徹底避免被懷疑，伊文就必須死在一個完全的密室中。這是絕對必要的條件。

這才能將我的嫌疑減到最低。即使現場的狀況有點奇怪，警察也不得不相信伊文死於意外。因為在房外的任何人，都根本無法接觸到一個處於完全密室中的人。消失的右手骨，也只能接受被食人魚吃掉這個解釋。

那麼，要如何將現場製造成密室呢？——這時候派上用場的，就是伊文的右手了。我正好可以利用這精巧的義肢。這隻手可以藉由偵測斷面附近筋肉的細微動作、判斷使用者的心意而動作。既然如此，一個仍然保有右手的正常人，如果將感應器裝在手肘附近，是不是一樣能感測到筋肉的動作呢？我記得以前曾經在報上看過類似的報導。

當然，一開始想必不會太順利。但手內部的電腦儲存了無數動作模式，我應該可以運用這些動作模式。所以只要有足夠時間，即使健康如我，經過不斷嘗試、累積失敗經驗，或許也可以驅動這隻手。我可以將義肢的感應器裝在自己的右手，從自己房間操作，將伊文的義肢經由水槽下方的水管送到隔壁伊文房間。接著讓它爬出水槽，橫越伊文房間走到門邊，設法鎖上門。所幸門上貼有龍的雕刻，所以可以攀著這些圖案往上爬到門把處。

這麼一來就完成了密室。伊文的右手再次通過水槽下的水管，回到這裡——

不、不對，我這時發現，根本不需要這麼做。首先，這根本不可能，因為水槽的水已經距離邊緣太遠了。就算手能順利游到水面，距離邊緣過高，它根本無法爬出房間。因此，我還得再次加滿水，再把水放掉等等，這可是相當麻煩的工程。

我是第一次操縱義肢。所以必須將動作抑制在最小限度。我不需要讓義肢從我房間的水槽開始移動，只要將感應器裝在右手，稍微練習之後，把義肢放在隔壁房間的門下，然後再讓電線從水槽下的水管穿過就可以了。

接著我再回到自己房間，從水槽中拉起電線，將前端感應器裝在右手，驅動義肢。這樣義肢就只需要進行攀上雕龍，和轉動旋鈕而已。如果只有這些動作，或許第一次操縱的我也能順利完成。

沒錯，就是這樣。而且放入電線的工作，必須在將食人魚放入水槽前完成。可不能在擺放電線的時候被魚吃了我的手。食人魚是最後一道手續。擺好電線後，將食人魚運來放進水槽，並且將義肢擺在門下方，關上門後，我回到自己房間從水槽拉出電線前端，驅動義肢。義肢攀著雕龍，爬到門把處，接著鎖上門。這樣密室就完成了。結束後再讓義肢回到地面，再下來只要用自己的手將電線拉回這邊就可以了。

完成後得拆下義肢，因為這將成為重要證據，千萬不能留在現場，所以一定得帶走。還有地上的生石灰也不能留下痕跡。因為撒生石灰的作業只進行了一半，加上還在長塑膠袋裡的生石灰，分量相當可觀。這些可以用掃帚集中在一處，再隨便裝進超市的大型紙袋中，跟義肢一起帶離現場就行了。

之後，從用具室拿來吸塵器徹底將地板吸乾淨，才能完全除去生石灰的痕跡。因為生石灰是極為細緻的粉末，就算肉眼看不見，也可能還留在地板上的接縫處。警察應該不會連吸塵器裡都查吧。即使檢查，也不太可能知道其中的意義。

打掃完成後，將義肢裝進放生石灰的紙袋，拿著行李箱先出去一趟，先丟掉這兩個東西再回來。雖然很危險，但是也別無他法。這兩樣東西千萬不能放在現場。

到這裡，準備工作就完成了。剩下的就只有養精蓄銳，等待警方從早開始的問訊。他們當然一定會懷疑我，但是我不可能有辦法到隔壁房間殺害伊文，再從外面、也就是走廊鎖上他房間。所以只要我徹頭徹尾打死不承認，日本的警察、檢察官就不可能起訴我。

完成的狀況，看起來會是什麼樣子呢？應該是這樣吧：伊文從大廳水槽將食人魚帶回自己房間的水槽。理由可能是想看看食人魚吃掉自己房間水槽裡日光燈魚及紅蓮燈魚等熱帶魚的樣子。因為喝得太醉，才會如此狼狽失態。

可是，喝醉的伊文竟然將自己的右手放進水中，捉弄著食人魚。為什麼要這麼做呢？因為食人魚出乎意料的老實，一點都沒有要吃燈魚的意思。

醉醺醺的伊文看了相當不耐煩，試著煽動食人魚，沒想到食人魚不吃燈魚，反而突然一口咬上了伊文的手。伊文一驚，再加上心臟原本就不健康，出現了半休克的狀態，一頭栽進水槽，意外溺死。而他的右手的出血讓食人魚更加亢奮，將伊文的手一口氣連骨頭都吃乾淨，一直到右手肘附近——

正常情況下或許很不可思議，可是，伊文是個老人，又喝得爛醉，誰也不敢擔保絕對不會發生這種事。因為伊文雖然不像我這麼明顯，也是個相當愛開玩笑的男人，又豪飲了一晚。再加上他從以前心臟就不好。十五年前的內戰中失去了妻子，留下他孤單一個人，讓他受到很大打擊。他的人生失去了希望，總是跟身邊的朋友開玩笑說，真想早一天去跟妻子相聚，認識他的人一定都聽過這些事。

昨天晚上他跟我兩個人單獨去喝酒，雖然沒有我那麼嚴重，但也算醉得厲害。現在回想起來，那似乎是裝出來的，但是許多日本人都目睹了他的醉態。戰時他的妻子被殺的狀態實在太過悽慘，所以只要一喝醉，他偶爾會變得自暴自棄，總是想輕生，精神狀況不穩定。他對我的報復，也可能是出於這種異常的精神狀況。所以做出這些不合理的行為，對於患有戰時後遺症的他，並非完全不可能。如果這裡是克羅埃西亞首都札格拉布（Zagreb）的某處，可能性就更高了。

再加上伊文吞了大量的水而死的確是事實。他並不是死於絞殺、射殺等其他原因，只有屍體被浸在水中。他的肺裡一定會留有熱帶魚水槽中特有的水中成分，以及微生物、水草碎片等植物性浮游生物，只要經過驗屍解剖，馬上就會知道。

等等——我突然想到一件事。如果是這樣，乾脆讓他的整個上半身都浸到水槽裡，豈不更好？最好是從頭栽進水中，至少鼻子和嘴巴要浸到水中，這樣看起來，就更像是因為不小心而造成的意外溺死。而這時必須再次強調，這間房間是密室。即使事態稍微有點奇怪，也不可能有其他人能接觸到他，因此只能用意外事故來解釋。沒錯，這樣好多了。

等等——我又有了一個想法。要是這麼做，那麼兇猛的食人魚怎麼辦呢？牠們會不會連伊文的臉也吃掉呢？這樣就沒有人知道死的是伊文•意凡強了。畢竟他在日本沒有留下任何病歷或者指紋。為了掩飾自己的義肢，始終戴著手套，也還沒得過感冒。也就是說，如果沒有臉，就沒有證明屍體是伊文的方法。能證明屍體是伊文的，在這個國家只有臉了——

啊！想到這裡，我腦中又冒出了一樁更精巧的方案。

計畫是這樣的。不如，就在我的房間裡進行。也就是調換房間。伊文不是在自己房間，而是在我房間遭遇了意外，跌倒、溺死。而我將在伊文房間操縱義肢，製造出密室。所以最後的密室，將會是我的房間。

我讓伊文的屍體穿上我的浴衣，不，沒有這個必要。因為兩件浴衣的圖案和設計都完全一樣。這種日式睡袍，沒有設計上的差異。浴衣下穿的內衣，也幾乎可以說一模一樣。這麼一來，大家是不是會以為，被食人魚吃掉臉的屍體其實是我呢？會不會變成，德拉岡‧波佐維奇死在自己房間的狀況呢？——

只要食人魚吃掉了伊文臉上的肉，死者再怎麼看，也應該是德拉岡‧波佐維奇。我跟伊文同年，身高跟體型也很類似。又是來自同一個地區的人，白頭髮的顏色和頭髮的多寡都很類似。臉雖然長得不像，不過只要一戴上眼鏡，相似的程度已經足以瞞過日本人的眼睛。在日本人眼中，克羅埃西亞人的臉長得都一個樣子。再加上臉部的肉被啃蝕了大半之後，不可能區別得出來的。

這麼一想，實際的狀況簡直太適合這個計畫了。我，德拉岡‧波佐維奇，昨天晚上爛醉如泥，兩個日本人都知道這一點，因為他們花了相當多功夫照顧我。因此，從大廳運來食人魚，放進自己房間的水槽，然後自己把右手放進去不小心被魚咬到，又引起心臟麻痺，栽進水槽裡等等，比起伊文，的確是我比較有可能。這不是什麼光榮的事，我自己也不太願意回想起來，不過這的確是事實。比起伊文，我確實更愛喝酒，也經常喝。

也就是說，我昨天晚上喝得大醉回來，在日本人攙扶之下回到自己房間，雖然已經躺下，但是之後因為強烈的尿意而驚醒，起身搖搖晃晃地穿過大廳時，醉到瘋癲的我突然想讓食人魚吃掉燈魚。於是走到清掃用具室拿了網子和水桶，將食人魚放在水桶中，帶回房間放進水槽裡。

可是，食人魚或許並不餓，一點都沒有要吃小魚的意思。醉意尚濃的我一個不耐煩，就衝動地將右手伸進水槽，追趕著食人魚叫罵。但是這個舉動卻惹惱了食人魚，牠們沒有吃燈魚，反而咬了我的手，我一驚之下引發了心臟麻痺，不幸一頭栽進了水槽。於是替悲慘的人生劃下了句點。實在是令人啼笑皆非的結局。

伊文總是戴著手套，幾乎沒有留下指紋。可是，他的房間裡應該留有指紋，我待會兒得到他房間，將這些痕跡全部擦乾淨。腳的指紋也一樣。地板上一定留有很多腳的指紋，這些都要消除乾淨。他在東京還沒看過醫生，所以沒有留下任何病例、血液樣本，或者ＤＮＡ之類的東西。而我也一樣。其他人應該連我們的血型是ＡＢＯ都不知道。

我將自己的東西，也就是德拉岡・波佐維奇的衣物和所有物等，全部留在這裡，穿上伊文・意凡強的衣服，拿著伊文的行李逃離這個地方。裝了生石灰的紙袋和伊文的義肢，沒有放進我的行李箱，而是放在伊文的行李箱裡，跟他的衣物一起塞進行李箱中帶走。但護照則帶走兩人份。這是為了方便在機場要恢復本名波佐維奇，順利通過的緣故。

所以說，死的如果是德拉岡・波佐維奇，我就可以逃離這裡。不，不應該這樣說，我留下來反而會壞事。因為我應該已經死了，掉進水槽去才對。

而逃亡時最好不經由成田，而先到羽田機場。我消失之後，從現場狀況看來，被殺的人會是我，德拉岡・波佐維奇，既然如此，嫌疑犯當然就會是伊文・意凡強。這時候成田機場一定會最先接獲殺人嫌疑犯伊文，意凡強指名通緝的通知。消息也同時會傳達給國際警察，國際警察將會以殺害德拉岡・波佐維奇的嫌疑，對全世界指名通緝伊文・意凡強。

這代表著什麼意義呢？如果到一個不知道被害人名字的地方，就能保證我的安全。詳細通緝資料或許已經傳達到成田機場，除了殺人嫌疑犯的名字以外，被殺的被害人名字也同時傳達到機場，成田的海關人員，對德拉岡・波佐維奇這個名字可能也會有印象。在這種地方提出我自己、也就是波佐維奇的護照，當然會被扣留。所以我不能到成田機場去。

可是，這些措施都是因為成田機場是日本飛向歐洲的玄關。既然是首府的玄關，當然會有詳細的通緝資料。不過如果是國內線的羽田機場，或許會注意到伊文・意凡強的名字，但是很有可能沒有提到被害人德拉岡・波佐維奇的名字。就算有通知，這種塞爾維亞人的名字等等，日本人一定很難記。在不需要提示護照的國內線機場，或許有機會毫無問題的通關。

接著我先飛到福岡，再從福岡國際機場飛到馬尼拉或者新加坡。地方的國際機場暫時還不會有太嚴謹的警戒。成田機場或許警戒最森嚴，也馬上會布達詳細的通緝資料，但是地方都市的話就不可能這麼迅速。即使傳來了資料，上面頂多只有嫌疑犯伊文・意凡強的名字，就算有被害人德拉岡・波佐維奇的名字，應該也不可能有職員記得住。飛往馬尼拉或新加坡的班機因為乘客較多，所以拿出波佐維奇的護照，應該也可以順利通關吧。

然後再從馬尼拉飛往紐約。其實能從福岡出發是最理想的，但我記得福岡只有飛往亞洲的班機。在英文系國家的紐約甘迺迪機場，塞爾維亞人的名字一樣很難記。這裡可能也透過了國際警察，公佈了嫌疑犯，伊文・意凡強的名字，不過很有可能沒通知被害人德拉岡・波佐維奇的名字，或者即使通知了，海關的職員也記不起來。

所以雖然可能進不了克羅埃西亞，還是很有可能入境美國。只要到了美國，在這麼一個多民族國家而且又人口眾多的國家，我就不需要擔心被發現了。暫時在紐約住一段時間，等到風聲過去之後，就可以回到克羅埃西亞。

也就是說，如果死的是德拉岡．波佐維奇，我就可以成為透明人，有可能成功逃亡到國外。只要犯人伊文．意凡強沒有在日本國際機場留下出境的紀錄，就表示他還藏身在日本國內的某個地方。或者在日本深山中的某處，不為人知地悄悄自殺了。

死者如果是伊文．意凡強，不管他是自殺或者他殺，德拉岡．波佐維奇都不能離開隔壁房間，一離開就有犯人的嫌疑，也必須熬過日本警察的訊問，但如果死的是德拉岡．波佐維奇，那波佐維奇就可以逃走。正確說來，已經死的人不應該在現場，所以一定得消失才行。既然如此，製造出死者是波佐維奇的狀況，才是最理想的方法。

再從頭複習一次吧。如果要讓我的房間成為密室，就必須先清掃生石灰並且搬走行李，因為不能留下地板上撒有許多生石灰這個事實。我仔細地將自己房間裡的生石灰掃到一處，再用吸塵器做最後清潔，將吸塵器依照原狀放回清掃用具室，除了護照之外，把我的行李和衣物全都留下來，然後再開始處理伊文的屍體。如果只有護照，伊文連我的一起帶走，也不會太不自然。

我將裝滿生石灰的大型紙袋搬到伊文房間，取出伊文的行李箱，先裝滿伊文的衣物和私人物品，然後把紙袋放在最上面，方便在找到適當的場所時，馬上可以拿出來丟掉。

接著我拿來伊文的義肢，放在我房間的門下方，拉著電線橫跨房間，放進水槽中，將電線前端插入水槽底的水管，送進隔壁伊文房間的水槽中。

之後再將五隻食人魚從大廳水槽運到我房間的水槽裡。這些食人魚是屬於黃肚水虎魚的大型魚種，無法通過水槽底部的水管，所以只好一直待在我房間這邊的水槽。

接下來，把伊文的屍體搬到我房間，用廚房的菜刀切割他右手的斷面，浸到水槽中先讓食人魚吃。吃了一陣子之後先拿起來，用清掃用具室的槌子敲碎露出的骨頭，然後再把上半身完全浸到水槽裡。我把伊文的義肢放在地下，關上了門，回到伊文房間從水槽裡撿起電線前端，將感應器裝在右手。接著驅動義肢，讓它從我房間的門沿著雕龍爬上去上鎖。結束之後再回到地上，之後拉回電線，讓義肢再次回到水槽中，穿過底部的水管，拉回伊文的房間。接著徹底清除掉伊文房間裡牆壁、地板上的指紋，將義肢和生石灰的紙袋一起放進行李箱、關上，然後拿著這個行李箱逃亡——這就是我的計畫。

伊文的房門當然不能鎖上。因為他必須殺了我之後逃亡，所以房間的門如果鎖上就奇怪了。而且，這扇門除了從外面鎖上之外沒有其他方法。房間沒有鑰匙，我們持有的貴重品都規定要寄放在會館櫃台的保險箱裡。這似乎是中世紀以來日本的傳統。

依照這個計畫，我不需要將生石灰或義肢丟到附近再回來，省去了這些麻煩。只要在逃亡途中，隨便丟在某個地方就行了。計畫變得簡單多了。我將永遠告別這座會館，再也不會回來。但是，類似生石灰或者義肢這些危險的東西，再到達機場之前一定得丟掉。生石灰算是危險物品，義肢會被機場的X光照出來。這麼一來一定會被懷疑的。所以這兩樣東西必須一起放在行李箱最上方，方便取出。

這樣就萬無一失了。思考完之後，我相當有把握。完全沒有破綻。無論如何我都要突破這次難關，再次踏上祖國的土地，在我深愛的祖國結束這一生。我想，上帝一定也會守護如此善良的我吧。

作者後記

關於《利比達寓言》，我覺得有需要寫篇簡單的後記。

前作《俄羅斯幽靈軍艦之謎》也曾經有類似的感覺，對於有意學習歐洲史的各位讀者，如果以為小說中所寫的一切都是史實，那麼可能會影響讀者的學養基礎，我想還是應該清楚說明事實和虛構之間的界線。

歐洲曾經存在一個名為杜布羅夫尼克的自治都市，確為史實，而小說中所描寫，他們利用高度智慧的精密方法，堅持民族平等及自由，也是事實。宣稱平等的理念高於民族光榮，以及每年選出十二次總督、選上的人只有一個月的任期，這些都是史實。

可是實際在選舉時，並沒有「利比達」這種小馬口鐵人。精緻的選舉制度，主要是參考威尼斯的制度而創設，而威尼斯的選舉制度也是藉由反覆投票和抽籤，利用機率提高偶然的比重。最後再讓小孩子拿著類似不求人的木製手臂，計算投票的珠子，但這些小孩並沒有被放進馬口鐵的人偶中，假手也並未設計成能抓住珠子的構造。杜布羅夫尼克的選舉方法，實際上比威尼斯的選舉方法還要簡單。

因此，寫在序言之後的馬口鐵人利比達傳說，實際上並不存在，完全屬於創作。自從在雜誌上發表之後，經常有讀者詢問到這一點，特此聲明。

《利比達寓言》可以歸類於筆者所提倡的二十一世紀正統方法之範疇，而在這裡出現的醫學知識，屬於相當古典的方法，從二十世紀之後就已經廣為人知。因此這些醫學也是事實。

說到書中提及的二十一世紀科學，也就是所謂的電腦遊戲，關於玩家可超越國境參加遊戲的線上遊戲型態，以及原本設定為只能在遊戲中使用的虛擬貨幣，出現了實際金錢的買賣行為，並且逐漸開始發揮威力影響到現實世界，我對這些現實狀況感到強烈興趣，因此寫下了這部小說。在最深處支撐著作品內部事件和謎團的，就是這些因素。電腦內部的虛擬貨幣開始侵蝕現實社會，轉換成文字之後，也無法區分人類生活和虛擬社會的差別，逐漸分不出哪一邊才是現實。這種宛如鏡子迷宮一般的二十一世紀，正是我想描寫的現象。

這種種要素，再加上剛結束民族紛爭這個棘手消耗戰的波士尼亞赫塞哥維納都市莫斯塔爾，直到今天都還殘留有制約著市民的怨念殘影，於是，一個複雜交織的悲慘故事，逐漸慢慢成形。

另外，在各種事物都還未發達的中世紀，這個地區曾經存在過的高度理念，進入近代之後，隨著人類的成長，由於民族之愛這所謂的正義和道德，反而淪落得比動物還要卑劣，這耐人玩味的演變，也是我透過本書的兩篇中篇，希望能具體刻劃出的結構。

【特別收錄】

有夢的時代

島田莊司

有一種小說會在故事前段出現謎題，將謎題解開之後在後段呈現完整的解答。這些故事有著明確的主軸，【謎題→解謎】。換句話說，這些事件並非源於鬼怪，而是人類所引發的，這類故事稱為「偵探小說」或者「解謎小說」。

另外在這個類別中，如果對解謎時的思路——也就是我們所謂的「推理」——非常講究，甚至到了令人覺得迷離複雜的程度，作者準備了讓人意想不到的出奇理由，讓讀者折服，看了之後會大嘆「原來如此啊！我怎麼沒想到！」，並且由衷佩服，這代表解謎的說明讓讀者感受到高度說服力，作品的後半部分如果符合上述條件，這些小說我們特別冠以「本格」推理這個稱呼。

解謎小說也有「頭腦體操」的性質，因此會需要極度運用頭腦，也就是讀者的思考力，也有可能是這些令人覺得有需要「動真格地（本格）思考」的作品，在不知不覺中確立下了這個稱呼吧。

以前我曾有一段時期大量地閱讀江戶川亂步的小說，亂步先生的小說重點並不在於解謎的推理部分，而更重視讓讀者毛骨悚然的恐怖佈局，而這些恐怖多半以從江戶時代到明治時代常見的畸形秀，也就是讓觀眾付費觀看小屋內所謂的畸形人、長頸怪女、蛇女、被處刑罪人的首級等等，以這種鬼屋風情做為基調，將之帶進故事當中。因為和一般小說的風格不太一樣，因此也有人稱之為「變格」偵探小說。以此為基準來加以區別，和這種作品風格截然不同，以邏輯來推理不可思議的事件、刻意運用知性解謎的小說，就稱為「本格」。

這種小說的目的，不在於利用畸形秀帶給讀者恐懼，而是希望讀者能運用頭腦解開這些恐怖的謎題，閱讀這種運用頭腦的樂趣，這種企圖就是「本格」的精神所在。不過希望各位不要誤會，這兩種類型並無優劣之分，兩種都很有趣，只不過帶來趣味的特質不同而已。

話又說回來，不管是「本格」或者是「變格」，閱讀的樂趣固然吸引人，其實書寫時也很愉快，所以我非常希望各位能夠勇於挑戰。如果想要在小說中深刻描寫人的一生，帶給熟年讀者感動，給許多讀者生活指標，那麼只度過短短十餘年或二十年人生的人，是寫不出來的。想要俯瞰描寫喜歡異性時心情的苦樂，以及喜歡上之後遭遇的困難等等，在這個年代也還稍嫌困難。就算寫得出來，可能也無法感動太多讀者吧。

不過如果是以【謎題→解謎】為主軸的偵探小說，從小學時期就可以嘗試，而且還可以對於大人們忽略的謎題多加著墨，甚至指出大人們未曾想過的解決方法。在兒童或年輕人的日常空間中，存在著年長者們所不知道的特殊事件以及世界，其中一定會發生沒有任何人注意到的奇幻或冒險。

故事中出現的不可思議事件，也就是推理的題材，並不需要一定有人死亡、警察出場。如果是可能會在報紙上刊出的衝擊性大事件，當然會吸引許多大人的關注，但除此之外，其實日常生活中還有許多雖然微小卻充滿光彩的奇妙事物。早已把這樣的世界拋諸腦後的大人，往往很難發現這些小小驚奇。他們總是以為自己已經長大成人，足夠成熟，所以認為自己世界裡發生的事件價值比較高。不過大人們的世界所發生的，多半是利己、計較利害關係，只會虛張聲勢愛面子的事件，這種事件中完全沒有推理的意義。

說到我的小時候，我小學時代都在目黑區大原町——現在已經改名為八雲——還有駒澤、柿木坂這一帶度過，就讀目黑區的東根小學。當時江戶川亂步的「少年偵探團」和「怪人二十面相」是孩子們的英雄，廣播節目中也頻頻播放廣播劇。所以我經常和朋友們交換江戶川亂步的書，讀得相當入迷。

二十面相披著黑色斗篷奔馳的東京街道，其實可能是淺草、谷中、麴町或者神田附近，但不僅是我，和我一起組成偵探團在街上四處探險的夥伴們，對神田和谷中都完全沒有一絲憧憬。因為當時的駒澤附近和柿木坂住宅區，實在不像二十面相的活躍舞台。之所以不帶憧憬，除了這是我們從小生長已經很熟悉的地方以外，其實還有一個重要的理由。

現在已經變成駒澤公園的那片綠地，在我小學四年級左右本來是一片廣大的高爾夫球場，有丘有谷，整面覆蓋著綠意，開滿白色和黃色花朵，草原上有各種蝴蝶飛舞，還有一條小河流過，灌溉了草原上的葉片。後來這塊地方被定為一九六四年東京奧運會的第二競技場，工程開始後削平了山丘、填埋綠地，某一天，連小河都被放入了巨大的水泥製土管。

但是當時的我們，一點都不遺憾失去了寶貴的自然景觀。現在當然已經不可能有那種現象，不過當時的管理很隨便，一到假日，我們就可以從突出地上的土管沿著梯子爬下；後來，泥土會被填到跟這個管子同高。

進入管子裡之後，我們眼前所看到的，是一條既暗又看不到盡頭的隧道，全新的水泥和水的味道，還有手電筒光芒之外令人毛骨悚然的黑暗，這種真實的感覺，讓我們深信這可以通往二十面相的新基地；為了奧運而展開的大規模工程，就是他最高明的偽裝，其實這一定是一座巨大地下要塞的建設，二十面相基地的入口，總是出人意表地設在街上平凡無奇的陰暗角落。那段日子我天天和夥伴們一起幻想，我們失去了綠色的自然，但是卻換來了令人永不厭倦的刺激冒險舞台。

當時我們在東根小學的班上，每到午餐時間，大家就會搬動桌椅換位置，跟周圍的學生併成一張大桌，幾個人圍成一桌一邊吃飯一邊吃營養午餐。剛開始我只是單純地跟朋友聊天，不過這種缺乏創造性的內容，慢慢讓我感到無趣。有一天，我把在駒澤公園想到的冒險幻想告訴了大家。那雖然是個模仿江戶川亂步的偵探故事，但是大家竟然出乎我意料地捧場，直呼有趣，故事說到一半鐘就響了，我只好答應大家，明天午餐時間再繼續往下說。

隔天，我好不容易任憑想像隨口接著講完了故事，但是幻想的材料也慢慢快要用盡，我心想，如果隔天想要能順利說完故事，一定需要充分的準備。於是，為了這段午餐時間，我開始先在家裡將故事大綱寫在筆記本上，到了隔天再說給大家聽，這麼一來吸引了越來越多人，形成無法輕易罷手的局面。

我在桌上攤開筆記本，一邊說故事一邊不時低頭看一兩眼，但後來覺得麻煩，決定乾脆直接拿起來朗讀。大家都聽得很入迷，就連平常老是愛批評、愛找麻煩的女孩子們，也紛紛皺起眉頭來，露出認真的表情聽著故事。看到他們的樣子，我一方面吃驚，一方面也覺得很自豪，同時也認識到「故事」所擁有的強大力量。

現在已經很少了，不過當時的廣播劇和小說朗讀的廣播節目中，很常使用朗讀這種表現手法，似乎已經自成了一個類別。我的朗讀會受歡迎，或許獲得了這種社會現象的推波助瀾，而且當時的駒澤公園對小孩子來說簡直是夢想的國度。當時電視正以驚人的氣勢開始普及，柿木坂的一角設有東映電視部的攝影棚，在這裡製作真人版「原子小金剛」和「月光假面」。而且外景隊經常從這裡，往鄰近的駒澤周圍出發。當時路上的汽車還很少，拍攝工作在我們看來也很新鮮有趣。

我們對淺草和神田沒有太多憧憬的理由就在這裡。因為拍攝電視連續劇的柿木坂和駒澤這附近，對我們來說才是發光發熱的好萊塢。每當在自己鄰近地盤發現外景隊，遠遠地隱約看到電視螢幕上曾經看過的臉，那種感覺真的很讓人興奮。我的幻想故事現在已經記不太清楚了，但多半是從這樣的日常生活中所產生出來的。

我在午餐時間大桌的朗讀連載，漸漸在班上獲得好評，後來在其他大桌也陸續出現小作家，每個人都不認輸地開始發表自己創作的朗讀。很多人的創作跟我一樣，都是模仿亂步風格的偵探小說，其中也有人嘗試新風格的時代劇，令我大為震撼，大家的認真讓我稍微緊張了起來。一九八七年，在講談社編輯部宇山日出臣先生的幫助，引發了一陣名為「新本格運動」的潮流。當時的東根小學教室內，領先時代三十年，已經出現了新本格的一大興盛期，遠在講談社以前，目黑就已經發生過「前」新本格風潮了。不過很遺憾的是，當時的同學中並沒有人當上作家。

總之，各位應該已經了解，解謎的偵探小說，小孩子也寫得出來，甚至，這可能是小孩子才適合寫的小說類型。到了三十歲才以《占星術殺人魔法》一書在偵探文壇出道的我，不久後就寫了《被詛咒的木乃伊》，仔細想想，那可能是受到小學時代經驗的影響吧。拿出超級有名的這兩位主角，是多麼適合在大家面前朗讀的作品啊，聽眾一定很快就會有反應。

如果沒有這些體驗，到了三十歲才第一次開始要構想寫小說，寫出的作品可能是更加嚴肅、更類似松本清張風格的小說吧。如果能做到這樣，那當然也很精采，但是幽默或者帶有童趣的夢想等等氣氛就稀薄了許多。這麼一來，島田莊司的作風就會跟現在完全不同了。

至於出道作品《占星術殺人魔法》，現在回想起來故事發生的舞台正是東根偵探團的活動範圍。藝術家居住的八雲宅邸內發生了怪異事件，警察在柿木坂一帶的住宅和模特兒工房來回調查，犯人則藏身在還沒開始動工的駒澤公園。故事本身或許比我在東根小學時創作的更純熟，但是我總覺得，自己是直接將午餐時間連續朗讀偵探小說的舞台裝置和材料，用在這部作品中。

我現在一邊寫，感受越深刻，原來在東根小學時代的偵探小說創作，對我後來的出道有那麼大的幫助。現在回想起來，昭和三十年代的東京可以說是沉浸在偵探小說中的時代。受到江戶川亂步的影響，東京街頭的上空完全被偵探小說的空氣所覆蓋。類似的小說大量出版，廣播節目和新興的電視中也有許多以偵探為賣點的節目，走在街上，時時都可以聽到這些節目的主題曲。

我就是在這種氣氛的薰陶下長大成人，不過現在的孩子們所看的偵探卡通，也有一樣的效果。令人驚訝的是，這些作品中的空氣跟我們當年的很類似。對小孩子來說，「名偵探柯南」或許就像我們當年「少年偵探團」的角色一樣，故事中的警察穿著現在已經沒有人穿的風衣、頭上戴著軟帽。舞台的確是東京，但看起來並不像是發生在二十一世紀的故事，應該是我們東根少年偵探團的時代吧。柯南彷彿是從那個時代穿越時空，來到了現代。

不知道為什麼，偵探小說中與其將舞台設定在現在，不如選擇帶著懷舊和回憶氣氛的數十年前，更有襯托故事的效果。但我的意思並不是不能將故事的舞台設在二十一世紀，正因為現今人類在生物學、醫學、機器人學等領域都有長足進步，才能創造出更多推理的可能性。不過現在的都市中充滿了鋼鐵和玻璃建造的摩登高層大樓，或者庭院狹小的住宅，高爾夫場、工廠、廣場、棒球場，也都從城市裡消失了，再也沒有能讓少年偵探團四處巡邏、打棒球的舞台了。

然而，到郊外去找找其實還有不少。前幾天我去了三鷹的天文台，沒想到圍牆後面竟然存在一個這麼有亂步風格的世界，讓我相當驚訝。繁盛茂密宛如武藏野㉘的雜木林，其中散落著長滿藤蔓的廢棄房屋，現在已經棄置的古舊天文台外牆是泛黑的水泥牆，古老巨大天體望遠鏡藏在天文台內部，還有一座被稱為愛因斯坦塔的紅磚造奇異建築物。彷彿建築物的某處隨時會迸裂，一座秘密火箭朝向月亮衝出，或者是披著黑色斗篷的二十面相，不知什麼時候會從四方的暗處飛竄出來。

不管怎麼說，年輕朋友都很有可能創作出有趣的解謎式偵探小說，說不定這是唯一適合的小說。各位是不是也明白了呢？我自己在三十歲才開始寫小說，而真正的開端就像剛才所說的，可以追溯到小學時代。寫這篇文章的目的，就是想告訴各位這一點。之所以等到三十歲，是因為我認為到了這樣的年齡，才能完全了解社會的結構，這種想法當然也有正確的一面，不過如果沒有從小學時就開始執筆，我的作品就無法有足夠豐富的類型，可能會在創作上遇到瓶頸吧。另外，我在二十歲左右什麼也沒寫，想必也永遠失去很多青春故事。

根據我自己的經驗，其實沒有必要等到了解整個社會後再提筆創作。有些事不管到幾歲都不會懂，也有些觀念和知識在年輕時候很清楚，隨著長大反而會逐漸喪失。而且，故事是活的，如果是傑作，那麼透過書寫這個行為，就能自然而然地教會你不懂的部分。對讀者來說涵義深遠的故事，即使在還不了解社會結構時提筆書寫，很奇怪地，其中也不會出現任何矛盾。因為這其實是一種天啟，透過你純粹的靈魂在向世上傾訴。

如果你讀了本書後覺得有趣，「哇，原來還有這樣的世界啊！」，那不妨也試著寫寫看屬於自己的故事，你的體內說不定潛藏著你自己也不知道的巨大創作能力。在我小學的時候，我從來沒想過自己竟然有書寫故事的能力，不過倒認為自己有在野山奔馳、畫畫、打棒球、製作模型的才華。

不過現在的我並沒有走上其他任何一條路，反而成了寫小說的人，實在很不可思議。我由衷認為，這些力量都來自那個愛做夢的時代。這都是因為有了小時候那段大膽開口說故事、也嘗試著寫下來的日子，還有認真聽我朗讀故事，給了我莫大鼓舞的東根小學同學們。

現在我非常感謝他們。聽故事的他們固然高興，但是寫故事的我所獲得的樂趣，卻是大家的好幾倍。那可說是我有生以來第一次感受到自己這個人的價值。希望將這篇文章讀到最後的各位，也能獲得當時我所得到的快樂。

二〇〇九年二月十日

譯註㉘：武藏野原為關東平原西南部的洪積台地。從東京都中西部跨至埼玉縣南部。從前是一片雜木叢生的茂密原野。

國家圖書館出版品預行編目資料

利比達寓言/ 島田莊司作；詹慕如譯. -- 初版.
-- 臺北市：皇冠, 2009. 09
面；公分. --（皇冠叢書;第3886種)(島田莊司推理傑作選;25)
譯自：リベルタスの寓話
ISBN 978-957-33-2576-5 （平裝）

861.57 98014269

皇冠叢書第3886種
島田莊司推理傑作選 25

利比達寓言
リベルタスの寓話

作　　者—島田莊司
譯　　者—詹慕如
發 行 人—平雲
出版發行—皇冠文化出版有限公司
台北市敦化北路120巷50號
電話◎02-27168888
郵撥帳號◎15261516號
皇冠出版社(香港)有限公司
香港灣仔駱克道93-107號利臨大廈1樓
電話◎2529-1778　傳真◎2527-0904
出版統籌—盧春旭
編務統籌—孟繁珍
版權負責—莊靜君
外文編輯—蔡君平
美術設計—許惠芳
行銷企劃—李邠如
印　　務—林佳燕
校　　對—鮑秀珍・洪正鳳・孟繁珍

著作完成日期—1988年
初版一刷日期—2009年9月

法律顧問—王惠光律師

讀者服務傳真專線◎02-27150507
電腦編號◎432025
ISBN◎978-957-33--2576-5
Printed in Taiwan
本書定價◎新台幣300元/港幣100元